LÉONIE LONVAL

Bordel, c'est Noël

CHERRY PUBLISHING

DU MÊME AUTEUR
AUX ÉDITIONS CHERRY PUBLISHING

Old Love – Tome 1
Envole-toi

Première édition : novembre 2022

ISBN : 978-1-80116-465-8

« C'est Noël dans le cœur
qui met Noël dans l'air. »

William Thomas Ellis

Chapitre 1

Eh merde, fait chier !

Le talon d'une de mes bottines, qui soit dit en passant m'ont coûté un rein, vient de craquer alors que je marche en direction du boulot. Foutu trottoir abîmé. Qu'est-ce que les dirigeants de la ville attendent pour refaire faire ces lieux où on risque une mort certaine – celle de nos pompes tout du moins –, bon sang ? Ce n'est pas comme s'ils nous oubliaient pour les taxes et impôts…

Je suis de mauvaise humeur. De vraiment très mauvaise humeur. Une humeur de chien. La journée commence sacrément mal : café renversé sur mon chemisier préféré, talon qui craque, que va-t-il m'arriver ensuite ? Je ne suis pas au bout de mes peines, cela me paraît être une évidence.

Je poursuis mon chemin, tout en boitant. L'air est particulièrement frais ce matin et le mois de décembre qui commence n'y est pas pour rien. Les températures se sont considérablement rafraîchies, le ciel ne prend plus qu'une seule teinte pour se peindre, le gris, allant de la nuance la plus claire à la plus foncée. Mais c'est une période festive pour la population, celle des fêtes de fin d'année et notamment de Noël.

Les bonnes odeurs sucrées des petits biscuits faits maison, du chocolat chaud, celle du sapin et de sa résine, les couleurs étincelantes des décorations et tous les moments qu'on passe en famille entouré de ceux qu'on aime se profilent à l'horizon. Des souvenirs d'enfance à Noël, j'en ai une ribambelle, tous plus joyeux et chaleureux les uns que les autres. Dans ma famille, nous avons plusieurs traditions que nous aimons entretenir au fil des années en nous retrouvant et en partageant des moments tous ensemble. Pourtant, cette année, l'approche des fêtes n'a pas la même saveur. Mes parents ont décidé de partir faire une croisière en Méditerranée, ils fêteront Noël en Grèce ou en Turquie, un lieu dans ce goût-là.

Et le mien, de goût, il est plutôt amer… Un bon vieux pamplemousse qui traîne sur le meuble de la cuisine, au soleil…

Je suis fille unique, ce qui signifie, en d'autres termes, que sans mes parents pour Noël, je suis la seule représentante de ma famille. Tout ça pour dire que je suis seule…

Tout en ronchonnant dans ma barbe – invisible, la barbe, hein –, j'entre dans la boutique, avec de longues minutes de retard, et retrouve ma collègue et supérieure, Julie. Je tente le tout pour le tout avec un magnifique sourire, celui qui pourrait vendre du sable à un Bédouin, comme le dit ma mère avec sa facilité commerciale. Mais je découvre bien vite la mine renfermée de Julie. Ses traits fins semblent crispés, son regard fuit le mien.

Les emmerdes volent en escadrille… Attention, prépare-toi à essuyer une seconde salve ce matin !

– Je sais, je suis à la bourre, mais j'ai mon idiot de talon qui a décidé de se faire la malle ce matin… C'est la faute de cet idiot de trottoir. Ou de l'incompétence de la mairie.

– Liviana, il faut que l'on discute. Peux-tu m'accompagner dans la réserve ?

– Bien sûr.

Ma petite voix ne trompe personne, ni ma supérieure ni moi. La mauvaise nouvelle plane et je sens que cette journée ne va pas aller en s'améliorant. La réserve est étroite, à peine assez large pour laisser passer deux personnes côte à côte. L'air qui s'y engouffre est glacial à cause de la petite fenêtre mal isolée qui laisse l'air se diffuser dans la pièce.

– Liv, je suis désolée, mais la marque ne va pas bien. À cause des récents événements, le groupe est obligé de se séparer d'une partie des effectifs en boutique.

– Donc… je suis virée ?

– C'est-à-dire que tu es la dernière arrivée et également celle avec le moins d'expérience… Tu as signé un contrat ayant une clause particulière...

Le malaise est palpable et augmente tangiblement. Je suis

arrivée à la boutique il y a un peu plus d'un an, après des études qui ne m'ont pas offert les opportunités tant espérées. Depuis, je me suis liée d'amitié avec ma jeune collègue, Clotilde. Elle est un brin utopiste – oui, mon ironie est à peine voilée –, mais son sourire est communicatif et j'aime tout particulièrement sa sincérité. Elle est présente depuis trois ans, me semble-t-il, malgré son mi-temps, ils vont donc la garder. Puis, elle finance ses études, on ressent plus de compassion pour elle que pour une nana sans beaucoup d'ambitions, qui n'a jamais pu réaliser son rêve de gosse, qui se retrouve vendeuse et que les parents fuient pour les fêtes de fin d'année, n'est-ce pas ?

Je suis aigrie ? Oui. Je suis morose, aujourd'hui ? Certainement. Je me fais virer ? Bonne pioche ! *Vous avez le tiercé gagnant !*

– Livia, je suis navrée de t'annoncer cette nouvelle maintenant.

– Maintenant ? Tu veux dire le mois de Noël ?

– Je sais que c'est un mois difficile, commence-t-elle.

La blague !

– Non, à peine, répliqué-je, non sans ironie. Je dois être partie à la fin de la semaine ?

Julie gesticule maladroitement, son visage rougit quelque peu et elle fuit de nouveau mon regard. Pourquoi n'ai-je pas lu cette clause, bon sang ?

Ce n'est pas possible, il y a encore une dernière couche à mettre ? Ils m'ont prise pour un mur à enduire et peindre ?

– Dès maintenant, en réalité, tu peux rentrer chez toi. Tu peux également décider de rester jusqu'à la fin du mois mais comme on ne te reconduira pas, te solder tes jours dès maintenant me semblait plus simple.

Douche froide. Non, glacée.

– Je suis sincèrement désolée, Liv.

– Pas autant que moi, c'est certain.

Si je vivais dans un dessin animé, je serais ce personnage au regard dans le vague qui traîne une pancarte autour de son cou, sur laquelle est écrit en gras le mot : LOSER.

Mais où est la magie de Noël dont on nous rabâche les

oreilles depuis l'enfance ? Décembre, ce n'est pas censé être le mois de l'année le plus beau, le plus festif, celui où toutes les larmes de tristesse se transforment en larmes de bonheur ? Celui où le monde doit revêtir le meilleur de lui-même, s'éclairer de petits lampions et guirlandes pour se parer des couleurs du père Noël et du sapin ? Celui où les enfants entonnent les chants de Noël appris à l'école, où on parle de préparatifs, de repas et de cadeaux, où on retrouve nos proches ? Chaque jour de l'avent n'est-il pas censé être un jour léger et heureux ?

On ne m'a pas prévenue que j'échapperais à toutes ces coutumes cette année. À moins que le karma prenne sa revanche, ai-je été si connasse cette année, père Noël ? Parce que si c'est une question de listes – entendez par là celle des enfants sages et celle des enfants horribles –, je pense sans trop me tromper que j'ai déjà fait pire que cette année…

Bonjour, décembre ; adieu boulot et fêtes en famille…

Je vais finir par passer une petite annonce dans le journal : jeune nana sans un kopeck recherche petit boulot et magie de Noël pour combattre son sarcasme à venir.

Bordel de Noël !

Chapitre 2

« – Tu m'excuseras, Harry, je sais que c'est le réveillon et je sais aussi que tu te sens seul, mais de là à ce que tu débarques et que tu me dises que tu m'aimes, emballé c'est pesé, y a des kilomètres. Ça ne fonctionne pas comme ça.

– Bon, alors comment ?

– Ça, je ne sais pas, mais en tout cas pas comme ça.

– Peut-être comme ça. J'adore que tu aies le nez qui coule alors qu'il fait vingt-deux degrés, j'adore que tu mettes une heure et demie pour commander un sandwich, j'adore la petite ride que tu as là quand tu me regardes comme si j'étais un dingue, j'adore qu'après avoir passé la journée avec toi, j'aie les vêtements tout parfumés par ton odeur et j'adore que tu sois la dernière personne à qui j'ai envie de parler avant de me mettre au lit. Et ce n'est pas parce que je suis seul et que c'est la Saint-Sylvestre si je suis là ce soir. C'est parce que quand on se rend compte que l'on veut passer le reste de ses jours avec une femme, faut pas traîner les pieds, il faut se lancer aussi tôt que possible. »[1]

Ah, Harry, si tu savais comme les mecs comme toi sont en voie d'extinction...

Le réconfort des films d'amour, tout le monde connaît. Pour réparer un cœur brisé, oui, pour faire face à la perte du boulot, c'est le remède que j'ai inventé. Rêver d'amour en décembre, c'est si cliché, mais ça fait tellement de bien.

État du mercredi soir ? Déplorable. Bilan ? Aux *portes de la dépression. Remèdes ? Orgie de films romantiques et de chocolat.*

---

1. Passage du film *Quand Harry rencontre Sally.*

Non, ce n'est pas bien, la dépression est une vraie maladie, il ne faut pas la prendre à la légère ni s'en servir pour faire de l'humour, aussi foireux soit-il. Mais bon, on n'en est pas loin…

Je suis affalée sur mon canapé, en pyjama, et c'est pour ainsi dire ma seule occupation depuis deux jours. Deux interminables journées depuis que je me suis fait licencier sans vergogne et que je me retrouve au chômage en ce début décembre. Joie.

Ma compagnie à cette heure est donc celle de Harry et Sally.

Ma cuillère s'enfonce dans mon pot de pâtes à la carbonara à réchauffer au micro-ondes – je me nourris également très bien en cette période, comme l'atteste mon goûter, alors qu'il n'est même pas dix-huit heures – et tente un aller simple vers ma bouche lorsque mon portable rugit au son de *Hard for me* de Michele Morrone.

Si tu savais comme c'est dur pour moi aussi !

Ma cuillère se renverse à moitié sur mon sweat-shirt bordeaux et mon legging gris alors que je tends le bras vers la table basse pour atteindre l'engin assourdissant sans même faire l'effort de lever mon postérieur. Je décroche prestement pour interrompre la voix envoûtante du chanteur.

– Allô ?

– Tu manges quoi ?

Ma meilleure amie est vraiment douée, elle a une oreille lorsque l'on est au téléphone qui m'émerveille et me terrorise à la fois, systématiquement.

– Rien.

– Liv, me force pas à t'appeler par ton nom complet.

– Des pâtes carbo… soufflé-je, vaincue.

– À cette heure ?

– Dure journée.

– Raconte.

– Version courte ou longue ?

– Longue, pardi !

– Je me suis fait virer il y a deux jours après avoir cassé mon talon et renversé mon café sur mon chemisier. Ah, et j'ai aussi regretté d'avoir quitté mon ex. Depuis, je mange tout ce qui passe entre mes doigts sans trop me préoccuper de ma ligne. De toute façon, en décembre, on est tous gros.

Long silence à l'autre bout du fil. Inspiration et expiration. Théa se prépare à me faire un long monologue pour me secouer, je la connais par cœur. Le laisser-aller, très peu pour cette hyperactive à tendance semi-angoissée. Pourtant, il faut bien qu'elle se ménage désormais.

– Rien de ce que tu as dit n'échappera au filet, mais premièrement, on est gros après le 25, pas dès le 4.

– Je prends de l'avance.

– Stop, la police du sarcasme va venir t'arrêter. Ensuite, comment ça tu t'es fait virer ?! Mais tu ne m'as rien dit, lundi !

– Théa, ce jour-là tu m'as annoncé que tu allais devenir maman, vraiment, et que les risques de fausse couche étaient écartés. C'était l'un des plus beaux jours de ta vie, je ne voulais pas tout bousiller. Ton combat pour avoir un enfant prédominait largement sur mon licenciement.

Après des mois de galère, Théa et Laurent ont appris il y a deux mois qu'ils allaient devenir parents. Lorsque mon amie m'a appelée pour partager cette superbe nouvelle avec moi, je n'ai pas eu le cœur de lui annoncer la sale journée que je venais d'endurer. Aucun nuage ne devait obscurcir la plus belle nouvelle de sa vie, surtout après les complications qu'elle avait vécues. Je me souviens encore de la voix fébrile que Théa avait quand elle me l'a annoncé. Elle était au travail et moi j'allais manger au restaurant avec des amies. J'en ai eu le souffle coupé tellement j'étais heureuse pour elle.

Sur le coup, je n'ai pas vraiment réalisé ce qui se passait dans sa vie, puis j'ai commencé à lire des articles sur la grossesse pour soutenir au mieux ma meilleure amie. J'ai listé les aliments qu'elle pourrait manger en n'étant pas immunisée contre la toxoplasmose, puis j'ai commencé à regarder les jouets et les vêtements pour enfants afin de lui faire de petits cadeaux.

– Un point pour toi. Mais quand même, tu as attendu deux jours pour me l'annoncer !

– Pour t'annoncer que ma vie part en bordel infini ? Je ne trouvais pas ça fun à raconter.

– Liv… Tu sais que ce n'est qu'un coup dur, cela arrive à tout le monde, c'est juste que tes problèmes surviennent tous au même moment !

Je ne peux pas m'empêcher d'exploser de rire et de manquer de m'étouffer avec un fusilli. Théa est cette âme profondément optimiste – je le suis aussi même si on ne dirait pas dans l'immédiat – qui me donnera toujours le sourire, et ce, depuis que l'on s'est rencontrées pendant ma quatrième année de faculté. Elle est ma meilleure amie, celle qui sait lorsque je me sens mal même quand j'essaie de le cacher, celle qui ressent le doute tout comme la joie qui m'inonde. Un roc dans une vie, une rencontre impromptue qui a changé mon existence.

– J'ai la guigne, Théa…

– Comme d'hab ! Mais ce n'est pas une raison pour regretter ton ex !

– Théa, s'il te plaît…

Je sais pertinemment ce qu'elle va me dire. Théa n'a pas une grande estime de Jérémy, elle n'admet pas certains de ses comportements et ne trouve pas que ce soit l'homme que je mérite. Je reconnais qu'il y a eu des hauts et des bas, mais je n'arrive pas à avoir un avis aussi tranché sur la question. Sûrement à cause de ces nombreuses années passées ensemble. On me proposerait Henry Cavill ou Michele Morrone, je signerais les yeux fermés sans souci, mais moi, Liv, femme tout à fait standard, je n'attire pas les mecs ultra-canons ni ultra-célèbres. Comme la plupart des femmes cela dit, aucun complexe à avoir.

Pourtant, à certains moments, je ne peux pas m'empêcher de regretter ma relation. D'accord, elle n'était pas parfaite, mais quelle relation l'est réellement ? Des disputes, il y en a dans tous les couples. Des obstacles et des difficultés à franchir, également. Mon ex et moi ayant deux gros caractères, nos journées comme nos soirées ont parfois donné lieu à des étincelles, voire à des explosions, mais on se rabibochait toujours. Puis les mots ont fini par dépasser la pensée sous le poids de la colère et les plaies se sont ouvertes et accumulées avant de laisser place à un égoïsme partagé et affirmé.

– Liv, ce mec passait son temps à mater son nombril plutôt qu'à passer du temps avec toi. Il te faut un homme mystérieux, qui apprécie sincèrement ta compagnie et créer l'imprévu pour te faire plaisir et rougir, qui te transporte. Tu aimes les surprises, il doit t'en donner. Et faut qu'il aime le sexe !

– À t'écouter, je suis une nymphomane et une tornade…

– Simplement une femme du XXIe siècle qui s'assume.

Il faut noter, c'est vrai, que les hommes d'un autre siècle, qu'ils soient particulièrement prévenants ou machos, ne m'intéressent absolument pas ! J'ai besoin de quelqu'un qui saura pimenter ma vie, avoir de la répartie comme je peux en avoir. Un mou du genou, très peu pour moi. Je ne suis pas une princesse malgré mon amour inconditionnel des romances, qu'elles soient au cinéma ou en livres !

– Un point pour toi.

– Alors maintenant, tu vas te secouer et provoquer le destin ! Tu n'as plus de boulot, OK, mais tu vas en retrouver un, tu es une personne géniale. Tu n'as plus de mec, mais les trois quarts des hommes sur cette planète rêveraient de tomber amoureux de toi. Tu te sens seule, mais tu as un sex-appeal de ouf. Sors et trouve-toi un plan d'une soirée, sois libre dans ta vie, dans ta tête et dans ton corps. Liv, soit géniale et rayonne ! Ose, au lieu d'être rabat-joie ! En plus, ça ne te va pas du tout…

Notre échange téléphonique se poursuit encore quelques minutes et je dois reconnaître que Théa m'a bien remonté le moral. Je n'ai presque plus envie de finir mes pâtes !

Elle n'a pas tort sur un point, il faut que je parvienne à mettre de côté le passé et ma mauvaise humeur. Ne dit-on pas après tout que le positif attire le positif ?

Chapitre 3

En ouvrant un œil ce matin, j'ai mal à la tête. Il se pourrait bien qu'après ma conversation téléphonique avec Théa, j'ai ouvert une bouteille de chardonnay et que je l'aie bue sans le moindre état d'âme… Loin de moi l'idée d'être alcoolique et de boire seule, pourtant je ne peux pas ignorer l'effet que produit un petit verre de vin – ou six, soit l'équivalent d'une bouteille – sur mon organisme et mon cerveau. Bien vite, je me suis sentie détendue, sereine et calme. Voilà donc ce que je recherchais, le calme ! Tout s'explique.

Le chardonnay et les femmes… le duo par excellence selon certains membres de la gent masculine.

Puis, j'ai un péché mignon pour les cigarettes russes, ces petits biscuits délicieusement sucrés qui croustillent. L'alliance avec le chardonnay n'est pas l'accord mets et vin parfait, mais bon Dieu que c'est bon et suffisant à mes yeux ! Alors, il m'arrive d'associer les deux lors de mes soirées en solitaire, de poser des mots sur le papier ou d'écouter de la musique et de me laisser envahir par mes pensées ou mes émotions. Ce n'est pas toujours la meilleure des idées, je l'accorde, mais le vin fait toujours son effet. Lui, il n'échoue jamais à sa mission.

Cependant, ce matin, c'est bien moins calme sous mon crâne.

Bon Dieu, j'ai l'impression que tout l'orchestre s'est donné le mot !

Je me redresse, non sans difficulté. Je suis toujours dans le canapé, la télé s'est mise en veille, ma bouteille de vin repose tel un cadavre sur ma table basse. En regardant l'heure affichée sur mon portable, je découvre qu'il est anormalement tôt pour un jour de chômage. En effet, il n'est que sept heures. Le monde semble penser que les chômeurs sont en vacances, pourtant les soucis, ça réveille ! D'ailleurs, je trouve que cette pensée est égoïste et manque profondément d'altruisme, car ne pas avoir de travail, ce n'est pas une chance, c'est un fardeau. Chaque matin, les problèmes reviennent en pleine face, chaque jour le poids des difficultés s'accroît, les remarques de la société et des proches sont de plus en plus pesantes, comme si ne pas avoir de job reflétait la tare que nous sommes. Alors, non, ce ne sont pas des vacances, mais un calvaire.

J'allume la télévision pour un fond visuel qui me rassure, je me sens moins seule, lance la radio que j'écoute chaque matin avant de me lever pour me faire couler un café et glisser des tartines dans le grille-pain. Que j'aime cette douce odeur ! Le pain chaud et grillé sur lequel je fais fondre mon beurre me rappelle les dimanches matins en famille et tous les petits déjeuners pris avec mon père quand ma mère dormait encore. Lui et moi sommes d'incorrigibles lève-tôt. Les bruns, comme il aime nous distinguer de la blonde au sommeil plus lourd.

Lorsque je me réinstalle dans le canapé, mes tartines disposées sur un petit plateau en métal et mon café dans une main, une nouvelle annonce sur le prochain jeu est faite.

– Dans une dizaine de minutes, nous lancerons le jeu des cinq mots ! C'est le moment ou jamais pour envoyer un SMS de participation ! Cette semaine, un séjour à New York est à gagner, on a un peu d'avance sur Noël !

Un séjour à New York offert... wouah ! Pendant la période des fêtes, la ville doit être magique !

Je ne peux m'empêcher de sourire et de rêvasser. Un Noël à New York, de la neige comme dans les films, le froid et les chants de Noël dans les rues, manger des hamburgers plus gros que moi, découvrir Central Park et vivre à l'américaine, l'émerveillement provoqué par tout ça.

– En attendant, voici le son qui fait frémir toutes les filles depuis quelques semaines...de Michele Morrone !

Les gorgées de café absorbées commencent à éveiller mon esprit. Et si je tentais ma chance ? Certes, on ne peut pas dire qu'elle est vraiment de mon côté ces derniers temps, mais Théa l'a bien dit, il faut oser. Après tout, une petite provocation du destin ne peut pas faire de mal, au pire je retomberais sur mes fesses, comme les chats !

J'attrape mon portable tout en fredonnant la chanson en rythme.

Message envoyé.

Je me lève, toujours rivée à mon portable, en me déhanchant – bon, OK, en me dandinant serait plus exact – sur le tube suivant un morceau de l'album des Black Eyed Peas sorti cet été. J'adore les sons *latinos*, surtout l'été, c'est hyper entraînant. Puis le groupe est tout de même mythique !

Mon fessier poursuit ce mouvement chaloupé pendant que mon regard et mes doigts pianotent sur Instagram. J'ai développé une addiction pour ce réseau social. J'adore la photo et capturer les instants, alors partager des bouts de vie, c'était fait pour moi. Je repère une lampe très bohème qui irait bien dans ma chambre, une photographie de l'océan déchaîné, puis, bien sûr, je guette les petits potins et phrases accrocheuses que je partage sans lésiner à Théa en message privé.

Soudain, mon portable se met à vibrer entre mes doigts. C'est un numéro inconnu. À la radio, plus aucun tube ne passe, je n'entends que la voix de l'animateur.

– Allez, Liviana, il faut décrocher pour participer !

Oh, merde ! Liviana, mais c'est de moi dont il parle ?!

Mon portable vibre toujours, et d'un doigt mal assuré, je fais coulisser le bouton pour prendre l'appel. Je suis fébrile et ma gorge se noue.

– Allô ?

– Liviana, comment tu vas ? C'est la radio, ce matin on a décidé de t'offrir une dose de chance ! Es-tu prête à jouer au jeu des cinq mots ?

– Bien sûr !

L'animateur rappelle les règles du jeu aux auditeurs et à moi-même. Je ne dis rien, encore sous le choc. Je ne réalise pas que parmi toutes les participations et tous les SMS envoyés, le mien, est celui qui a été tiré dans la loterie du hasard et de la vie. Pour un peu, je pourrais croire que j'hallucine…

– Ce matin, Liviana, tu vas jouer avec moi ! Je vais donc sortir pendant que tu vas donner ta liste de mots à Deb.

Après quelques minutes, une fois l'animateur sorti, la fameuse Deb prend le relais et enchaîne les cinq mots auxquels je dois trouver un mot rapprochant susceptible de me faire gagner si Franck, l'animateur, trouve le même. Il faut être logique dans un cas comme ça, donner le premier mot qui me vient à l'appellation de celui que l'on me donne tout en étant cohérent.

Voiture, bus. Hiver, été. Pluie, danse. Pomme, poire. Décembre, Noël.

Ce sont mes mots. Ce sont autant de chances de chambouler ma vie, de lui faire prendre un tournant que je n'avais pas même envisagé et qui peuvent m'offrir la chance inespérée de fuir ce Noël triste pour un autre beaucoup plus dingue, fou ou magique !

– Voyons voir, Liv, si ta sélection est la bonne ! Je fais revenir Franck.

– Alors, Liv, prête ? Tu as foi en moi ?

– Ça me donnerait le sourire cette semaine !

– Ouh…ça sent le mois de décembre mal entamé ! Je vais te le donner le sourire, tu vas gagner ces billets !

Le jingle du jeu retentit et Deb commence avec le premier mot.

– Voiture.

– Chauffeur.

– Loupé. Hiver.

– Automne.

– Mais non, été ! Bon, allez, on y croit encore. Pluie.

– Orage.

Je reconnais que s'il m'avait sorti « danse » j'aurais trouvé ça farfelu !

Mon esprit est un concept a lui tout seul. Ou rempli d'inepties, à choisir. Il ne reste plus que deux mots et la chance de partir s'envolera sans moi. Mon espoir diminue et mon cœur a un léger soubresaut. Après ces deux dernières semaines de merde, je m'attendais à quoi ? *Pff, ça n'arrive pas à moi ce genre de trucs.*

– Pomme ?

– Banane.

– Mais comment ça peut être ton fruit de référence ? s'étonne Deb en riant. Allez, concentre-toi, c'est le dernier mot. Décembre ?

Ma respiration se coupe, je suis pendue à mon portable dans l'attente de sa réponse. Subjuguée par un seul et unique mot à venir. Un silence monacal s'abat dans mon salon. J'attends la réponse de Franck avec espoir et excitation.

– Noël !

Bordel !

– Félicitations, Liv ! Tu pars pour trois semaines à New York ! Joyeux Noël !

Wouah... j'en reviens pas ! J'ai gagné !

Chapitre 4

– Ma biche, dans ta valise, prends des affaires chaudes.

– Théa, je sais que tu t'entraînes, mais tu n'es pas ma mère… La mienne d'ailleurs est bien moins pénible que toi en ce moment. Elle a même plutôt confiance en son pouvoir d'éducation et en moi puisqu'elle ne m'appelle pas pour me dire quoi emporter dans ma valise.

– Je dis ça pour ton bien, moi.

– Comme la plupart des mamans.

– C'est juste que tu es…

– Une bordélique sans organisation ?

– Voilà ! Je n'aurais pas trouvé mieux !

Après avoir été la grande gagnante du jeu matinal de la radio, j'ai appelé Théa pour tout lui raconter. Comme à son habitude, son chéri étant parti tôt pour travailler, elle était déjà debout. De grands cris ont accueilli ma révélation. Elle était ravie pour moi. J'ai tout de même gagné trois semaines tous frais payés à New York, si ça, ce n'est pas dingue ! Un Noël aux États-Unis, comme elle me l'a rappelé. Vingt et un jours dans la *Big Apple*, avec un départ le sept décembre. Dans deux jours donc.

J'ai mis un petit temps avant de réaliser concrètement ce qui m'arrivait. Dans la vie, je suis une poissarde, le seul moment où je sors quand le temps est mitigé, je me prends la flotte, la machine à café du boulot m'avale systématiquement les pièces sans jamais me donner le précieux liquide… C'est la raison pour laquelle j'ai vérifié quatre fois que mon passeport était à jour, que je suis bien l'heureuse élue de ce jeu radio, mais les billets à mon nom ne trompent pas.

L'animateur m'a demandé avec qui je partais profiter de

ce Noël puisqu'il offrait deux places. Il y a eu un temps de latence. Un long temps de latence. *Personne*. Ma réponse l'a surpris, mais je n'ai pas – plus – de mec, ma meilleure amie est enceinte, je suis enfant unique et je viens de me faire virer. Je n'ai que peu d'amies, Clothilde travaille et ne peut pas s'absenter aussi longtemps à cette période. Devant cet état de fait, l'animateur a dû me prendre en pitié, car il m'a proposé de me reverser l'argent du second billet aller-retour et bien sûr je n'ai pas refusé. Quelques billets par les temps qui courent, ce ne sera du luxe ! Je pourrai ainsi pleinement profiter de la ville et faire du shopping presque sans compter, surtout avec l'hôtel en pension complète ! J'aurai des faux airs de Blair Waldorf sur les marches du MET, enfin s'il n'y a pas trop de neige.

– Pense aux bonnets, écharpes… Attends, je vais regarder la météo qu'il fait à New York.

– Sur les trois semaines à venir ? me moqué-je.

– Liv, la moquerie, ça donne des rides !

Je pouffe de plus belle sous les remontrances de ma meilleure amie. Théa est cette personne si chère à mon cœur qu'elle est comme une sœur, toujours la première à tout savoir sur ma petite vie, à me conseiller, à m'engueuler, à me pardonner. Elle a rencontré son tendre Laurent et file le parfait amour depuis. Celui que l'on voit dans les films ou qu'on lit dans les romances contemporaines. Cet amour qui fait vibrer même quand on ne fait pas partie du couple, celui qui brille tel un feu d'artifice. Ces deux-là sont faits pour être ensemble, cela crève les yeux ! Puis, il y a moi. Liviana, surnommée Liv par les intimes, vingt-cinq ans, qui accumule les faits de poisse dans la vie, qui ne dit jamais non à un cappuccino, qui rêve d'un amour à couper le souffle et à remuer l'univers, qui est une bordélique et tête en l'air notoire, qui fantasme sur Henry Cavill et Michele Morrone, qui adore voyager et s'enivrer de la vie, mais qui est tout simplement une nana banale dans une vie banale. Eh ouais, les gars, la vie ce n'est pas un kiwi !

– Liv, tu ne m'écoutes plus.

– Pardon, tu disais ?

– Je sais que ce voyage est une chance dingue, mais tu es

sûre que tu veux y aller ? Enfin, je veux dire… c'est Noël. Je sais combien tu aimes cette période et tu vas tout quitter et partir à l'autre bout de chez toi.

– J'ai eu une petite hésitation, puis je me suis rendu compte que rien ne me retient ici cette année.

– Hé !

– Théa, tu sais ce que je veux dire. Vous allez tous les deux être en famille, la mienne s'est tirée et j'ai aucune envie d'être seule, ici, dans mes affaires. Je préfère être seule à l'autre bout du monde et saisir toute opportunité qui pourrait se présenter à moi.

Ma meilleure amie me connaît bien, très bien même. Être seule à cette période de l'année est ma hantise. Je suis une amoureuse de Noël et de tout ce que cela représente, mais cette année n'est pas comme les autres. La magie devrait parcourir l'air, me bouleverser et je devrais passer mon temps à regarder les replays des téléfilms de Noël, une passion avouée et assumée. Cela dit, cette année, je peux les regarder en direct comme j'ai été virée. Cependant, j'ai besoin de changer d'air. Rester ici ne m'apportera rien de bon. Je me connais, j'ai beau être une femme positive dans la vie, je vais ruminer, je vais me poser des questions et me demander ce que j'aurais dû faire ou ne pas faire. En perspective, un Noël bien minable. Alors, non, j'ose, je me tire d'ici, je pars à la découverte des *States* et surtout, je me prends une bonne dose d'esprit de Noël pour me consumer de joie cette année. *J'en fais des caisses ? Mmm, ouais, un peu.*

Je rassure mon amie avant de quasiment finaliser ma valise et d'appeler mes parents. Malgré l'éloignement, j'ai envie de les rassurer, ma mère a tendance à rapidement s'inquiéter, à l'instar de Théa, et puis ils me manquent après tout.

L'appel est relativement bref, mes parents me parlent de leur croisière, ma mère est tout enjouée lorsqu'elle me décrit leurs escales et les petits souvenirs méditerranéens qu'elle a achetés pour eux et pour moi. Mon père est toutefois moins loquace, sauf lorsqu'il m'explique les spécialités culinaires qu'il a pu déguster. Puis il s'interroge sur ma routine, il me demande si ça va et surtout si je suis vraiment prête à quitter

Paris pour un Noël new-yorkais. Mon père a toujours été ainsi, observateur et à l'écoute, sans prononcer de mots tendres et affectueux, mais toujours là en cas de besoin, toujours attentif aux moindres signes que je pourrais laisser filtrer. Mon père, ce héros, comme ils disent dans certaines publicités.

Lorsque je raccroche, mon cœur tressaille d'émotions. Le grand bain, c'est pour bientôt !

Chapitre 5

7 décembre 2020. Le grand jour.

Je suis à l'aéroport Charles de Gaulle, je me pèle littéralement les miches, car il y a un vent frigorifiant. Les voyageurs pour la plupart sont en voyage d'affaires, les hommes en costume avec leur mallette tenue fièrement à la main se distinguent. Les femmes sont richement et élégamment vêtues. Je fais presque tache au milieu de ce décor qui ne m'est pas coutumier.

Lorsque je monte à bord de l'Airbus, je me sens minusculement petite – insistons bien sur la taille, c'est important – dans cet engrenage, ce tournant que prend ma vie. Puis je m'envole pour huit heures d'avion sans escale – Dieu soit loué –, emmitouflée dans un sweat-shirt large vieux rose de la marque Abercrombie & Fitch, un jean *skinny* brut et des Converses noires. Mon perfecto plié et rangé au-dessus de ma tête et mon écharpe enroulée autour de mon cou. Tenue confortable pour la durée du vol à venir. À un moment, je me demande si en atterrissant je vais subir une vague de froid monumentale. Les températures ne sont quand même pas similaires à celles ressenties à Paris. Verdict ? Je suis convaincue que je vais me cailler, mais bon, c'est trop tard maintenant et j'ai la flemme de me plaindre pendant des heures de ma bêtise non assumée.

Ma voisine de voyage arrive, une petite blonde super bien gaulée – du genre à rendre jalouse n'importe quelle nana sur cette planète, dont moi, ne nous leurrons pas – vêtue d'une robe noire épousant ses courbes et de baskets blanches Stan Smith. Elle se présente, Lola, et commence à parler sans s'arrêter. J'apprends toute sa vie, presque comme si j'en étais actrice moi-même. Malgré l'agacement qui pointe, je l'écoute et je me souviens des paroles de Théa : « Le sarcasme te rend moche ». Je me tais donc.

Lola m'explique qu'elle rejoint un mec rencontré par hasard, il y a deux mois, dans un café, et qui lui fait de nouveau croire en l'amour après une rupture vraiment difficile. L'ex de Lola s'est barré avec une autre après l'avoir demandée en mariage deux mois auparavant. Une histoire qui pourrait paraître dans un bouquin. Lorsqu'elle me raconte cela, je sonde ses traits, cherchant la rancœur ou la tristesse, mais nulle part je ne les trouve. Au contraire, son visage n'est que douceur et amour.

C'est donc à ça qu'on ressemble lorsque l'on a rencontré le véritable amour ?

– Tu vois, j'étais dépitée, mon mec m'avait larguée quelques mois avant, j'avais rencontré quelqu'un, on s'était rapproché jusqu'à devenir un plan sans lendemain, régulier. Puis je me suis attachée, je n'étais pas vraiment prête à ce que tout devienne officiel, mais je me sentais bien avec lui. J'ai tenté de lui en parler, je me suis pris un râteau, il m'a fait comprendre, tout en non-dits et sous-entendus, qu'il ne voulait pas de sentiments amoureux. J'étais déçue et je me suis sentie mise à terre par l'amour, une fois de plus, m'a-t-elle dit.

– Et pourtant, tu es dans un avion pour New York, aujourd'hui…

– Oui ! J'ai zoné quelques jours durant, puis en me promenant avant de me poser dans un célèbre café parisien, j'ai été abordée par un bel Américain. On a passé la journée et plus encore ensemble. Il m'a fait comprendre que l'amour essuie de nombreux échecs, mais que ce n'est pas pour ça qu'il ne nous attend pas au bout du chemin. Lui, il m'attendait au bout du chemin. Depuis, on se parle chaque jour, on s'appelle et maintenant, on va se retrouver.

– Tu le crois vraiment ?

– Tu sais, Liv, je ne vois pas pourquoi certains auraient le droit de vivre l'amour avec un grand A et pas nous. Alors, oui, j'y crois. J'y crois de toutes mes forces et plus encore parce que l'amour a besoin que l'on se batte pour lui. On doit se battre pour lui, car il n'y a rien de plus beau.

Je reste sceptique, mais je l'écoute parler de son Ricain et de leur passion des temps modernes pendant une longue partie du trajet. Je ressasse aussi, beaucoup, puis je me convaincs que cette aventure de Noël ne peut me réserver que des surprises. Qu'elles soient positives ou négatives, ce seront des expériences dingues.

C'est New York quand même !

D'ailleurs, mon arrivée est pour le moins saisissante ! On découvre souvent le hall du Terminal 1 de l'aéroport dans les films américains, son immensité, ses fenêtres vitrées gigantesques, sa foule de passagers, mais je ne m'attendais pas à cela, pas à ce que le lieu soit si vaste. Avec Lola, nous allons chercher nos valises ensemble, puis nous affrontons cette longue, voire interminable péripétie qu'est la douane. À bord de l'avion, j'ai rempli leur formulaire, un peu plus et ils auraient pu me demander la date et l'heure de ma dernière grosse commission… Un peu d'humour pour patienter ne fait pas de mal, bien que je comprenne amplement les mesures prises par ce pays. Plus tard, dans le hall, Lola devient tout sourire et je comprends vite pourquoi en la voyant se jeter sur un beau garçon blond. Ils se serrent plus qu'affectueusement et les baisers coulent à flots.

Moi ? Je suis bêtement spectatrice de cette passion, mi-dégoûtée, mi-envieuse. Je me sens stupide de rester là, à attendre que leur étreinte cesse, mais je ne peux pas m'enfuir comme une voleuse après avoir passé un si long vol à copiner avec Lola. Puis, avouons-le clairement, j'ai la trouille de sortir de cette bulle qu'est l'aéroport et de réaliser la folie de fin d'année dans laquelle j'ai sauté à pieds joints !

Brièvement, Lola fait les présentations, nous échangeons nos numéros, elle me fait promettre de la contacter si j'ai besoin de voir un visage connu et français durant ces trois semaines, puis bras dessus, bras dessous, elle retourne à son prince et leur conte de fées.

Seule dans le hall de l'aéroport, j'inspire une grande bouffée d'air, chargeant mes poumons et mon être de courage.

New York, à nous deux baby !

Chapitre 6

Cette ville est glaciale, nom de Dieu ! Je suis définitivement congelée. Théa serait là, elle me ferait judicieusement remarquer que se vêtir d'un simple perfecto à New York, au mois de décembre, est l'idée la plus débile qui puisse être ! Et en soi, elle n'aurait pas tort. Je maudis ma bêtise légendaire – ou mon insouciance, je ne vois pas ce qui est mieux – et me frictionne les bras en quête d'un peu de chaleur.

Claquant des dents, rentrant mon cou dans mon écharpe, je sors d'un emblématique taxi jaune. Rien que rouler dans ces *yellow cabs* me comble de joie, c'est tellement mythique ! Dérisoire pour les Américains, mais si important pour les touristes. Il me faudra d'ailleurs ma photo souvenir.

Pathétique touriste ! me morigène ma conscience qui prend déjà des airs de grande New-Yorkaise.

Le chauffeur m'aide gentiment à sortir ma grosse valise du véhicule, puis, en me tournant, je découvre l'immense Matthew's Hotel. Sa façade, presque exclusivement vitrée, impose aux passants ce luxe que l'on peut voir dans les séries ou les téléfilms américains. Je me tiens face à cette haute tour dont on ne peut compter les étages et qui semble toucher les nuages le jour, les étoiles la nuit. Le monde est à ses pieds !

Après avoir remercié le chauffeur, je pénètre dans le hall d'entrée de l'hôtel. La luminosité de l'endroit me frappe, tout est très clair, mais également chaleureux, loin des standards modernes et impersonnels habituels de ce type de lieux. J'observe plus en détail ce qui m'entoure et m'émerveille devant le sapin d'une hauteur démesurée, trônant au centre de la pièce, tout illuminé et coloré de rouge et de blanc. Il est chargé de boules, de suspensions en bois très vintage et de jolis nœuds que je serais incapable de faire – déjà qu'apprendre à faire mes lacets de baskets a été une épopée honteuse dans ma vie. Si seulement ça s'était arrêté là !

Un petit garçon s'extasie également devant ce bel arbre. Il a l'air d'un bambin à côté, alors qu'il doit bien avoir une dizaine d'années. Ce sapin est vraiment un monstre. Un surprenant monstre coloré et magique, entouré de cette aura de bonheur et de lumière qui réchauffe chaque personne à cette période. Rien qu'à voir l'air envoûté qui trône sur cette bouille d'ange juvénile.

La réception, sur la droite, apporte une chaleur rassurante en étant tout en bois dans cet univers majoritairement blanc immaculé. Des poinsettias disséminés sur les tables et buffets du hall apportent une touche d'élégance supplémentaire à cet hôtel de luxe. Je me suis rarement retrouvée dans un endroit si sélect et si luxueux, je suis un peu comme Cendrillon qui passe de souillon à princesse. Sauf que moi, je me caille les meules avec mon perfecto. La baguette de la bonne fée a simplement transformé mon lieu de vie pour les trois prochaines semaines, pas mes fringues. Ça n'enlève néanmoins rien à mon plaisir. Je n'en reviens pas d'être là !

Pincez-moi, je rêve !

Je passe de la parole à l'acte, mais le pincement n'a pour seul effet que la douleur.

Tout est si épuré, si raffiné. Jamais je n'ai eu l'occasion de pénétrer dans un lieu aussi mondain et une petite part de moi se sent légèrement mal à l'aise. Il est évident que, dans la société, tous les individus n'appartiennent pas au même monde. Cependant, je frémis d'impatience de prendre un peu part à celui dans lequel je viens d'entrer !

Perdue dans ma contemplation des lieux, je n'entends pas le réceptionniste qui m'interpelle. C'est un homme d'un certain âge, un sourire discret et poli étire ses lèvres, ses grands yeux clairs me scrutent. Il me fait penser à Barney, dans *Pretty Woman*.

– Bonjour, mademoiselle, que puis-je faire pour vous ?

– Bonjour, je suis Liviana Perrin. Une réservation a dû être faite à mon nom.

Le faux Barney se détache de moi pour poser ses yeux sur son écran d'ordinateur et j'attends patiemment que son registre confirme ma venue. Mon regard balaie l'entrée où se pressent des hommes élégamment vêtus à l'oreille collée à leur portable, des bagagistes en uniforme rouge et or pour aller avec le décor de saison, et des femmes en vison et robe arrivant au-dessus du genou, alors que j'ai l'impression que mes orteils se sont détachés de mon corps. Puis j'observe à travers la vitre le faux père Noël agiter sa cloche depuis le trottoir. Bien qu'évoluant dans le même lieu, personne ne se regarde : les hommes, subjugués par leurs conversations ou leurs pensées, ne jettent pas un coup d'œil au personnel. Les femmes, paradant dans leurs somptueuses tenues, très *Gossip Girl*, s'admirent bien plus dans le grand miroir mural qu'elles n'adressent un sourire aux autres. Les rares enfants du hall sont en définitive la compagnie qui me paraît la plus plaisante. Est-ce cela être fortuné ? Perdre son humanité ? Le monde semble devenir invisible aux yeux de ces gens, il ne reste plus que leur personne, rien de plus.

– Votre chambre n'est pas encore tout à fait prête, je peux vous proposer d'attendre dans notre salon et de garder vos bagages à la conciergerie.

– Est-il possible de laisser mes bagages et de quitter l'‘hôtel ? Je vous avoue que je trépigne d'impatience à l'idée de me balader dans les rues de New York.

Dans mon esprit, ce que je lui dis ressemble à ça, cependant je ne suis pas sûre que mon anglais soit assez correct pour qu'il comprenne ça. Tant pis ! Le grand sourire dont il se fend me confirme qu'il a saisi l'engouement qui me submerge. Ma posture l'y a sûrement aidé. Je ne tiens pas en place, me balançant presque d'un pied sur l'autre à un rythme régulier tant l'excitation contrôle mon corps.

Avec amabilité, il me propose une veste plus chaude et je me retrouve ainsi emmitouflée dans une doudoune noire à fines paillettes – la plus sobre que j'ai pu trouver. C'était ça ou une doudoune à poils longs – que l'on ne me demande pas comment c'est possible – et de couleur rose bonbon. Les New-Yorkais ont des goûts plutôt particuliers… Il ne me semblait pas que les monstruosités de ce genre étaient monnaie courante chez les fashionistas américaines !

Tout en refermant mon précieux manteau, je quitte l'hôtel, les yeux levés vers les flocons qui tombent.

Il neige si rarement chez nous ! C'est un vrai bonheur de sentir la neige !

J'avance de quelques pas sur le trottoir, sans savoir où je vais, et ferme les yeux de temps à autre pour profiter de cet instant, de la magie du lieu, de ma chance incroyable de me trouver dans cette ville à la meilleure période de l'année et d'être non pas dans un rêve, mais dans la plus belle réalité possible…

– Aïe !

Mon manque de prudence me perdra…

Perdue dans mes pensées, j'ai malencontreusement foncé dans quelqu'un. Un homme, comme je peux le constater, et plutôt beau ! Il porte un manteau à motif prince-de-Galles, une belle écharpe blanche et je crois rêver en découvrant son visage. Une mâchoire carrée ombrée par une légère barbe de quelques jours, de fines lèvres pincées, des cheveux bruns en bataille, un front assez large et un regard profond et sombre. On pourrait croire qu'il est le cousin de mon chanteur du moment !

– Vous ne pouvez pas faire attention ?!

Cette voix rauque et virile me fait frémir. Cet accent auquel je ne comprends d'habitude rien est étonnement clair et limpide.

– Je suis désolée, je ne vous avais pas vu.

– C'est pour ça qu'on doit regarder droit devant soi et ouvrir les yeux !

– Ce n'était pas volontaire, je vous le répète.

Ouh lui, il commence à me courir sur le haricot ! Il est sourd ou débile ?

J'inspecte l'ampleur des dégâts et il semblerait que dans ma maladresse, j'aie renversé une partie de son mug de café sur son manteau. Son regard s'assombrit et je sens la colère monter en moi également. OK, j'ai ruiné son vêtement, mais ça va, il ne va pas en faire tout un drame ! Vu comme il est habillé, il n'est pas à un pressing près !

– La prochaine fois, arrêtez de rêvasser !

– Et vous, la prochaine fois, arrêtez d'être aussi con !

Sans attendre davantage, je poursuis prestement mon chemin et laisse derrière moi ma première rencontre new-yorkaise. Pas la meilleure de surcroît. Espérons que les suivantes seront meilleures. Comme quoi, être beau ça ne fait pas tout. Je dirais même que ça ne suffit pas ! Beau, mais con, ciao.

Dans cette ville, Noël est partout, je peux presque sentir son odeur dans l'air, c'est une ambiance bien différente de celle de la France. En me promenant dans les rues, je me retrouve bien vite vers Central Park et son merveilleux paysage enneigé. Je m'y promène un long moment, croisant à la fois des couples à l'amour exacerbé par ce mois si particulier, des enfants s'adonnant à des créations enneigées ou à des batailles de boules de neige dans des éclats de rire capables de redonner le sourire au monde entier, ainsi que des joggeurs chevronnés.

Avec ce froid, jamais on ne me fera bouger mes fesses pour courir ! Faut vraiment être dingue !

Franchement, à cette période, je préfère encore grossir au chaud dans mon manteau plutôt que me geler les miches en faisant du sport pour éliminer les calories des papillotes à venir, du foie gras et de tout le reste ! Je n'ai jamais compris le principe de faire un jogging dans le froid ou sous la pluie. Les gens ont si mauvaise conscience que cela lorsqu'ils s'empiffrent ? Arrêter de manger n'importe quoi, ce ne serait pas plus simple ?

À mon tour, comme les enfants, je m'assois dans la neige. Les fesses posées dans l'épais manteau blanc qui recouvre le sol – merci la doudoune longue qui protège mon derrière –, je ferme les yeux et savoure l'instant, le froid qui circule peu à peu dans mon corps, la neige qui se dépose dans mes cheveux et sur le bout de mon nez, le craquement des pas des quelques personnes présentes, les bruits alentour mêlés au calme du lieu, des sensations toutes plus diverses les unes que les autres. La nostalgie s'invite en moi et, en prenant une petite quantité de neige entre mes gants – merci le faux Barney –, je forme un cœur blanc.

Un symbole, tout plein de pensées, un moment de réflexion.

Je redoutais ce Noël… Mes parents si loin, la perte de nos habitudes et de nos traditions de Noël, Théa et sa famille en devenir, perdre un peu ma place de meilleure amie par manque de temps ou tout simplement accaparée par son rôle de maman… Passer les fêtes seule m'angoissait, sans compter mon licenciement, puis mon célibat. Mais, face à ce spectacle incroyable, face à Central Park recouvert de flocons, dans le froid hivernal, mon cœur se réchauffe. Je suis seule pour Noël, oui, mais la magie de cette période m'entoure plus que jamais. Et au fond, peut-être que ce Noël m'apportera des réponses et me guidera dans mes choix de vie. Sans aucune attente, prête à l'inattendu, je reste ouverte au hasard. La vie est faite de surprises, il ne faut pas en douter !

Chapitre 7

J'ai quitté Central Park il y a une heure, puis je me suis installée dans un petit café, bien loin du cliché de Starbucks, un endroit très cosy et intime où la chaleur humaine est le maître-mot. La serveuse m'a gentiment aidée à choisir leur spécialité de Noël, un muffin aux canneberges et au chocolat blanc. Un pur régal ! Il m'arrive souvent de faire des muffins, mais je n'ai jamais réussi à parvenir à ce résultat, bien gonflé ressemblant à un champignon, moelleux à l'intérieur, bien doré à l'extérieur et un peu croustillant. Un échec à tous les coups, il faudrait que je pense à leur demander leur astuce.

Installée derrière une table en bois face à la vitrine de l'établissement, j'ai admiré les passants déambuler, certains avec de grands sacs contenant leurs cadeaux, d'autres pressés et conformes à l'idée que je me faisais des New-Yorkais : un peu comme les Parisiens, affairés et peu souriants !

Et je n'avais pas encore emprunté le métro !

En définitive, au bout d'un long moment de détente, je m'en suis allée vers l'hôtel. J'avais hâte de découvrir ma chambre et de pouvoir prendre une bonne douche avant de sombrer dans des draps moelleux, car il ne faut jamais minimiser le décalage horaire. J'étais une épave qui n'attendait que de s'affaler dans son lit et de fermer les yeux pour une longue, très longue durée.

Lorsque j'arrive enfin à destination et alors que je me faisais une joie de découvrir la réception vide et que je prévoyais une récupération rapide des clés, le faux Barney m'annonce la pire nouvelle qui puisse être.

– C'est une blague ? C'est forcément ça.

– Je suis navré, mademoiselle Perrin, mais il y a dû y avoir une erreur dans la réservation, vous n'avez que cette nuit de réservée.

Que cette nuit... Bordel, je suis là pour trois semaines !

– Ce n'est pas possible, répété-je encore.

En ce moment, j'ai la poisse, c'est clair, mais là, je touche le fond… Bon sang, je suis à l'autre bout de chez moi, seule, et maintenant à la rue ! C'est quoi ce délire ? Mais qu'est-ce que j'ai pu faire au karma pour qu'il s'acharne sur moi comme ça ?!

Qu'est-ce que je vais faire ?

– Vous pourriez vérifier une dernière fois, s'il vous plaît, Bar… monsieur… ?

– Brett. Mademoiselle, comme pour les trois fois précédentes, je vais lire la même chose sur le registre.

– Mais ce n'est pas possible enfin ! Je suis là pour trois semaines, la radio s'est elle-même occupée de toute l'organisation.

– Vous devriez les appeler dans ce cas. Sinon, demain à midi, vous devrez quitter l'établissement. Je suis confus et désolé pour vous, croyez-le bien, mais je ne peux rien faire de plus.

– Je peux squatter la chambre d'un client. Tant qu'il n'est pas trop vieux ni pervers, ça me va !

Dans mon dos et de loin, j'entends des ricanements, plutôt graves, que je pense sans trop me tromper provenir d'un homme. Je suis tentée de me retourner, mais face au regard choqué que m'adresse Brett, j'évite.

– Je vous demande pardon ?

– Rien, ne faites pas attention à ce que je dis.

Me mettant à l'écart, je compose le numéro de la standardiste de la radio et prie pour qu'elle décroche. Voyons, il est dix-sept heures ici, donc en France, il est vingt-trois heures. J'ai d'un coup peu d'espoir. Voire pas du tout, mon peu de chance va clairement se réduire à néant dans quelques minutes…

Les tonalités s'éternisent, personne ne répond.

Eh merde !

Je suis tentée d'appeler Théa avant de me souvenir de

l'heure. Même si elle me répond, mon amie ne me sera pas utile depuis le fond de son canapé douillet. En soufflant, je retourne à la réception et double un homme que je ne vois que de dos. Je l'entends rouspéter à mon passage en force.

– Bon, Brett, petit souci, la France dort, donc on va reporter ça à demain.

J'essaie de paraître détendue, voire je-m'en-foutiste, mais en vérité, j'ai la trouille ! Je sais pertinemment que les heures me sont comptées dans le Matthew's Hotel et j'ignore comment me sortir de ce pétrin. Nom d'un asticot ! Et voilà que maintenant, j'emploie les expressions de ma grand-mère, rien ne va plus !

Avec ce sourire poli, mais qui en pense long, Brett me répond :

– Mademoiselle Perrin, j'espère que d'ici demain vous aurez trouvé une solution, sinon vous devrez quitter l'hôtel.

– Je sais, je sais, rouspété-je.

– Voici votre clé, chambre 307, le petit déjeuner est servi de sept heures trente à onze heures, au dernier étage, dans la véranda.

Je le remercie d'un sourire crispé, puis me retourne et empoigne ma valise que l'on m'a soigneusement apportée. En me tournant trop brusquement, je percute l'homme suivant dans la file, lui arrachant un râle de mécontentement. Levant les yeux, je le reconnais dans l'instant.

Mais ce n'est pas possible…

Je vais vraiment finir par m'apitoyer sur mon sort ! L'inconnu de la rue, sur lequel mon café s'est accidentellement renversé, se tient face à moi, le visage légèrement rouge de colère. Je croyais que dans une ville de plus de huit millions d'habitants, croiser deux fois la même personne était impossible ! Tu parles ! Il y a arnaque !

– Encore vous ! Mais c'est une vraie manie ! gronde-t-il.

– N'ayez crainte, dès demain votre manteau sera épargné.

Sans m'éterniser, je me dirige vers l'ascenseur. Le bagagiste m'ouvre la porte et dépose ma valise à côté de moi, puis s'éclipse avant que je ne rejoigne le troisième étage afin de découvrir ma chambre.

J'avance à petits pas à l'intérieur de celle-ci, avec la sensation d'être une intruse. Tout est si… somptueux ! Une immense baie vitrée faisant tout un pan de mur m'offre une belle vue sur la ville – et je ne suis qu'au troisième étage ! La décoration est soigneusement étudiée, le linge de lit dans des tons crème s'accorde avec l'ameublement fait de bois peint en bordeaux. Une belle composition florale est disposée sur le bureau, près de la cafetière. Les plafonds sont ornés de moulures contrastant avec la modernité de la chambre. Quant à la salle de bains, tout y est en marbre blanc et en plaqué or. Le tout pourrait donner l'impression d'un lieu bling-bling, mais il n'en est rien et je me sens avant tout comme une princesse face à tant de confort. Tout y est parfaitement à sa place. Moi y compris finalement.

Bon, OK, comme une princesse avec une date de péremption très proche… Je suis un peu comme le pot de yaourt qu'on laisse dans le frigo, celui qu'on délaisse, puis dont la date passe et qu'on finit par jeter après une brève hésitation. Ma soirée est cette brève hésitation. Enfin bon, je m'égare.

Au lieu de me morfondre, je décide de prendre une photo de la chambre et de l'envoyer à Théa avant de filer prendre un bain chaud très relaxant et de me coucher.

Les soucis attendront demain !

Chapitre 8

Je fulmine. La standardiste de la radio, qui bégaie plus que quiconque sur cette planète, est incapable de me trouver une solution aujourd'hui, alors que c'est précisément ce jour que je me retrouve sous les ponts, dans un pays différent, sur un continent différent, séparé de chez moi par un putain d'océan.

Fait chier...

Non, mais comment peut-on être autant chat noir que moi ? Et surtout, comment peut-on ne pas vérifier une réservation ?! Heureusement que tout le monde n'est pas aussi incompétent que cette standardiste. Elle m'a tout de même sorti : « c'est une erreur d'étourderie ». Mais meuf, ça, c'était l'appréciation que mes professeurs mettaient sur mes copies de français en sixième !

Je fulmine, je gronde et je ne peux pas m'empêcher de la maudire. Je pourrais bien créer une poupée vaudou à son effigie et y planter des aiguilles que ça ne me soulagerait pas tant je suis hors de moi. Une « erreur d'étourderie », non, mais, bordel, je suis à l'autre bout du monde, je me passerais de putains d'erreurs d'étourderie.

Je raccroche, à cran et avec peu de politesses, mais ça m'agace énormément. En réalité, j'euphémise le tout, très franchement. Le monde pourrait être à feu et à sang à cause de mon courroux, comme dans les films apocalyptiques.

Je pourrais contacter Lola en dernier recours, notre rencontre dans l'avion n'est peut-être pas un hasard et même si je culpabiliserais de gêner son idylle avec son copain, je préfère mille fois ça à me cailler les meules en quête d'un toit à New York. À part elle, je n'ai aucune solution. Cependant, quelque chose m'empêche de la contacter, je n'ai pas envie d'avoir à quémander la charité à une personne que je ne connais quasiment pas, aussi gentille et adorable soit-elle.

Moi qui voulais rêver pour ce Noël, arrêter de râler, de broyer du noir, cesser de tirer la gueule tous les jours… tu parles ! Le karma a décidé de me faire une vanne, c'est ça ? C'est carrément un cauchemar !

Le faux Barney répète inlassablement que l'hôtel est complet et que ma réservation n'était valable que pour une nuit. Putain de registre de merde ! Quand je suis énervée, je deviens grossière, oui, et alors ? C'est pas comme si en plus on allait faire appel à la police du langage. Ni à celle des mœurs.

Je rouspète, je tourne en rond comme un poisson dans son bocal et ma productivité est de zéro. Il est bientôt midi et l'échéance est proche. Je serai officiellement SDF dans quelques minutes. C'est sympa comme plan de vie après avoir été reniée par ses parents pour Noël et virée de son job. Quelqu'un pour prendre ma place ? Je suis même prête à payer pour l'échange si ça tente une grande âme charitable.

Bon, Liv, arrête de faire de la lèche à ton karma, clairement il te fait un doigt, et pas le plus petit !

Je suis dans le hall de l'hôtel Matthew's depuis ce qui me semble une éternité et rien n'avance. Mon futur se profile de façon immuable et aussi belle soit l'entrée de cet hôtel, elle commence très sérieusement à me sortir par les yeux. Je n'en peux plus de ce sapin gigantesque et scintillant qui me rappelle à quel point j'ai bien besoin d'un peu de magie de Noël à cet instant précis.

Je suis seule et démunie. La petite fille aux allumettes, finalement, ça va finir par être moi dans Central Park, à ceci près que je suis brune. Ah, oui, et que je n'ai pas d'allumettes. C'est le pompon !

– Mademoiselle ?

Je me fige et me tourne vivement vers cette voix rauque qui pourrait faire frissonner toutes les femmes à la ronde. Ce regard sombre et impénétrable… le sien. Encore ! Je rêve ? Aujourd'hui, il paraît moins fermé et mécontent qu'hier. À chaque jour son humeur semble-t-il. Qu'est-ce que cela peut bien cacher ?

– Vous ?

– Il semblerait que vous ayez un problème, remarque-t-il en arquant un sourcil.

Ah, c'était trop beau !

Une telle condescendance se dégage de lui ! Dès qu'il ouvre la bouche, son dédain me hérisse le poil et titille mon humeur déjà bien échauffée. Ce n'est sérieusement pas le jour pour me gonfler et à ce rythme, il va vite le comprendre.

– Mais c'est qu'il est perspicace…

– J'ai suivi votre conseil, j'ai décidé d'arrêter d'être con, répond-il avec arrogance.

Il m'a coupé la répartie sous le pied. Je ne sais plus quoi dire et préfère rester muette. Un air suffisant se dégage de lui, il possède une autorité naturelle qui me dérange, voire me gratouille comme disait ma grand-mère dès que quelque chose ne lui convenait pas. L'autorité et moi, on n'est pas vraiment ce que l'on appelle des potes. On se demande pourquoi, hein ?

L'homme m'observe de haut en bas comme s'il essayait de peser le pour et le contre de l'opinion qu'il se fait à mon sujet. Sans gêne, il poursuit son inspection en long, en large et en travers. Je note tout de même que son regard s'arrête plus que nécessaire sur mon corps.

Bon, c'est pas bientôt fini, oui ? Il n'a jamais vu des formes féminines ? À moins qu'il soit plutôt habitué aux mannequins filiformes et tout en jambes. Ce serait bien le genre de ce connard.

– J'ai cru comprendre que vous n'aviez plus de chambre dans l'hôtel, commence-t-il d'une voix moins aiguisée.

Essaie-t-il d'être agréable ? En tout cas, son corps se décontracte, et sa mine se fait moins renfrognée.

– Vous avez cru comprendre ou vous avez espionné ma conversation ?

– Je dirais plutôt que la forte voix pleine d'exaspération que vous avez employée n'était pas assez discrète pour que les autres personnes présentes ne s'y intéressent pas.

Non, mais j'hallucine, il retourne ses oreilles bien pendues contre moi !

– J'ai un souci avec ma réservation, mais tout va rentrer dans l'ordre. N'est-ce pas, Brett ? dis-je en coulant un regard en direction du pauvre réceptionniste qui se coltine depuis hier le cas de la Frenchie.

Ledit Brett ne répond pas et donne le loisir au beau brun de sourire avec arrogance. Je crois cependant intercepter un échange de regards entre eux. Le faux Barney reste bien sûr la réserve, il m'a pourtant habituée à plus de répondant. Étrange.

– Qui essayez-vous de convaincre ? Le fameux Brett ou vous ?

Oh, c'est sournois…

Ce mec est à tomber question beauté, mais alors pour le reste, il n'est pas gâté, j'aurais aussi bien fait de tomber du trottoir et de me fracasser une dent contre une plaque d'égout. Ou de marcher sur un clou rouillé et de choper le tétanos !

– J'ai une proposition à vous faire.

Autant de bienveillance après un comportement arrogant, c'est louche. Il est froid, distant, mais incroyablement sérieux. Pour un peu, il pourrait me dire faire partie de la CIA et m'annoncer qu'il est à la recherche d'un espion ayant collaboré avec des terroristes pour assassiner quelqu'un que je pourrais le croire. Autant de sérieux me décontenance, mais parallèlement, cela réussit à éradiquer ma colère pour ne faire naître que de la curiosité en moi.

Mais soyons réalistes, Liv, tu es sans solution et ce sont les vacances de Noël. Pas un Airbnb de disponible plus de deux jours. Quant à la standardiste, elle doit me rappeler au plus vite dès qu'elle aura une solution à me proposer, mais j'ai peu d'espoir. Je vais donc tendre l'oreille à ce que cet homme – fort charmant au demeurant, mais connard – va dire.

– Pourquoi ça me semble louche ?

– Parce que ça l'est.

– Pour rassurer les gens, vous êtes un champion, Monsieur…

– Augustin, mais tout le monde m'appelle Austin, m'informe-t-il en me tendant la main.

– Liviana Perrin, mais je préfère Liv.

– Alors, Liv, voulez-vous en savoir davantage ?

– Ai-je le choix… ?

– On a toujours le choix.

Ah, ces petites phrases toutes faites qui sonnent comme des mantras. Je les déteste. Y a pas plus cons comme propos bateaux !

Ma main toujours dans la sienne – on ne dira rien sur ce contact beaucoup trop agréable à mes yeux, il a la main douce mais puissante, un charmant mélange entre virilité et douceur avec un soupçon de sensualité, mais ce n'est pas crucial comme information –, le regard espiègle, il attend une réponse. Je me contente d'opiner du chef. Libérant ma main de la sienne, il reprend l'avantage de notre conversation. Enfin, il n'a jamais perdu cet avantage, me semble-t-il.

– Je vous propose de vous héberger durant trois semaines s'il le faut ou jusqu'à ce que vous trouviez une autre solution. En échange, je vous demande d'insuffler l'esprit de Noël chez moi. Mon frère, sa femme et mes neveux arrivent dans quelques jours et je veux qu'ils passent un beau Noël, cette année plus qu'une autre.

Ma surprise doit se lire sur mon visage, je parie même que mes lèvres s'entrouvrent d'étonnement et que mon regard est hagard. Je dois avoir l'air le plus stupide du monde se dessinant sur mon visage, une nana ahurie et hébétée. Un peu comme un abruti de poisson rouge.

Il me propose sérieusement de m'héberger contre l'esprit de Noël ? Où sont les caméras cachées ?

Ce genre de trucs n'arrive que dans les téléfilms ou les romances que j'adore lire, surtout à cette période. Mais jamais, au grand jamais dans la vraie vie et encore moins dans la mienne.

Je l'observe attentivement, attendant la chute de sa blague, mais rien ne vient. Il demeure impassible et tente un léger sourire qui se veut sans doute rassurant et serein, mais je vois bien que sa proposition le met lui-même mal à l'aise. Moi, je suis circonspecte. Comme il a titillé ma curiosité, je me sens obligée de demander :

– Vous êtes un Grinch ?

– Pardon ?

– Vous savez, le monstre vert qui déteste Noël. Bref, mais pourquoi cet échange ?

– Vous m'avez écouté ? souffle-t-il, râleur, tout en levant les yeux au ciel. J'ai besoin de quelqu'un qui apporte l'esprit de Noël chez moi.

– Pourquoi moi ?

Son sourire s'agrandit comme si la réponse à venir était d'une banalité sans commune mesure. L'œil pétillant de malice, il porte l'une de ses mains jusqu'à son visage et caresse sa barbe naissante, savourant le silence qu'il installe volontairement. Le regard d'Austin se promène sur moi avant qu'il ne me réponde :

– Vous arborez un pull de Noël pas si hideux que ça, vous avez un chouchou à paillettes pour retenir vos cheveux, ce matin vous avez commandé la boisson spéciale fête au petit déjeuner et clairement vous êtes attirée par les flocons de neige à un tel point que vous ne regardez pas devant vous quand vous marchez. Mon manteau en atteste. Un peu plus et l'on pourrait croire que vous venez directement du pôle Nord et non de France, et que vous êtes un lutin envoyé par le père Noël ! se marre-t-il presque.

Sa remarque se ponctue de beaucoup d'arrogance, mais *mister* Grinch marque un point. Mes yeux glissent le long de mon pull, ce matin j'avais besoin de me mettre du baume au cœur, et en fouillant ma valise, ce pull semblait être la meilleure solution. Un joli pull en coton rouge avec un sapin naturel orné une belle étoile scintillante en or pour unique décoration. Sobre, mais dans l'ambiance de Noël.

La remarque d'Austin aurait pu m'attendrir, mais avec l'arrogance qu'il y a mise, elle a pour seul effet d'asticoter un peu plus mon humeur de chien et mon moral en berne. Et le fait qu'il connaisse mon petit déjeuner est plus inquiétant – ce café au potiron était quand même bien savoureux ! Mais comment est-il au courant de cela ?

– Vous faites partie de la CIA ?

Ma théorie abracadabrante pourrait en définitive être exacte.

– Mais c'est quoi toutes ces questions ? demande-t-il,

interloqué. Non. Je vous propose juste un échange de bons procédés. L'esprit de Noël contre un toit. Ce n'est pas si compliqué à saisir.

Ses lèvres se pincent. Il s'impatiente.

Bah justement, si, c'est difficile à saisir, car depuis quand un inconnu propose ce genre de plan sans avoir rien derrière la tête ? Sa mère ne lui a jamais appris à ne jamais suivre un inconnu ? Et il voudrait que moi je le fasse les yeux fermés ?!

Son pied se met à frapper compulsivement contre le sol en marbre de l'hôtel et son rictus arrogant s'accentue. La balle est dans son camp mais je n'ai pas d'autres solutions pour le moment et il le sait, il n'a pas l'intention de laisser cette offre durer trop longtemps, comme s'il faisait déjà preuve de beaucoup de magnanimité et d'altruisme.

Bon, Liv, tu n'es pas en position de force non plus… réfléchis.

Je dois rapidement me trouver un toit, car d'ici une demi-heure maximum, je serai officiellement lâchée dans New York avec mes valises et juste mes yeux pour pleurer. À côté de ça, Austin me propose de m'héberger à titre gratuit contre l'esprit de Noël. Ce qu'il me demande est parfaitement dans mes cordes…

Mais, bordel, je ne le connais ni d'Adam ni d'Ève ! Est-ce ça que cette dernière a ressenti quand elle a été tentée par le démon et qu'elle a finalement succombé à cette pomme ? Dilemme crucial et pourtant particulièrement tentant.

Je fixe Austin pour le passer au crible. Il est propre sur lui, élégant, il ne paraît pas à la rue – contrairement à moi –, il est arrogant, certes, mais poli et son éducation respectueuse est perceptible.

L'habit ne fait pas le moine, commente ma conscience.

Je mords ma lèvre inférieure, en plein dilemme.

– Je peux vous montrer ma carte d'identité. Et je n'ai pas de casier. Je vous assure, Liviana, que vous n'avez rien à craindre. Ce n'est pas une entourloupe, simplement un échange, comme un pacte ou un contrat professionnel si vous préférez.

Je suis tentée de le croire. J'ai envie de le croire. Ça m'enlèverait une sacrée épine du pied, qu'on se le dise… Mais à la mention du contrat professionnel, la seule image qui me vient est celle d'une *escort.*

– C'est ce que le diable dit aussi avant de damner les âmes de pauvres humains.

Il pouffe de rire et perd son sérieux une fraction de seconde. Son rire m'émeut et je me sens tout à coup étrangement proche de lui, comme si ce rire révélait la possibilité d'une alchimie entre nous. Son regard se refroidit pourtant aussi sec.

– Vous cherchez une *escort* ? l'interrogé-je.

– Je n'ai pas réellement besoin de payer pour qu'une femme sorte avec moi, répond-il en haussant un sourcil.

Encore un point pour lui, il est bel homme, c'est un fait. Mais on ne sait jamais. Je ne peux pas m'empêcher de penser à tous les trucs plus ou moins sordides qui pourraient se passer. Et s'il faisait partie d'un réseau d'esclaves sexuelles ? Si ce mec était un pervers psychopathe ? S'il avait besoin d'un alibi pour camoufler un crime à venir ? Si ses potes l'avaient mis au défi de se taper une petite Frenchie fraîchement débarquée ? S'il avait un côté dominateur voire sadique et me jouait un remake de *Cinquante nuances de Grey* ? Et s'il me demandait d'être sa fausse petite copine comme dans les films de Noël ?

– Pas de risques que ça arrive, on vit pas dans un téléfilm de mauvais goût, rit-il, moqueur.

Merde, celle-là je l'ai pensée à voix haute.

– Alors, partante ? m'interroge-t-il avec son sourire arrogant à damner un saint.

Et je ne suis pas une sainte…

Un toit contre l'esprit de Noël, ce n'est pas si cher payé, si ?

– On a un deal !

Chapitre 9

J'ai accepté cette idée saugrenue. Oui, oui.

Suite à mon acceptation, Austin a récupéré mes valises et nous avons quitté l'établissement afin de prendre un taxi jusqu'à chez lui.

Mon regard est rivé sur le paysage enneigé qui défile devant mes yeux. Tout est si gigantesque et incroyable ici, tout est si différent de la France. Ma vie semble prendre le même tournant, se teintant de poudre américaine pour les fêtes. Comme le sucre glace que l'on ajoute sur une part appétissante de brownie pour une touche finale de gourmandise. Un soupçon de magie dans la plus obscure des nuits pour insuffler le bonheur dans une vie.

Austin essaie de tenir la conversation par quelques interrogations banales sur moi, ma vie, mes proches ou encore Noël, néanmoins mes réponses sont concises. Non pas par désintérêt, mais parce qu'il n'a jamais précisé que je devais me dévoiler et m'investir *personnellement* pour promouvoir l'esprit de Noël. D'ailleurs, d'où vais-je partir ? Avec le Grinch à mes côtés, j'imagine que la tâche va être compliquée…

Le taxi s'immobilise et Austin s'empresse d'ouvrir la portière et de me laisser le passage libre. Nous sommes dans une rue où de hautes maisons de style néo-georgien avec des façades aux tons colorés et nuancés s'alignent les unes à côté des autres. Enfin… « maisons » n'est pas le terme adapté, je dirais plutôt des manoirs en briques colorées. Mon nouvel acolyte récupère mes bagages, puis nous nous avançons vers le perron de sa demeure. Avant d'entrer, je me tourne une dernière fois vers la rue. La neige tient aux pieds des arbres, la rue est très calme pour un milieu de journée. Une femme d'un certain âge portant un vison me sourit de l'autre côté du trottoir.

Je vais vivre ici quelques jours.

J'oscille entre rêve et réalité alors qu'Austin me rappelle à l'ordre pour m'éviter de mourir de froid ou de « chauffer pour les oiseaux qui ont immigré ». Cet homme est insupportable.

Au fil de la visite des lieux, je découvre que le manoir cache véritablement bien son jeu depuis l'extérieur. L'adjectif « haut » est définitivement un euphémisme, il y a six étages !

Six putains d'étages ! Mais qui a six étages chez lui ? Ma famille n'est même pas assez grande pour en combler deux ou trois !

Un jardin se niche de l'autre côté et ressemble à une petite oasis blanche, une bulle de Noël sur la propriété. Je poursuis le tour du propriétaire avec Austin et apprends ainsi qu'il y a six chambres, sept salles de bains – pourquoi donc avoir plus de salles de bains que de chambres ? – et je ne parle même pas des salles d'eau… La pièce qui retient le plus mon intérêt est la bibliothèque, une pépite pour les amoureux de la littérature, avec sa belle cheminée et son petit salon disposé au milieu des livres. Tout est fait pour qu'on y passe des heures à lire, à cocooner sous un plaid, avec un bon café, et qu'on parte à la découverte de multiples personnages, paysages et époques.

– Vous avez un peu de bave au coin des lèvres.

Son intervention moqueuse me sort de ma contemplation rêveuse. Quel sale type ! Cependant, je fais profil bas songeant à tout le temps que je pourrai passer dans cette pièce entre deux *Christmas missions*. Eh oui, l'anglais déteint sur moi !

Nous reprenons la visite, traversant une cuisine phénoménale, moderne, entièrement équipée et dotée d'un îlot central avec sa hotte suspendue, le tout dans des tons froids et austères.

Pas besoin de finir la visite pour comprendre qu'en effet la magie de Noël a déserté les lieux. Une absence de sapin, aucune décoration en vue et ne parlons même pas de la présence d'un petit père Noël. Rien de rien. Même à Pâques, chez nous, ma mère décore davantage la table.

J'ai du pain sur la planche.

– Voici votre chambre, m'annonce-t-il en ouvrant une porte blanche au charme ancien. Prenez le temps de vous installer, je dois aller travailler, il est déjà presque quatorze heures, on a traîné. Vous trouverez de quoi manger dans le frigo.

– Et pour ma mission ?

– Ma famille arrive dans trois jours, ça peut attendre demain.

– Bien. Bon après-midi.

Sans un mot ni une formule de politesse, il s'en va et me tourne le dos avec une facilité déconcertante sachant que je suis une parfaite inconnue. Peut-être a-t-il fait installer un système de sécurité hors de prix ? Ou au moins des caméras dans chaque pièce ?

D'ailleurs, je dois bien reconnaître que je m'attendais à ce qu'Austin soit fortuné, de par son flegme, son style vestimentaire et son arrogance, mais pas à ce point. Ce manoir est digne d'un film romantique ! Faut que j'arrête avec cette référence sérieusement, depuis quand ma vie se teinte de romance ?

Je ne me formalise pas plus de son comportement et pénètre dans la pièce, ma pièce. La chambre, ou devrais-je dire la pièce plus grande que mon propre appartement, est joliment décorée dans des tons bleu azur et beige. Sur l'un des pans de mur, celui-ci peint en bleu, des cadres sont accrochés et mélangent citations et photographies de bord de mer, de pampas en proie au vent, de sable et de coquillages ou encore de cabanes de pêcheurs. Mon cœur se serre et je me remémore ces étés passés sur la côte atlantique ou méditerranéenne avec mes parents.

Deux hautes fenêtres ornées d'un voilage pastel laissent entrer une lumière qui inonde la pièce. Un bureau avec le nécessaire pour écrire est disposé dans un coin quand de l'autre côté, une porte coulissante à l'effet miroir doit cacher un dressing de la longueur d'un mur. Je m'approche d'une autre porte entrouverte et découvre une charmante salle de bains attenante à la chambre, épurée et rangée avec soin. Il y a une douche à l'italienne ainsi qu'une baignoire et un tas de rangements à côté du chauffe-serviette. La double vasque m'envahit de joie, je vais pouvoir m'étaler comme il se doit ! Un vrai bonheur !

En attendant, comme Austin est parti, je ne vais pas me gêner pour prendre mes aises et m'installer chez lui ! Mon hôte ne semble pas se formaliser de ma présence, à croire qu'il ne se sent pas réellement chez lui pour que tout ici soit si froid et impersonnel, même son comportement. Sa maison est une véritable maison témoin !

On peut ne pas aimer Noël, je le conçois, mais si l'on décide de recevoir sa famille, on devrait y mettre du sien, non ? Mettre quelques décorations par-ci par-là, créer une ambiance chaleureuse, un lieu de vie convivial… c'est quand même pas sorcier ?

Après avoir vidé et rangé toutes mes affaires, je descends au salon, puis rejoins la cuisine, sans le croiser, et comme je n'ai toujours pas mangé, me prépare de quoi grignoter. Je découvre petit à petit le manoir et prends un peu plus possession des lieux sans jamais qu'Austin ne sorte de son bureau qui m'a tout l'air d'être davantage un temple maudit. Question de point de vue ! Cet homme est un vrai fantôme dans sa propre maison. Ne serais-je pas dans un manoir hanté plutôt que dans une charmante demeure américaine ?

Chapitre 10

Cela fait deux jours que je me suis installée dans mon nouveau chez-moi, alias l'immense maison d'Austin. Bien que vivre ici soit super confortable, j'ai tenté d'en savoir plus auprès de la radio pour me faire reloger, mais à cette période, il fallait s'y attendre, c'est compliqué de trouver un hôtel avec une chambre disponible pendant trois semaines. Alors j'attends.

J'attends pas mal de choses en fait, une chance que je sois d'un naturel patient, car la présence d'Austin me fait penser à celle des habitants par mètre carré dans le désert du Sahara. Le néant ! Il semble travailler avec acharnement et ne pas compter ses heures. Moi, à contrario, je peux compter sur les doigts d'une main les heures durant lesquelles je l'ai vu. Il est froid, arrogant, et affirme sans cesse que tout le monde n'est pas en vacances. S'il connaissait ma situation, son arrogance aurait bien vite fait de se renforcer… Les vacances, c'est une douce façon de dire que j'ai perdu mon job, mais que le sort m'a rendue victorieuse d'un jeu radio.

C'est aujourd'hui que sa famille doit arriver et rien n'est prêt. Le manoir ressemble toujours cruellement à l'iceberg du Titanic, pas une once de chaleur n'a envahi les lieux. J'en parlerai à Austin au petit déjeuner, unique repas que nous partageons, heureusement que je suis une lève-tôt.

Je sors de mes pensées et m'applique à rincer mes cheveux. Une bonne douche matinale, il n'y a rien de mieux pour se réveiller ! Et puis, il faut admettre que j'aime particulièrement cette salle de bains. Traîner sous l'eau chaude qui coule en pluie sur moi et profiter de l'espace qu'offre la douche italienne est un vrai plaisir. Après avoir coupé l'eau, je m'enroule dans une serviette ocre moelleuse, essore mes cheveux et bougonne, car j'ai oublié la serviette pour ces derniers. Et je déteste me sécher les cheveux nue.

La tuile !

Ils vont me goutter dans le dos et c'est désagréable comme tout. Un coup à attraper froid ! La mélodie entonnée par Nat King Cole, *The Christmas Song*, me parvient de mon téléphone que j'ai laissé vers l'une des vasques et je ne peux pas résister à l'idée de la chantonner. C'est fou comme une ambiance particulière peut parvenir à vous rendre le sourire.

– Ah ! Mais qu'est-ce que vous fichez là ? m'exclamé-je.

Toute à mon activité, je découvre, surprise, Austin face à moi, torse nu avec un bas de jogging bleu nuit lui tombant sur les hanches et le liseré d'un caleçon Calvin Klein blanc apparent. De la mousse de dentifrice sur le contour des lèvres, il tient sa brosse à dents de la main droite.

Dans d'autres circonstances, j'aurais trouvé cette vision totalement sexy, mais là, ça ne fait que me rappeler ma nudité et me mettre mal à l'aise. Je ne peux cependant pas empêcher mon regard de dévier et d'admirer les grandes mains de mon hôte avant de descendre sur ses avant-bras saillants et recouverts de fins poils noirs. Son torse n'est pas en reste : des pectoraux finement ciselés, des abdominaux légèrement formés, tout ce qu'il faut où il faut. Je me demande bien à quoi ressemble le côté pile…

Stop ! Pas ce genre de pensées, alors que c'est un crétin !

Levant les bras, il déclare d'une voix étouffée de mousse :

– Je me brosse les dents.

– Mais qu'est-ce que vous faites dans ma salle de bains ?!

– La vôtre ?

– Mais oui !

En se tournant à moitié, il me montre du doigt la deuxième porte de la pièce. Celle qui ne conduit pas à ma chambre. Celle que je n'ai même jamais pensé à ouvrir. Celle que j'ai à peine vue en définitive, pensant naïvement qu'il ne s'agissait que d'un placard.

Eh merde...

– Vous voulez dire que…

– Qu'elle donne sur ma chambre. Exactement.

– Donc…

– Donc je vous entends chantonner tous les matins vos chants de Noël bidon et bientôt je saurai très exactement le nombre de litres d'eau consommés.

– Mes chants de Noël ne sont pas bidon.

– Vous ne vous arrêtez que sur ça ?

Je m'apprête à lui répondre au moment où une lueur différente brille dans son regard. Une légère flamme. Ses yeux caressent mon cou, la pointe de mes cheveux mouillés qui tombent sur la naissance de mes seins. Mes jambes n'échappent pas à son inspection longue et minutieuse. Heureusement que j'ai interrompu la trêve hivernale de ma pilosité !

L'atmosphère de la salle de bains se charge d'une tension que la chaleur de ma douche n'amoindrit en aucun cas.

– C'est qu'il se cache quelque chose d'intéressant sous ces pulls de Noël, me lance-t-il nonchalamment sans que son regard ne se redirige vers mes yeux.

Mes joues s'empourprent, j'ai l'impression que tout en moi rougit. Je tire davantage sur ma serviette comme s'il lui était possible de cacher plus de peau, plus de surface. L'homme viril et à demi nu qui se tient devant moi me rend toute chose. Son corps, à sa simple vue, fait monter ma fièvre.

– La vue te plaît ? m'interroge-t-il.

Quel connard ! Comment peut-on être si canon et si con à la fois ?

Je lui répondrais bien d'une réplique aiguisée, mais il se rince la bouche avec empressement et s'en retourne dans sa chambre par la porte face à moi.

Bordel, on partage la même salle de bains…

Sans déconner, sur les six étages de ce manoir et les six chambres, il ne pouvait pas m'en attribuer une autre ? Qu'on n'ait pas besoin de partager notre salle de bains, quoi ! Mais il faut croire que non. Ce mec est démoniaque ! Le petit déjeuner risque d'être chaotique ce matin.

Lorsque je descends dans la cuisine, Austin est attablé face à une tasse de café et un bol de céréales aux formes enfantines et colorées. Je réprime un gloussement, mais je trouve cela tellement mignon et attachant ! Un homme tendre semble se cacher derrière cette armure d'arrogance. Et ça me plaît.

Mais qu'est-ce que je raconte, moi ?

Comme chaque matin, je me sers mon café et pique une viennoiserie dans la panière qui en est remplie. J'ignore d'où elles proviennent, mais chaque matin, elles sont chaudes et fraîches du jour. A-t-il un boulanger personnel ou un service de livraison de petit déjeuner ?

Je m'installe en face de lui et mords dans ma gourmandise.

– Votre famille arrive aujourd'hui n'est-ce pas ?

– Dans l'après-midi. Nous allons donc commencer à réfléchir à votre stratégie.

– Nous ?

– Ça vous étonne que je m'implique dans le Noël familial ?

– Non, mais vous travaillez non-stop depuis deux jours. Je m'attendais à ce qu'aujourd'hui ce soit pareil et que je gère seule. En fait, à tout bien y réfléchir, oui, ça m'étonne ! Ce n'est pas comme si vous aviez été très disponible ces derniers jours.

Il se renfrogne et pousse un grondement sourd. Les sourcils froncés, il enchaîne :

– Vous aviez prévu de commencer par quoi ?

– La décoration de la maison.

– Quel est le problème encore avec ma décoration ? me demande-t-il, agacé.

– Austin, votre maison est vide de chaleur.

– Pas dans la salle de bains… fait-il remarquer avec un sourire ultra-*bright* qui me fait rougir autant qu'il m'horripile.

– Il faut y ajouter de la couleur, de l'émotion, de la magie ! Donc aujourd'hui, nous allons faire des achats de décorations !

– Rien qu'à voir votre sourire, je vais regretter d'avoir pris ma journée.

Je me contente de lui adresser mon plus beau sourire, un tantinet hypocrite. S'il avait su ce que je prépare, je ne suis pas sûre qu'il aurait pris sa journée, en effet. Mais les challenges ne m'ont jamais fait peur et cela ne commencera pas aujourd'hui !

Chapitre 11

Insuffler la magie de Noël dans l'esprit de Scrooge a été particulièrement difficile pour Dickens, et pour moi, simple Liv, ce n'est pas de tout repos non plus !

Pour cette première journée, la mission prévue est simple : décorer la maison. En apparence du moins…

En effet, emmener Austin dans divers magasins de décoration est une mission en soi. Je choisis la carte du partage et de la communication, et lui propose différents thèmes, différentes couleurs : traditionnel, or et blanc, scandinave… Pourtant, aucune de mes propositions ne semble plus attirer son intérêt que d'autres jusqu'à ce qu'on entre dans une enseigne proposant une table dressée tout de noir et d'argent.

Est-il possible de faire courir les points de suspension ? Comment peut-on envisager cela à Noël ?

Il me répond clairement, sans ciller, que l'atmosphère est très élégante.

Quésaco ? En noir et argent ? On se fait un Noël chez la famille Adams là ?

J'ai dû le penser un peu fort, car le regard d'Austin réagit et se rétrécit. Pourtant, ma remarque lui a quasiment arraché un sourire, je l'ai vu. Mais il n'a pas eu l'air de comprendre pour quelle raison sa remarque m'a choquée. J'ai finalement délaissé la stratégie échange et communication pour m'imposer davantage et donc imposer mes choix et mes envies. Au diable la sympathie et l'écoute, mes oreilles n'en peuvent plus des rares propositions qu'il donne. En plus, elles ensanglantent la magie de Noël, c'en est trop pour moi !

Me connaissant, mes proches auraient parié sur un Noël traditionnel et ils ne se seraient pas trompés.

Devant ma décision, Austin ne peut retenir un haussement de sourcils avant d'abdiquer et de m'emmener dans une boutique « spéciale Noël » comme il dit. *Christmas in New York*. Sur le perron, mon souffle se coupe. Je n'ai jamais vu une boutique aussi grande dédiée à Noël ! Mon rêve de petite fille vient de se réaliser.

Sans patience, je me jette presque littéralement à l'intérieur. J'y trouve des boules pour le sapin à foison dans des styles divers et variés, des guirlandes, des bottes de Noël, des lutins et *tutti quanti*.

Chaud devant, on ne m'arrête plus!

Un petit panier à la main, je commence par les essentiels, des guirlandes rouges et dorées pour orner les rambardes des différents escaliers. J'ajoute également une guirlande de faux sapin avec de jolis petits rubans rouges, dans laquelle des pommes de pin sont mêlées à une guirlande lumineuse.

– Ce sera parfait pour décorer la cheminée de la bibliothèque !

– Vous comptez décorer chaque pièce, réellement ?

– Je vous fais grâce des toilettes et salles de bains, n'ayez crainte !

– Je dois donc m'attendre à ce qu'un lutin me saute dessus dans le garage ? dit-il dans un sourire, mais cette fois sans se moquer.

Peut-être est-ce le lieu ou simplement ce qu'Austin fait naître en moi, mais je ne peux pas résister à l'envie de réagir comme une gamine et me voilà en train de lui tirer la langue comme une enfant. Mon comportement lui fait pousser un soupir et je le sens se dérider un peu. Je lui propose que l'on se sépare et je lui attribue un panier ainsi qu'une tâche : y glisser toutes les décorations dans le thème qu'il trouve jolies, pour la maison comme pour le sapin. Il rechigne, mais je pense que c'est davantage pour parfaire son rôle de Scrooge qu'autre chose.

Je me perds dans les rayons et m'extasie devant l'originalité des Américains ainsi que leur foi indéfectible en leur pays avec tous les ornements aux effigies du drapeau, de la statue de la Liberté, de Coca-Cola et j'en passe. Mon panier se remplit de guirlandes lumineuses ainsi que de boules simples pour le sapin. J'y ajoute une nappe vert sapin, un chemin de table en tartan, de la neige artificielle et des tubes de paillettes.

Le temps que je passe dans ce temple de Noël ne se compte plus et je m'étonne de ne pas voir arriver Austin.

Il a dû prendre goût à sa mission...

Devant le rayon des suspensions, je prends également de petits casse-noisettes, une boîte aux lettres « direction le pôle Nord », un renne, des bonbons en papillote, un père Noël et quelques autres bricoles jusqu'à ce que mon attention soit retenue par une enfant, une fillette brune tenant son doudou à la main, vêtue d'un pyjama rouge et ayant à ses pieds un petit cadeau pailleté.

– Je suis sûr que tu lui ressemblais quand tu étais petite.

L'intonation grave, chaude et connue de la voix me fait sursauter et me prend de court. Perdue dans ma contemplation, je ne l'ai pas entendu s'approcher.

Cette proximité me surprend, mais je n'en montre aucun signe. Quelque chose d'autre me remue l'âme.

– C'est exactement moi... soufflé-je, intimidée.

– Il faut la prendre dans ce cas, une de plus dans le sapin ne devrait pas être un souci.

Du bout des doigts, il la détache du portant et la glisse dans son panier... qui est bien garni !

– Eh bien ! Finalement, on trouve de quoi décorer, pas vrai Scrooge ?

– Je suis forcé de reconnaître que cette idée n'était pas si mauvaise. J'ai bien aimé mener cette quête.

Il me tend son panier comme s'il attendait mon aval pour la décoration de sa propre maison. Avec joie, je découvre qu'il a bon goût, rien de kitsch, rien de détonnant dans les couleurs. Il y a même une pomme rouge avec l'inscription « *Big Apple* ».

– Celle-ci est pour vous.

Ah, la distanciation est de retour. Aussi vite envolée aussi vite revenue, comme quoi le naturel revient bel et bien au galop.

– Je me suis dit qu'un souvenir de ces fêtes serait de bon ton.

– Je suis touchée, merci beaucoup.

– Il faut quoi encore pour décorer ?

– Je pense que nous en avons assez. Il ne reste plus qu'à aller tout installer.

Sitôt dit, sitôt fait. Après ce shopping de Noël vraiment bienvenue pour sa demeure, Austin préfère s'envoler en cuisine pour le déjeuner pendant que je commence à décorer la bibliothèque, puis quelques touches en cuisine où je le rejoins.

L'odeur qui se dégage des fourneaux me met l'eau à la bouche et je reconnais sans mal l'odeur du fromage.

– *Mac and cheese*, ce midi, m'informe-t-il quand il me voit guetter aux alentours en accrochant une guirlande autour des placards.

Mon ventre émet un gargouillis significatif. Austin me jette un coup d'œil indéchiffrable.

– Ça sent très bon, j'ai hâte de découvrir ce plat et de le goûter.

Ma remarque ne fait pas mouche et il poursuit en silence. Cet homme est intrigant. Je sais bien que je ne suis là que pour quelques jours où il a l'aimable volonté de m'héberger contre des services de Noël, mais je sens bien qu'il y a un mystère sous cette carapace. Et comme je suis curieuse…

– Vous aimez la France? m'interroge-t-il soudain.

– Beaucoup, je suis heureuse que ce soit mon pays. Il n'est pas parfait, mais nous avons des paysages magnifiques, une riche gastronomie et une qualité de vie certaine. Vous y êtes déjà allé ?

– Plusieurs fois, oui. Je connais bien Paris, Nice et Bordeaux.

– Vous êtes un Ricain du genre à repousser l'assiette d'escargots, mais à vous balader avec un béret et à siroter un verre de rouge en terrasse ?

– Je suis du genre à supporter les familiarités d'une Française.

Oups…

À en croire sa mine sérieuse, il n'a pas apprécié mon laisser-aller. Je ne dois pas oublier qu'il me rend service, cela excuse sans doute sa distance et cette capacité non négligeable à être si froid.

Il est un peu comme mon patron.

Autant il a su faire preuve d'un peu de chaleur et de gentillesse lors des achats, autant depuis notre retour, il reste silencieux et fermé comme s'il voulait éviter de s'ouvrir. Pourtant, il va bien falloir qu'il le fasse avec sa famille qui déboule ce soir. Nous allons quand même tous vivre sous le même toit durant plusieurs jours.

Il dispose du gratin ainsi qu'une fourchette dans deux assiettes. Je m'arrache à mes pensées, m'installe en face de lui et enfourne une bouchée.

Non d'une coquillette ! C'est délicieux !

Et moi qui vantais la gastronomie française, je dois dire que ce plat américain est succulent.

– C'est exquis, Austin.

– Merci, je ne me loupe jamais.

Tiens donc, son arrogance, ça faisait longtemps...

– Mon frère et sa famille arrivent en fin de journée, ça vous laisse le temps de finir et de vous détendre.

– Aucun souci. Vous les voyez souvent ?

– Moins ces derniers temps, mais Noël n'est-il pas l'occasion de renouer avec les gens ?

– C'est la raison de ma présence.

– Et vous, votre famille ? Vous avez des frères et sœurs ?

– Non, je suis enfant unique. Mes parents font une croisière en Méditerranée, donc ils ne seront pas présents pour Noël, c'est aussi ça qui m'a motivée à partir.

– Sinon tu passais les fêtes en solo alors ?

– Ou avec Théa, ma meilleure amie, mais avec son chéri, ils vont devenir parents, donc leurs deux familles auraient été présentes et je me serais sentie comme une intruse. Bien que Théa fasse en sorte que je me sente toujours bien et que j'aie profondément hâte que leur petit bout arrive, je dois reconnaître qu'elle est sur la planète « bébé » et depuis, son intérêt pour ma petite vie s'est amoindri, à juste titre...

– Mon avis reste ce qu'il est, mais l'amitié entre vous semble toujours là, il va juste y avoir un être en plus. C'est une évolution de vie qu'elle vit avant vous, tout simplement.

– Et vous ?

– Comment ça ?

Je me mords les lèvres, retenant mes questions, mais ma curiosité est bien trop grande pour que je n'ose pas. Il est possible qu'Austin se vexe et le prenne mal, après tout je ne le connais pas, je ne sais presque rien de lui, si ce n'est qu'il vit dans un manoir carrément canon et que son *mac and cheese* est une pure merveille ! Alors, autant se lancer, non ? Il ne me mettra pas à la rue pour quelques questions. Enfin, je ne pense pas.

– Vous avez des amis ? Une femme dans votre vie ? Et pourquoi pas des enfants ?

Les mots se sont enchaînés à une vitesse folle, preuve que ma curiosité non contenue ne me mettait pas pour autant à l'aise. Austin se renfrogne comme si j'avais touché une corde sensible. Il n'est déjà pas l'homme le plus ouvert que je connaisse en temps normal et j'ai bien peur qu'il ne se referme plus encore désormais.

– J'ai trente et un ans et dans ma vie, il n'y a que le boulot. Rien d'autre, à part mon frère et sa famille lorsqu'ils sont présents. J'adore mes neveux, mais je ne pense pas être qualifié pour avoir des enfants.

Sa dernière phrase tombe comme un couperet. Je suis partagée entre découvrir le véritable Scrooge – bon, OK, Austin a de l'argent et ne semble pas avare – qui se met en retrait de tout le monde et n'aime pas Noël et tout ce que cette fête représente, et en même temps, découvrir un homme blessé, cette révélation me paraît faire écho à un mal être plus profond. Austin me fait penser aux jouets en bois abîmés que mon père tentait de rafistoler quand j'étais petite, mais qui ne redevenait jamais « comme avant ».

J'ignore quoi répondre et prends alors le parti de me taire. Nous finissons chacun notre assiette en silence avant de mettre la vaisselle dans le lave-vaisselle.

– Je vais aller travailler dans le bureau, ils arrivent en fin d'après-midi normalement, donc rien ne presse.

– D'accord. Je vais aller décorer les pièces restantes, surtout le salon, et faire une place pour le futur sapin. J'irai me détendre ensuite dès que tout sera terminé.

Sans un mot, Austin, cet homme aussi beau que froid, se réfugie dans son bureau sans un regard en arrière et je devine avec aisance que cette conversation qui se voulait légère, mais intéressée a finalement mal tourné. J'y suis indubitablement pour quelque chose, mais le mystère Austin est à son comble.

Mon hôte reste enfermé durant tout le reste de la journée. Dans le salon, j'ai décalé une commode sur laquelle reposaient des livres ainsi que des bibelots rapportés de voyages pour faire une place au futur sapin de Noël qui va venir habiller le lieu et mettre une touche supplémentaire à l'ambiance que je m'efforce de créer. J'ai disposé quelques bougies aux senteurs de Noël : cannelle, sapin, chocolat, neige aux quatre coins de la pièce pour une atmosphère plus feutrée lors des soirées à venir. Rien ne m'empêche d'espérer un bon film, sur le thème de l'année que je préfère, en famille.

Après mon travail assidu, je suis allée me prélasser dans la bibliothèque. Avant que je la décore, cette pièce était de loin ma préférée de la maison, mais j'avoue que cette touche en plus fait fondre davantage mon cœur. Je pique un plaid sur le canapé et m'installe confortablement, jambes repliées, dans le fauteuil face à la cheminée, la couverture chaudement posée sur moi. Par la fenêtre sur ma gauche, je contemple la neige tomber sur New York. En y pensant bien, ce Noël est surprenant et dépasse toutes mes attentes possibles, alors que la mi-décembre n'est pas encore passée. Je suis loin de chez moi, loin des miens, mais d'une certaine façon je pense que je vais vivre le Noël le plus exotique qui soit. J'ouvre l'un des livres que j'ai pris soin d'emporter dans ma valise, l'un de mes romans préférés – *Chéri* de Colette –, et j'entame la lecture de l'histoire de Léa, cette femme si épatante et pourtant victime du temps et de la société.

La lecture est ce monde sans limites, sans frontières, où tous les risques sont permis, où toutes les découvertes sont possibles, où le monde n'est qu'un vaste terrain de jeu, où tout peut être osé, où tout peut être commenté et souvent, l'histoire résonne en nous autant qu'elle raisonne elle-même.

Depuis l'enfance, j'ai cette passion pour les mots, leurs sens et l'imaginaire. Quand j'étais petite, ma maman et moi avions notre rituel chaque soir : la lecture d'un livre, en entier bien sûr, car se coucher sans connaître la fin était une véritable torture. Puis j'ai appris à lire, et ce monde fait de papier est devenu soudain si riche et si vaste que mon bonheur est devenu exponentiel ! Les bandes dessinées, les contes, les romans, tout y passait, et depuis je ne me suis plus jamais arrêtée, en m'orientant davantage vers la littérature classique et la romance.

Les histoires d'amour, faut reconnaître que ça donne envie… Malgré mon côté froid, je suis une éternelle romantique, je rêve de cette romance qui va me faire chavirer, me transporter, m'envahir et me faire voyager au sens propre comme au figuré ! Quelle nana ça ne ferait pas rêver ? Le beau gosse qui fait chavirer notre cœur et une histoire aux airs de « ils vécurent heureux et eurent beaucoup d'enfants ». Bon, OK, les princes ne se trouvent qu'au rayon biscuits du supermarché, mais j'ai l'espoir de trouver le mien un jour. Un brin *bad boy*, un brin de répartie et beaucoup de rires et de tendresse. L'homme de ma vie me fera me sentir unique, me fera rire et découvrir qui je suis, il sera mon complice…

Cocotte, cesse de rêver et redescends sur terre, me rappelle à l'ordre ma conscience.

– Tonton Austiiiiiiiiiiin ! crie une voix aiguë et enfantine, me sortant de ma réflexion.

Mon cœur s'empresse de battre, mes mains deviennent moites. On dirait bien que la famille d'Austin vient d'arriver et un léger nœud se crée dans mon estomac. Je m'apprête à rencontrer la famille – la famille proche, hein, pas le cousin de la cousine de la sœur de truc – d'un mec que je connais à peine, qui n'est ni une connaissance, ni un ami, ni même mon mec… C'est quand même un peu dingue sur le papier !

Pas que sur le papier…

Après avoir retiré le plaid de mes jambes, je me mets debout, referme mon livre, lisse mon pull comme s'il en avait besoin, puis me prépare plus mentalement que dans mes actes à découvrir cette famille qui m'est inconnue.

Je pénètre dans le salon presque en catimini – alors que je vis ici depuis quelques jours et que j'y ai une chambre où j'ai pu m'installer comme si j'étais chez moi, précision de mon hôte – et découvre une petite famille se délestant de leurs manteaux et écharpes. Les valises sont à l'entrée du salon, plus grosses les unes que les autres et de marque.

Il y a un code chez les Américains ? Il faut forcément voyager avec une marque affichant ses initiales ?

Lorsque le premier bonnet se retire, je découvre une petite tête brune, celle d'un garçon assez jeune, dans les six ans, qui affiche fièrement un sourire à trous et de beaux yeux verts assez malicieux. Austin le prend dans ses bras et lui ébouriffe davantage les cheveux. À leurs côtés, une adolescente brune, avec les mêmes yeux que son frère – d'ailleurs ils sont des copies conformes –, d'une douzaine d'années, sourit avec douceur et timidité. Ses longs cheveux tressés encadrent son visage avec harmonie.

Les parents, en retrait, sont proches l'un de l'autre et je découvre sans étonnement que la beauté est de famille, en tout cas dans celle d'Austin ! Son frère, aîné à ce qu'il me paraît, lui ressemble beaucoup et ce grand brun est accompagné d'une belle brune qui a partagé involontairement son beau regard émeraude avec ses deux enfants. Tous se saluent et s'embrassent sous mon regard ému, ils me rappellent à quel point avoir ses proches durant cette période est important.

– Tonton Austin, tu nous as manqué, annonce le petit bout en attrapant son oncle par le cou.

– Toi aussi, mon Tom. Vous avez fait bon voyage ?

– Un peu de monde, la foule de voyageurs commence tout comme la neige.

La voix de son frère est légèrement moins rauque que celle d'Austin. Il paraît également plus chaleureux et je vois sa femme se rapprocher de lui et enlacer sa taille pour se blottir contre son torse.

– Ta maison est joliment décorée, Austin, le complimente-t-elle.

– Merci, je le dois à Liviana.

– Liviana ? l'interrogent simultanément trois voix, à tel

point que j'ai tout à coup l'impression d'être le centre de l'univers.

Seul ledit Tom n'a pas réagi à la mention de mon prénom, toujours accroché à son oncle comme un petit singe. J'ose alors faire un pas en avant et m'insérer dans ce rassemblement. Le silence se fait, les pieds de Tom rejoignent le sol alors que tous les yeux sont braqués sur moi.

– Bonjour, je suis Liv.

– Oh, une Française ! s'exclame la belle brune.

Mon accent est-il si révélateur que ça ? Je sais bien que l'on est incroyablement nul en langues en France et que notre accent est à couper au couteau, mais quand même…

– Je suis Alexis, le frère d'Austin, et voici Holly, ma femme ; Lia, ma fille, et…

– Moi, c'est Tom. Tu es qui toi ?

La remarque du petit garçon fait pouffer de rire toute la famille alors que je m'agenouille et lui tends ma main comme avec les adultes. Je me présente une nouvelle fois et pour toute réponse, il me sourit. Sa sœur s'avance et me fait la bise en complimentant la couleur de mon pull. Seul Austin n'a pas prononcé un mot depuis que sa famille s'intéresse à ma présence.

– C'est donc vous qui avez décoré le manoir ? veut savoir Holly.

– Tout à fait, Austin avait besoin de mon aide pour choisir les décorations et les couleurs.

– Et donc, vous êtes… commence Alexis, laissant volontairement sa phrase en suspens.

Austin s'approche alors de moi, il me touche presque. Je sens son parfum capiteux et viril envahir mon espace. Il passe l'un de ses bras autour de mes hanches.

Mais que fait-il ?

– Liv est ma petite amie.

Chapitre 12

Quoi ?! J'étais pas au courant ! Mais c'est quoi ce délire ?

Les effusions de joie et les voix aux intonations chaleureuses et heureuses se manifestent autour de moi, pourtant je reste immobile, incapable de prononcer le moindre mot, de me mouvoir ou de faire quoi que ce soit. Je ne comprends pas…

Il est tombé sur la tête dans son bureau en bossant ? Il a été lobotomisé ? Il a fait une intoxication en mangeant son *mac and cheese* et ça l'a rendu dingue ? Il doit forcément y avoir une raison. Que diable a-t-il bien pu lui passer par la tête pour qu'il en arrive là ? Il me supporte à peine, et nom de Dieu, c'est réciproque ! Et le voilà qui ment à sa famille en leur balançant que nous formons un couple ! Il ne pouvait pas leur dire la vérité ? « Salut, c'est Liv, l'esprit de Noël sur pattes ! ».

Dans quel merdier je me suis encore fourrée ?

Des bras m'enserrent, me faisant revenir à moi. Je découvre non sans malaise qu'Holly me prend contre elle pour un câlin à la fois affectif et inapproprié. Tant bien que mal, je lui retourne son geste. Après tout, je suis une nana polie et elle n'y est pour rien si son beau-frère est un petit con menteur.

Avant qu'on fasse plus ample connaissance, Austin leur propose de se mettre à l'aise et d'aller s'installer dans leurs chambres.

Idée judicieuse, on va pouvoir mettre quelques bricoles au clair, lui et moi !

– Tonton Austin, je peux me mettre dans la chambre à côté de la tienne avec Lia ? lui demande le petit Tom.

Avec ce sourire et cet air enjôleur, on lui accorderait la

moindre demande à ce gosse. Son regard ne peut que nous toucher en plein cœur et nous faire craquer davantage.

Minute, papillon... la chambre à côté, c'est la mienne !

Je me sens pâlir et réfléchis aux mots que je vais bien pouvoir formuler quand Austin me prend de court.

– Tommy, cette chambre n'est pas libre. Mais la verte est super et toute proche de la mienne pour le matin de Noël !

– Tu la réaménages ? l'interroge Holly.

– Pas exactement.

– Tu nous caches encore un invité surprise, se marre son frère, ne se rendant pas compte qu'il nous met encore plus mal à l'aise.

– En réalité, c'est moi qui y dors.

Le visage d'Austin se contracte. Son mensonge n'a pas tenu longtemps, tant mieux pour moi, il trouvera bien un moyen de s'expliquer avec sa famille. Il passe une main sur sa barbe de quelques jours, l'air pensif, alors que les exclamations des membres adultes de sa famille répondent à mon annonce et que les enfants ont décampé depuis belle lurette n'attendant pas la suite de la conversation.

– Quoi ? Mais vous ne partagez pas la même chambre ? s'étonne Holly.

– Austin ronfle trop, la pauvre Liv ne doit pas réussir à le supporter !

– Tu as tout deviné, frangin ! Puis comme je me lève tôt, c'est mieux pour son sommeil que Liv ait sa propre pièce.

– Et pour faire l'amour, vous faites ça en wifi ? balance Alexis, hilare, au fur et à mesure que son frère affiche une mine déconfite.

Oh, bon sang...

Austin lui envoie une tape fraternelle dans le dos pour toute réponse alors qu'Holly m'observe avec un petit sourire en coin. Mon cerveau se met à mouliner contre mon gré et voilà que je me demande comment ça serait de coucher avec Austin. Il est bel homme, toujours élégant, et sa carrure athlétique dégage aussi un charisme impressionnant. Les images de l'épisode de la salle de bains me reviennent en mémoire et, inconsciemment, je mords ma lèvre inférieure.

Liv, ressaisis-toi, bordel ! Tu es dans un plan de merde !

Une fois qu'Alexis et Holly sont montés à l'étage des chambres, j'attire Austin dans la cuisine, me tourne vers lui et plante un index accusateur sur son torse. Je me veux autoritaire et son petit air embarrassé me laisse à penser que je ne m'en sors pas si mal.

– Mais c'est quoi ce délire ?! éructé-je.

– Les mots sont sortis d'eux-mêmes, je n'ai pas franchement réfléchi, mais…

– C'est le moins que l'on puisse dire ! J'ai horreur de mentir et votre famille a l'air si gentille…

– Ma famille a besoin de me savoir avec quelqu'un de bien. Dès qu'ils t'ont vue, j'étais pris au piège.

– Du coup, le premier truc sensé qui t'est venu, c'est « et si Liv devenait ma fausse petite amie » ?

– Oui, répond-il avec aplomb.

Mais d'où il sort cette assurance ? OK, je suis pas mal niveau mensonge, même si j'abhorre mentir à des gens qui me semblent si gentils malgré tout j'ai une bonne pratique derrière moi, mais là tout de même… La vache !

– Pourquoi ? l'interrogé-je.

Je me sens dans la peau d'une accusatrice, et bien que mon envie d'avoir un Noël atypique soit grande, avoir un Noël où tout part en cacahuètes, non merci. L'imprévu, j'adore ça, j'aime les choses spontanées, mais là, il y a carrément trop de surprises. En fait, il y a bien trop de choses que je ne contrôle pas pour que ce soit une partie de plaisir.

Mon Dieu, pourquoi est-ce que j'ai participé à ce jeu radio à la con ?

– Tu vis ici, tu incarnes la magie de Noël. Sois ma magie, s'il te plaît, Liviana. Sois celle dont j'ai besoin auprès de mes proches, celle qu'il faut dans ma vie pour les rassurer, fête Noël avec nous.

– La magie de Noël, ce n'est pas un mensonge, Austin. S'ils s'inquiètent pour toi, c'est qu'il y a une raison.

– Aucune. Je t'en prie. Un toit et le Noël de tes rêves à New York en échange de ça. Sois ma petite amie des fêtes.

Tout dans son attitude transpire le sérieux. Il est entièrement sérieux. Passer pour un couple. Austin et moi. Tout est bidon, bon sang… Holly et Alexis ne sont pas stupides, ils vont bien finir par comprendre que ce qu'il y a entre nous est inventé de toutes pièces. Rien que les chambres séparées pour cause de ronflements insupportables n'ont pas dû les convaincre.

D'un autre côté, si la standardiste ne me rappelle jamais – et ça m'a tout l'air d'être ce qui va se passer –, je vais devoir user et abuser de l'hospitalité d'Austin. Ce manoir est somptueux et on ne peut pas rêver mieux comme cadre de Noël. Bien mieux qu'un hôtel, qu'une auberge de jeunesse ou même qu'un Airbnb. Décoré avec soin, il commence à refléter tout ce que cette saison m'inspire : la chaleur humaine, les retrouvailles, la joie, mais également les rencontres et le partage. Peut-être est-ce ça la magie que je dois apporter et vivre cette année. Partager le secret d'un homme tout juste rencontré, accepter d'être sa fausse petite amie le temps des fêtes de fin d'année, profiter de la neige qui tombe sur la *Big Apple* et observer les flocons dans cette ville prodigieuse. Je n'ai pas grand-chose à perdre dans cette histoire. Prendre part à un mensonge qui peut apporter de la joie, ce n'est pas si mal, si ? Aucune raison que je me brûle les ailes… Puis cela me laissera l'occasion d'en apprendre plus sur Austin et de percer son mystère.

– C'est d'accord. Je serai ta petite amie de Noël. Mais il faut que l'on mette quelques détails au clair.

– Tout ce que tu veux.

Son sourire est rayonnant, mon approbation à son idée saugrenue semble y être pour beaucoup. Il est vrai qu'il est bien plus beau quand il sourit.

Je m'égare…

– Je garde ma chambre, il est hors de question que l'on dorme dans le même lit.

– Oui, autant ne pas revenir sur les ronflements, ça paraîtra plus cohérent.

– Aucun geste déplacé et aucun baiser. Je n'embrasse pas n'importe qui, qu'on soit bien d'accord.

Mettre les points sur les i par rapport à ce sujet me semble le plus important. Il ne doit pas croire une seconde que son sourire de beau parleur m'a fait craquer au point d'avoir accepté ce mensonge débile. Même si ça a joué un peu, ce n'est pas ce qui a fait pencher la balance de son côté et ça ne le sera jamais.

– Pas de souci. Câlins, baisers sur le front, un bras autour de la taille, c'est d'accord ? Il va tout de même falloir quelques gestes tendres pour que ça reste crédible.

Je n'ai pas le temps de peser le pour et le contre, c'est pourquoi j'accepte. Il insiste pour que nous ne jouions pas la carte du mensonge plus que nécessaire et que nous racontions que nous nous sommes rencontrés dans le hall du Matthew's Hotel. Cette idée me convient, après tout, les meilleurs mensonges sont ceux qui se teintent le plus de la vérité.

Je lui demande de ne pas travailler en dehors des activités en famille, afin qu'il passe du temps avec ses proches et qu'ils se retrouvent tous, mais aussi, de façon plus égoïste, pour que je ne sois pas seule face à la situation et avec sa famille. Je refuse d'être celle qui se lance tête baissée dans le combat sans allier ni protection. Mentir, OK, mais avec sa présence comme soutien. Puis je me connais, je suis tellement maladroite que je pourrais faire des bourdes monumentales qui pourraient révéler le pot aux roses.

– Merci.

Austin a parlé si doucement que je pourrais presque douter d'avoir bien entendu son mot. Ce n'est pas l'homme le plus poli que j'ai rencontré, son arrogance a plus souvent joué en sa défaveur, mais rien que ce seul mot traduit une telle franchise que cela m'en coupe le souffle. Cette fois, pas une once d'arrogance ou de supériorité n'émane de lui, simplement de la sincérité. À l'état le plus brut. Le plus franc.

– Merci, Liv, d'accepter ce compromis. D'accepter de faire ça pour moi.

– Nous tirons tous les deux un avantage de cette situation.

– Il est rare que l'on me rende service ou que j'en accepte un d'ailleurs. Mais je sais reconnaître que cette fois-ci, je ne peux pas y arriver seul.

– Ne t'en fais pas, je suis un repoussoir d'arrogance. La

modestie sera bientôt en toi, le taquiné-je avec humour, décontenancée par son attitude.

Je m'empresse de prendre la poudre d'escampette, moins par gêne que par lâcheté, il faut bien l'avouer, et file me réfugier dans ma chambre. Je respire enfin.

Tout à coup, cette pièce devient mon antre, la soupape me protégeant momentanément de la situation actuelle. Moi qui pensais passer un Noël dingue et atypique, la réalité est bien au-dessus de mes espérances !

À cet instant, ma seule échappatoire, c'est d'appeler Théa. Depuis mon arrivée à New York, on échange des messages quotidiennement, mais il faut avouer que le décalage horaire n'aide pas à la communication. On n'a réussi à s'appeler qu'une fois jusqu'à présent. Elle me manque, encore plus dans des moments comme celui-ci. Un rapide calcul m'apprend qu'en France, il est actuellement près de vingt-trois heures. Avec un peu de chance, Théa décrochera. Si ce n'est pas le cas, je laisserai un message et demain je recevrai ses conseils avisés.

La sonnerie retentit. Une fois… deux fois…

Allez, décroche, s'il te plaît. Il faut que je te parle, j'ai besoin de ça.

– Allô ? me répond une voix ensommeillée.

– Théa ? Je te dérange ?

– Non, je me suis endormie devant la télé. Alors, comment ça va à New York ?

– Sa famille est arrivée.

– Ça n'a pas l'air de te réjouir. Tu voulais garder ton bel Américain rien que pour toi ? me taquine-t-elle.

– Le bel Américain, comme tu dis, est devenu mon faux petit copain en l'espace de quelques minutes.

– Quoi ?! Mais raconte ! C'est bon, je suis super réveillée !

En quelques mots, je lui narre le déroulé de la scène, n'omettant pas de lui parler de l'excuse bidon de sa capacité à ronfler comme une locomotive. Elle rit beaucoup, puis m'assure que la belle-sœur d'Austin, Holly, a flairé quelque chose et qu'il va falloir que je renforce mon jeu de comédienne si je veux que le secret perdure.

– On dirait le pitch d'un téléfilm de Noël, j'adore ! déclare-t-elle.

– Étrangement, je préfère les regarder qu'en être le personnage principal. C'est quand même dingue tout ça !

– C'est peut-être l'histoire la plus folle que tu vas vivre et peut-être qu'il est là ton roman d'amour à vivre. Peut-être qu'Austin est ton héros romantique !

– Mais qu'est-ce que tu racontes ? Ce n'est pas parce qu'il a une belle gueule que je vais craquer pour lui.

– Donc il a une belle gueule ! s'écrie-t-elle de joie.

A-t-elle écouté un traître mot de ce que je viens de lui dire ? Non, mais j'hallucine, ce sont les hormones qui la rendent aussi fleur bleue ? Théa fait partie de ces personnes qui ne peuvent pas vivre sans amour dans leur vie. Comme s'il représentait le but ultime à atteindre. Ma meilleure amie est plus qu'irrévocablement éprise de romantisme, sa dose d'air quotidienne sans laquelle vivre devient difficile. Il y a ces gens qui ne peuvent pas vivre seuls, ceux qui ne peuvent pas vivre sans chocolat, et il y a moi, celle qui ne peut pas vivre sans ses blagues douteuses et ses livres, parce que se perdre dans de belles histoires, c'est bien mieux que d'affronter la vraie vie.

– Je n'ai pas dit…

– Ah, si, si, si, c'est exactement ce que tu as dit !

– Pourquoi insistes-tu sur le « exactement » ?

– Ça donne plus de poids à ma moquerie. Puis, tu dois bien reconnaître que tout y est pour faire un super téléfilm ! La nana loin de chez elle, sous la neige, qui rencontre un beau gosse prêt à l'aider…

– Un sale con arrogant et prétentieux.

– Ils le sont tous au début, c'est ce qui fait leur charme.

Je l'imagine bien hausser les épaules avec sa petite moue synonyme de « arrête, tête de mule, regarde la vérité en face ». La vérité, c'est qu'Austin ne me plaît pas. Il n'est pas mon style. Non, il n'a pas ce regard sombre et ténébreux prêt à carboniser toutes les petites culottes dans un rayon de trois kilomètres. Non, il ne ressemble pas effroyablement à cette bombe sexuelle de Michele Morrone.

Non, je ne craque pas du tout sur son physique...

– Eh merde...

– Ça y est, les connexions entre tes neurones se sont faites ?

– OK, il est super canon. Mais aussi super con. Donc zéro crainte de m'enticher de lui.

– Et tu m'as appelée pour que je valide cette théorie ? raille-t-elle.

La garce. Elle essaie vraiment de me faire gober son idée !

– Je t'appelais pour que tu me dises que ce plan de fausse petite amie est débile.

– Moi, je ne trouve pas.

– Tu sers à rien, vraiment.

Elle éclate de rire et je l'imite quelques secondes à peine après. Nous discutons encore un long moment, de son chéri, de sa princesse qui pousse, des hostilités qui s'annoncent avec les repas de Noël chez leurs familles respectives. Elle m'annonce fièrement que tous ses cadeaux sont terminés – elle s'y prend toujours avec une avance folle quand moi je suis à la bourre et termine tous les ans à la dernière minute. Le mien doit attendre sagement mon retour sous leur sapin. Tous les ans, on fête aussi notre Noël.

Puis le temps passe et je l'entends bâiller à plusieurs reprises.

– Je vais te laisser aller retrouver Morphée. Il est tard en France.

– Tu me manques, Liv.

– Tu me manques aussi.

– Et n'oublie pas de lui donner sa chance.

Je n'écoute ce dernier conseil que d'une oreille et m'empresse de raccrocher. Au même moment, on frappe à ma porte.

– Entrez.

Une petite tête brune apparaît dans l'entrebâillement de la porte. De beaux yeux verts et un sourire discret. Lia. Austin a dû préférer l'envoyer plutôt que de venir m'affronter, ce qui aurait reculé de quelques minutes notre future collaboration. Il est malin.

– Je te dérange ?

– Pas du tout, Lia.

L'adolescente pénètre dans ma chambre comme dans un lieu saint. Elle me touche. D'une certaine façon, elle me fait penser à moi au même âge. Presque gênée d'exister, elle cherche sa place parmi ses pairs, parmi les adultes et dans la vie. Lia me paraît si discrète que je parie que bon nombre de belles personnes passent à côté d'elle sans même la voir.

– Tonton Austin m'a demandé de venir te chercher pour l'apéritif.

Je le savais !

– J'arrive dans ce cas. Trinquons à votre arrivée et à Noël. Il faut fêter ça !

Je me mets en route quand, toujours près de la porte, elle m'interrompt dans ma lancée :

– Tu es vraiment la copine d'Austin ?

Et voilà, ça commence… Non, je suis la nana SDF qu'il a recueillie avec beaucoup d'altruisme contre le partage de mon esprit de Noël et mon statut sentimental !

L'envie de lui dire ça me démange, mais je m'abstiens.

– Euh… oui. On dirait que ça te surprend qu'il puisse être en couple.

– J'adore tonton Austin, mais avant il était différent.

– Avant ?

– Avant Allison.

Lia sait titiller ma curiosité, et alors que je suis à deux doigts de l'interroger sur cette fameuse Allison et la relation qu'elle entretenait avec Austin, une voix puissante et lointaine nous annonce que l'apéritif est servi.

Sauvé par le gong, comme on dit…

Je finirais cependant par le savoir, je vais creuser. Ma curiosité vient de se réveiller et quitte à passer pour une petite amie transie d'amour, autant jouer aussi la carte de la copine curieuse et jalouse pour en apprendre plus. Je sens que je vais apprécier ce petit jeu finalement, il risque d'être drôle et surprenant !

Chapitre 13

– Tonton Austin, pourquoi t'as pas de sapin chez toi ? Tu veux pas que le père Noël t'apporte des cadeaux ?

Je retiens un rire. Moi aussi, il m'arrive de développer le sarcasme à Noël surtout en sachant à quel point *Tonton Austin* est plutôt dans la peau du Grinch. Pourtant, interdiction d'afficher le sarcasme spécial fêtes devant les enfants.

Mal à l'aise, l'accusé explique avec une pirouette stratégique qu'il attendait son neveu préféré – notons qu'il n'en a qu'un – pour choisir le sapin. Il lui fallait l'œil d'un expert !

Le faux Grinch 1 – l'esprit de Noël 0.

Me voici, aujourd'hui, ainsi embarquée pour la sélection et l'achat de l'arbre de Noël avec Austin et ses neveux. Alexis et Holly ont gentiment demandé si ça ne dérangeait pas qu'ils passent leur tour pour se retrouver tous les deux et aller se balader, puis finir leurs achats de Noël. J'imagine qu'être parents ne permet pas de passer tout le temps que l'on voudrait avec la personne qui partage notre vie. Plus j'apprends à connaître Lia et Tom, plus je les apprécie et plus je me dis qu'avoir des enfants doit être une expérience superbe à vivre. Pourtant se retrouver en tant que couple est une chose fondamentale, surtout quand on a deux enfants. On choisit la personne avec laquelle on fonde une famille, mais lorsque celle-ci s'envole pour créer la sienne, l'amour avec le partenaire doit être toujours aussi fort qu'aux débuts.

Je me dis que c'est peut-être en partie pour cela que mes parents ont succombé à cette escapade sur la Méditerranée. Ce n'était en rien contre moi, c'était simplement pour eux. Pour profiter de vivre leur vie de couple sans l'ombre des enfants, jeunes et amoureux même avec quelques années en plus ! Je ne leur en veux pas d'avoir fait ce choix, ils ont déjà fait tellement pour moi. Puis, des Noëls, il y en a tous les ans, et celui-ci sera tout de même placé sous le signe de l'amour – même s'il est faux.

C'est la raison pour laquelle lorsque Holly m'a demandé si j'acceptais de m'occuper des enfants avec Austin, j'ai immédiatement accepté. L'occasion parfaite pour nous occuper de la mission deux : le sapin. Austin a déclaré connaître l'endroit où se trouvaient les plus beaux sapins et c'est donc avec un cri de joie que le petit Tom a enfilé sa doudoune et ses gants pour « foncer le chercher ».

La course dans la Mercedes d'Austin est très brève – mais j'ai clairement adoré les sièges chauffants – puisqu'il se gare à proximité du Matthew's Hotel. Pourquoi ce choix ? Je n'en ai pas la moindre idée, mais je me rappelle en effet avoir aperçu non loin de là un vendeur de sapins sur le trottoir, dans le prolongement de l'hôtel.

D'ailleurs, on en parle de cette coutume étrange de vendre des arbres de Noël sur le bord de la route ?

Ces Américains sont franchement originaux.

– Ici, à New York, les sapins peuvent représenter un risque d'incendie, m'explique Austin qui a dû lire l'étonnement sur mon visage à notre descente de voiture.

– Mais les commerçants ont le droit de s'installer sur n'importe quel trottoir ?

Il rit de ma remarque avant de me répondre alors que nous marchons en direction de la pépinière éphémère, les enfants loin devant nous.

– Non, ils doivent avoir l'accord de celui qui détient l'immeuble devant lequel ils désirent s'implanter.

– Donc en l'occurrence, le Matthew's Hotel ?

– Tout à fait.

J'accueille sa réponse avec perplexité. J'ai du mal à croire que le propriétaire d'un hôtel aussi luxueux que le Matthew's puisse accepter que de simples vendeurs de sapins puissent s'installer sur son trottoir et ainsi gêner le passage et diminuer le prestige des lieux. J'imagine cet homme comme étant très riche – c'est un euphémisme –, et sans conteste avec un ego surdimensionné. Il doit être un requin en affaires pour s'être hissé si haut dans l'hôtellerie de luxe.

Son établissement est resplendissant, je ne peux qu'en convenir, pourtant je vois mal un magnat des affaires capable de cet amour de Noël et de cette bienveillance à l'égard de personnes bien moins fortunées que lui. Ne dit-on pas souvent que les riches sont égocentriques ? Non pas que j'aie des préjugés, mais l'idée n'est pas nouvelle dans l'esprit de la plupart des gens…

– Tu penses sincèrement que le propriétaire a dit oui ?

– Les vendeurs ne seraient pas là si ce n'était pas le cas. Pourquoi en doutes-tu ?

– Le gérant du Matthew's doit être un homme avec une fortune conséquente.

D'une façon presque imperceptible, Austin frémit et se contracte. Il semble attendre que je développe, mais le silence entre nous se prolonge. Un certain malaise s'installe et l'atmosphère devient plus lourde malgré le froid hivernal.

– Tu as une dent contre les riches ? demande-t-il ensuite, mi-taquin, mi-sérieux.

– Rien du tout, tant qu'ils restent humains.

– Et tu penses que lui ne l'est pas ?

– Je ne dirais pas ça ainsi. Disons qu'un homme comme lui doit forcément baigner dans un monde d'or et de champagne, séduire des midinettes plus jeunes que lui, discuter affaires avec ses collaborateurs et futurs partenaires et faire preuve d'égocentrisme la plupart du temps. Je ne doute pas qu'il soit un redoutable requin dans son milieu, mais je l'imagine mal accorder de son espace aux vendeurs de sapins. Ce n'est pas l'idée que je m'en fais en tout cas.

– Heureusement qu'on peut changer d'avis, alors.

Je m'apprête à lui répondre lorsqu'un homme ressemblant fortement à un bûcheron – il porte même une chemise à carreaux – le salue et lui serre la main avec politesse et respect. Austin m'a tout l'air d'être un habitué ici et de connaître les lieux comme sa poche. Il donne la bonne direction à Lia et Tom pour qu'ils aillent chercher la perle rare de plus de deux mètres – taille votée à l'unanimité – que nous voulons.

C'est clair qu'en dessous, ce serait qu'un petit arbuste...

Tom, tout feu tout flamme, déambule dans les allées, l'œil alerte, jusqu'à décréter que comme il est petit, il n'arrive pas vraiment à savoir si les sapins font la taille qu'il faut. Ce petit bout est tellement adorable que je fonds au moindre de ses clins d'œil. Son oncle trouve rapidement une solution pour remédier au problème de son neveu de six ans en l'attrapant par la taille et en le hissant jusqu'à ses épaules. De là-haut, Tom ne trouve plus d'excuses pour ne pas chercher le sapin parfait.

La conversation qu'Austin et moi avons eue dans la cuisine au sujet de la famille me revient en mémoire. Face à ce tableau, je ne peux être qu'émue. Lui qui semble repousser l'idée d'être père un jour est pourtant si complice avec son neveu , je ressens l'amour qu'il lui porte et sa volonté de lui faire plaisir coûte que coûte. Austin est à la fois aimant et protecteur, tout ce qu'il faut pour faire un bon père. Il en a déjà les qualités, et l'on pourrait ergoter des heures sur son appréhension, je ne changerais pas d'avis pour autant, surtout quand je les vois jeter leur dévolu sur un arbre gigantesque aux belles épines vertes.

– C'est Lia qui l'a trouvé la première ! m'annonce fièrement Tom.

– C'est parce que ta sœur a un œil de lynx, commente Austin, ce qui fait rougir Lia, restée jusque-là en retrait.

– On peut le prendre ? m'interroge-t-elle. Tu en penses quoi, Liv ?

– Je pense que ton arbre est magnifique ! Je me demande de quelle espèce il s'agit.

– C'est un Nobilis, m'apprend Austin.

– Comment sais-tu ça ?

– J'ai quelques talents cachés !

Son sourire énigmatique et un brin canaille fait louper un battement à mon cœur. Je dois avouer que je suis épatée par cette connaissance, je n'aurais jamais cru qu'il s'y connaissait en sapins !

– Tonton Austin connaît beaucoup de choses sur les sapins. Avec papy, ils allaient en couper un tous les ans.

Je me tourne vers Lia, dubitative. Austin, couper un arbre de Noël ? Sérieusement ? Alors qu'il est si élégant et raffiné ? Qu'il rouspète pour un manteau taché ? Qu'il est toujours droit et a la stature déstabilisante des hommes du grand monde ?

Je suis impressionnée et cela doit se lire sur mon visage, car son sourire espiègle s'élargit alors que je m'apprête à lui faire passer un examen pour vérifier ses connaissances.

– Quel est le sapin le plus odorant ?

– L'Épicéa, tout le monde le sait, ça ! s'exclame-t-il en riant.

– C'est pas faux. Attends, j'en ai une autre : quel est le plus résistant ?

– Le Nordmann, également appelé sapin du Caucase puisqu'il vient essentiellement de Russie, Géorgie, Arménie ou encore de Turquie.

– Tu as en effet l'air de maîtriser le sujet…

– Si tu veux tout savoir, celui que j'aime le moins est le sapin pleureur, encore appelé le sapin renversé. On dirait qu'il est constamment triste et je ne trouve pas que ça convienne aux fêtes de Noël. Je lui préfère de loin le Nobilis, tu as vu comme ses épines sont vertes, mais presque bleutées ou argentées par endroits ?

Inspectant le sapin choisi par Lia de plus près, je ne peux qu'opiner du chef en découvrant qu'Austin a entièrement raison. Les épines de cet arbre regorgent de surprises colorées. C'est fantastique ! J'inspire longuement, puis expire.

– Et il sent si bon…

– Un subtil mélange de citron et de sapin !

– C'est exactement ça. On dirait bien que finalement, l'esprit de Noël n'était pas si loin que ça de Scrooge.

Ma taquinerie fait mouche et il sourit, révélant une fossette sur sa joue droite.

Une putain de fossette…

Ou la définition du signe distinctif le plus sexy sur le visage d'un homme. Mon Dieu, entre son attitude avec ses neveux, sa connaissance sur les sapins et cette fossette, je me sens bouleversée. Bouleversée pour quelle raison ? Ça, je n'en ai pas la moindre idée, mais les faits sont là ! Le concept de la *mignonitude* attendrissante, je suis en plein dedans là ! C'est déroutant, mais plaisant.

J'ai l'impression d'être un enfant face à un petit chaton lapant son eau et auquel il ferait bien des caresses.

Et des caresses à ce chaton-là, ça embrase…

Mais je m'égare.

Reprends-toi, Liv.

Je me contente de sourire en retour alors que les enfants reviennent avec le vendeur et pointent du doigt leur sapin.

– Je vous l'emballe et je vous le livre, Austin ?

– Ne vous embêtez pas, nous allons le ficeler au toit de ma voiture.

– Vraiment ? Enfin… euh… je veux dire… Vous allez vous compliquer la vie et mettre des épines dans votre voiture ou…

– Marc, je vous assure, on gère.

– Bien, monsieur.

Est-ce moi ou cet échange est étrange ?

Trop de politesses en quelques phrases pour que ce ne soit que de la sympathie à l'égard d'Austin. Un peu plus et l'on pourrait penser à un employé s'adressant à son patron. C'est saugrenu.

Aussitôt emballé, le sapin – la bête fait tout de même deux mètres quinze ! – est apporté jusqu'à la voiture par Marc et Austin. Grâce à des cordes d'escalades, les deux hommes le fixent sur le toit de la Mercedes, offrant une image atypique qui me fait doucement pouffer de rire.

– C'est bizarre de voir la voiture de tonton Austin comme ça.

– Ton oncle essaie de se donner un air de bûcheron, lui réponds-je avec un clin d'œil qui la fait rire instantanément.

Lia me confirme donc que ce n'est pas habituel, mais c'est une bonne chose, il s'efforce de faire son possible pour leur faire plaisir, pour rendre ce Noël magique. La carapace du mec arrogant et froid se fissure peu à peu sous mes yeux. Austin se révèle bien plus chaleureux qu'il ne le laisse paraître et ça me plaît bien. Enfin, c'est sympa de le voir sous ce nouveau jour. Savoir qu'il n'est pas que l'homme arrogant croisé dans une rue au détour d'un café renversé est toujours rassurant, surtout quand on pense à notre cohabitation et au mensonge que nous partageons désormais. Un cœur se cache sous cet épais manteau élégant. Un cœur qui m'a tout l'air de se réchauffer petit à petit.

***

– Liv, tu as mis où les petits bouts de corde ? demande Tom.

– Ici, petite tornade !

Voilà une bonne heure que nous décorons le sapin tous les trois, Tom, Lia et moi. La tâche a été abandonnée par Austin pour cause de coups de fil urgent pour son travail. Depuis, il n'est pas réapparu. La mine déconfite des enfants n'a laissé aucun doute sur leur déception quand leur oncle est parti s'enfermer dans son bureau. Pas longtemps désemparée, j'ai vite fait de proposer de décorer le sapin et de leur montrer tout ce que leur oncle avait trouvé comme jolies guirlandes et suspensions. Il faut savoir donner un peu de ses victoires aux autres.

L'étape numéro un, qui consiste à habiller le sapin de guirlandes lumineuses, s'est avérée être un véritable casse-tête chinois. Pire que ça, même !

Je me suis sentie comme ces gosses qui persistent devant un Rubik's Cube, alors qu'ils sont daltoniens… Autant dire que la montagne est insurmontable !

Il a tout d'abord fallu défaire les nœuds, car oui, laisser des enfants sortir des guirlandes soigneusement enroulées et rangées dans une boîte, c'est la meilleure idée pour se retrouver avec l'étiquette « pêcheur défaisant les nœuds de filets » ! Cependant, Lia m'a offert une sacrée aide et nous en sommes venues rapidement à bout. Je me suis alors rappelé que ma mère passait un temps fou, chaque année, à défaire les guirlandes, les mettre à plat, les tester et remplacer les ampoules au besoin avant de chercher les embouts décoratifs de ses guirlandes vintage. Je la revois rouspéter et me dire une énième fois qu'elle ne va jamais s'en sortir si je joue avec.

S'en est suivi un grand débat : pour ou contre les guirlandes ?

Quand j'étais enfant, mon sapin en avait de plusieurs couleurs, des rouges, des dorées et des vertes notamment. Je trouvais que cela apportait beaucoup de peps à l'arbre et le rendait étincelant.

Pinterest a très clairement gagné la bataille puisque Lia a proposé qu'on y cherche des inspirations sympas afin de nous décider. Devant l'engouement des enfants, j'ai laissé mes souvenirs au placard et nous avons décidé de trouver une autre place aux guirlandes achetées.

Ensuite, nous accrochons les boules et suspensions tous les trois, pendant que Holly et Alexis, en cuisine, préparent le goûter. D'après l'odeur, je penche pour un brownie.

Tom choisit une belle branche et suspend un joli père Noël recouvert de paillettes après que j'ai bien noué son attache.

– Si je mets la boule vintage ici, ça ne jure pas ?

– Pas le moins du monde, Lia.

– C'est cool de faire le sapin avec toi, Liv ! Je t'aime bien ! déclare Tom en se plantant devant moi, un grand sourire aux lèvres.

On dirait bien que j'ai trouvé mon petit prince de Noël, finalement.

Ce petit garçon est tellement adorable que je lui ébouriffe les cheveux pour lui retourner son touchant compliment. Ma journée est idéale, passer du temps avec eux me rappelle à quel point j'aime les enfants. J'aime être à leur contact et échanger avec eux. Tom est si spontané, si loin des attitudes hypocrites des adultes que c'est un vrai vent de fraîcheur dans ma vie. Quant à Lia, je sens qu'elle a envie de discuter, voire de se confier, mais qu'il lui faut encore un petit peu de temps, temps que je lui accorde bien volontiers.

Nous nous reculons pour admirer notre œuvre.

– Wouah…

– Il est trop beau !

– On a réussi, c'est une merveille ! Bravo, petits mousquetaires ! les félicité-je. Tom, va chercher ton oncle, il reste l'étoile à accrocher et je suis sûre que ça lui ferait plaisir de t'aider à la mettre en haut du sapin.

Aussitôt, Tom file en direction du bureau.

– Tonton Austin travaille beaucoup.

Ces mots sonnent comme un reproche dans la voix de Lia et je tente de la faire relativiser sans vraiment y croire. Après tout, elle connaît mieux son oncle que moi.

– Il cherche à réussir et à obtenir le meilleur pour sa vie, puis pour vous gâter.

– Alors, ça te dérange pas ? Tu préfères qu'il travaille plutôt qu'il passe du temps avec toi, alors que t'es sa copine ?

Mayday, Mayday. Je marche sur des œufs, je répète, je marche sur des oeufs.

– Chacun de nous doit savoir où sont ses priorités et le boulot, quand on est adulte, en fait partie. Ça ne signifie pas qu'Austin n'apprécie pas ma compagnie ou la tienne.

– On dirait pas que tu l'aimes.

Rectification, je suis sur une pente casse-gueule ! Je me vautre en beauté, effet boule de neige !

Bon sang, j'ai l'impression que je ne vais pas m'en sortir si facilement. Lia est loin d'être une gamine idiote et je me sens rougir sous le poids du mensonge d'Austin. J'ai accepté de jouer ce rôle, mais si dès le premier jour ça se complique comme ça, je ne vais jamais tenir jusqu'à Noël, moi…

– On a besoin de moi pour le clou du spectacle ?

Arborant un sourire ravageur, Austin est vêtu d'un pull noir en cachemire à encolure en V qui épouse son torse à la perfection. À moins que ce soit son torse, la perfection ?

Austin s'avance, Tom sur ses épaules, et me tend une main que mes yeux ne quittent plus. Une main à la fois puissante et douce, je n'en doute pas. D'ailleurs, en avoir la certitude ne serait pas pour me déplaire… Elle pourrait se poser au creux de ma nuque, glisser de mon épaule à ma main, caresser d'autres zones que mon hôte n'a encore jamais vues…

– Liviana ?

Je cligne des yeux. On dirait bien que je me suis perdue dans mes pensées et qu'Austin m'a parlé.

– Pardon ?

– L'étoile, s'il te plaît.

Je bafouille des mots incohérents et lui donne l'étoile lumineuse dorée pour qu'il pose sur la cime du Nobilis. Le sapin est enfin parfait. Tom applaudit de ses petites mains tant il est heureux de ce qu'il a accompli avec nous. Austin ainsi que Holly et Alexis qui nous ont rejoints nous félicitent pour ce si bel arbre. Je me contente de sourire jusqu'à ce que mon regard rencontre celui d'Austin et ne s'en détache plus.

Il se passe quelque chose. Quelque chose que je ne veux pas voir ni avouer à quiconque. Il me plaît d'un point de vue physique, et avec mes hormones en ébullition, je ne suis pas sortie de ce guêpier…

Au fond de son regard, je semble discerner une réciprocité émotionnelle, une lueur de désir paraît y vaciller. On dit souvent que les opposés s'attirent, non ?

Chapitre 14

Jingle bells, jingle bells,
Jingle all the way.
Oh what fun it is to ride
In a one-horse open sleigh
Jingle bells, jingle bells,
Jingle all the way.
Oh what fun it is to ride
In a one-horse open sleigh

La musique dès le matin… En général, j'adore, ça me donne une pêche d'enfer et par enfer, j'entends bien une motivation à toute épreuve, mais ce matin, ça va juste me faire être infernale. Qui a bien pu avoir l'idée de mettre la musique aussi fort dans l'appart ? Je vis seule pour éviter ces désagréments.

Le volume augmente autant que mon esprit embrumé s'énerve.

Bordel, qu'est-ce qu'ils foutent les voisins ?!

Je me tourne dans le grand lit et lève ma tête de l'oreiller. Je vois que les rayons du soleil éclairent la pièce alors que mes yeux sont encore clos. J'ouvre un œil difficilement. Mes paupières sont lourdes, collées et il me faut un effort surhumain pour finir parme réveiller pleinement.

Je ne suis pas chez moi.

C'est vrai, je n'ai fait que rêver de mon petit appartement. Mes neurones se remettent en place et ma situation actuelle me revient.

Je suis à New York pour les fêtes, suis hébergée par Austin et dois endosser le rôle de fausse petite copine devant sa famille.

Et, non, ce n'est pas un rêve, ça ! Plutôt comique, hein ? Je repousse la couette et suis prise de frissons. Les yeux à peine entrouverts, je me dirige vers la salle de bains pour me réveiller d'une façon un peu plus douce et un peu plus chaude, avec une bonne douche.

Je pousse la porte.

La vache, il fait chaud !

C'est mon unique réflexion avant de cogner dans quelque chose de dur, de solide et d'humide, quoique rebondi vers le bas. Me décidant à ouvrir correctement les yeux, je découvre, stupéfaite, un corps totalement nu. Et masculin. Et ce que j'identifiais comme rebondi n'est autre qu'une paire de fesses et *mamma mia* ces fesses ! Hâlées, rebondies, fermes. Ça donne envie de les croquer, qu'on se le dise. Appelons un chat, un chat après tout.

Austin tourne à moitié la tête et me découvre. Pas gêné le moins du monde, il sourit comme une canaille et, tout en prenant la serviette blanche posée sur un meuble pour la nouer sur le bas de ses hanches, il se tourne vers moi. Les dernières gouttes d'eau de sa douche ruissellent le long de son torse, sinuant entre ses pectoraux jusqu'à la ligne de poils s'aventurant sous la serviette.

Est-ce mal d'avoir la subite envie de laisser ma langue pourchasser ces gouttes ?

– Tu as une position préférée ?

– Euh… pardon ? réponds-je, ne cachant absolument pas mon trouble et rougissant de plus belle.

Mais de quoi il me parle ? Est-il bien en train de faire une allusion à ce que je pense ?

– Pour me mater.

OK, pour la discrétion, on repassera, Liv…

Je tente un rattrapage pitoyable, en vain. Pour ma défense, je ne suis pas réveillée, mon cerveau n'est pas encore en état pour une joute de réparties bien senties et des remarques acerbes et aiguisées.

– Je ne te mate pas.

C'est nul, totalement naze, et je le sais.

– Ah bon ?

– Je t'évalue.

– J'espère que j'aurais une bonne note dans ce cas…

Misère… comment fait-il pour faire entrer mon sang en ébullition comme ça ?

À son tour, il me détaille des yeux. Je peux presque sentir son regard laisser une trace de son passage sur ma peau. Le sourire qui révèle sa fossette revient se coller à ses lèvres et me rend pantelante.

J'avais demandé un réveil chaud, mais là… c'est carrément brûlant ! Pire que le cœur d'un volcan !

Ses pupilles se rétractent et je peux y déceler une flamme lorsqu'il passe ma poitrine en revue. Mes seins libres sous un fin débardeur noir le font frémir. Le bas de mon corps n'est, quant à lui, pas révélé puisque je porte un bas de pyjama à motif tartan.

– Je ne pourrais pas en dire autant de toi, me taquine-t-il.

Goujat !

Mais en découvrant mon reflet dans le miroir au-dessus des doubles vasques, je comprends mieux. Ma crinière ressemble plus à un nid d'oiseau, probablement de cigogne, qu'à de beaux cheveux coiffés et souples après une belle nuit de repos. Sur ma pommette droite, j'ai une légère marque de mascara, un reste qui a dû couler dans la nuit. Mes yeux sont gonflés de sommeil et j'ai la trace de l'oreiller sur la joue gauche.

Un canon, quoi !

Je n'ai rien de piquant à lui répondre et préfère bougonner dans mon coin, lui laissant gagner cette manche.

– Ouh, il y en a une qui n'est pas du matin… C'est dommage, le matin, il y a tant de choses intéressantes à faire.

Son regard accroche le mien et je ne peux plus lui échapper. Ses yeux s'accrochent aux miens, à mon âme. Et peut-être même à ma culotte par la même occasion ! Ce type est insupportablement canon.

– Je ne suis juste pas de ce matin.

Il s'avance à pas lents, tel un prédateur face à sa proie. Doucement, il vient presque se coller à moi et l'odeur musquée de son gel douche m'envahit. Je frissonne. Austin penche la tête vers mon oreille et murmure de sa voix grave et aguicheuse :

– Je pourrais reprendre une douche, c'est parfait pour se mettre dans de meilleures conditions le matin, mais on serait en retard pour le petit déjeuner en famille.

Mes yeux se ferment. L'atmosphère de la salle de bains n'est que tension sexuelle.

Mais à quel moment c'est devenu aussi intense entre nous, bordel ?

Je serais prête à arracher mes propres vêtements s'il me le demandait.

Reprends-toi, Liv, déconne pas. Tu n'as juste pas couché avec un homme depuis une éternité, c'est donc une réaction normale et tout à fait compréhensible quand on est face à un modèle si sexy des représentants de l'autre sexe. C'est hormonal, rien de plus. Tout phénomène a une explication scientifique, ni plus ni moins. Pas besoin de croire que c'est cet homme en particulier qui crée quoi que ce soit d'inhabituel.

Je recule d'un pas, bredouille un « désolée, je frapperai à l'avenir » et m'enfuis dans ma chambre me mettre à l'abri de cet appel au sexe qui émane d'Austin de bon matin. Mais qui me mettra à l'abri de mes propres pensées ?

***

Plus tard dans la journée, alors qu'Alexis et Holly sont partis faire des courses pour les repas et pour nos activités de Noël, qu'Austin est dans son bureau, je suis dans la cuisine et je me prépare un thé vert aux fruits rouges. Ma playlist spéciale fête est activée sur mon portable et je chantonne tout en étant à ma tâche. Les enfants doivent être dans leur chambre et je ne cesse de réfléchir à une activité qui pourrait les rassembler.

– Salut.

Levant la tête, je découvre Lia qui entre dans la cuisine et s'approche de moi. Depuis son arrivée, je me rends compte qu'elle passe de plus en plus de temps avec moi, nous nouons une relation particulière qui lui permet de s'ouvrir peu à peu. Elle m'a ainsi parlé de son collège et de ses passe-temps. J'ai appris qu'elle pratique le basket et qu'elle est inscrite dans un groupe d'écriture, car elle est passionnée par les livres, ce qui nous fait un point commun supplémentaire ! Plus le temps passe et plus j'aime apprendre à la connaître. Sous bien des aspects, cette adolescente me rappelle moi à son âge.

D'ailleurs, ça tombe bien qu'elle m'ait rejointe dans la cuisine, car moi aussi, j'ai besoin de me confier, d'avoir une présence rassurante et de recevoir bons conseils.

– Tu veux un thé ?

– Oui, je veux bien. Merci.

– Ton oncle est toujours enfermé ?

– *Ouaip.*

– Ce bureau est pire qu'un groupe terroriste, ma parole… rouspété-je tout en lui servant sa boisson dans une tasse avant de la lui tendre.

– Merci. Il ne voulait pas qu'on vienne, hein ?

Lia me prend de court. J'ignore réellement ce que pense Austin pour la simple et bonne raison que nous n'en avons pas parlé. Je ne suis qu'une mascarade et par conséquent, je me retrouve bien malgré moi dans ces cas de figure de merde.

Tentant de la rassurer et surtout de ne pas la blesser, je reprends :

– Tu sais, Austin est très occupé, mais il fait son possible pour se libérer au plus vite. C'est pour cela qu'il travaille autant.

– Ah bon ? demande-t-elle, le regard brillant d'espérances.

– Bien sûr, ma puce ! Je suis persuadée qu'il va bientôt cesser de travailler pour se consacrer à nous tous.

Liv, qu'est-ce que t'as encore balancé ? J'ai plus qu'à le convaincre maintenant, sinon en plus d'être une horrible menteuse, je serai une horrible et cruelle menteuse…

Le sourire de Lia est tellement saisissant que finalement, je ne m'en veux plus de lui mentir à ce sujet.

– Vous avez déjà écrit votre lettre au père Noël avec ton frère ? Enfin, même si c'est surtout pour lui, fais-je d'un sourire entendu.

– Non, pas encore.

– Alors, voilà notre activité du jour ! J'ai acheté une boîte aux lettres rouge décorative, on va l'installer dans le salon près de la cheminée. Je vais aller chercher ton oncle et on va rédiger nos lettres ensemble. Tu t'occupes de rassembler l'essentiel : magazines de jouets, de quoi écrire, de quoi décorer la lettre et ton frère ?

– OK.

Nous nous séparons et je prends la direction du bureau. En approchant, j'entends Austin qui semble être en pleine conversation téléphonique. Celle-ci est animée, sa voix est tranchante et froide.

– Je t'ai dit de m'oublier. Cesse de m'appeler, je ne suis pas à ta disposition.

Collant presque mon oreille contre la porte, je tente le tout pour le tout pour satisfaire ma curiosité. Il lâche un dernier soupir, puis raccroche. Et moi qui voulais des infos, j'arrive un peu trop tard !

Brusquement, la porte s'ouvre et je reste figée face au regard noir d'Austin. À cet instant précis, tout son être dégage une force et une autorité remarquables. Sa colère se diffuse autour de lui et je le sens particulièrement tendu.

– Liviana.

Son ton est sec et froid, comme si j'étais à l'origine de son courroux.

Mister *gros con est-il de retour pour nous jouer un mauvais tour ?*

Je glousserais bien de ma référence à Pokémon, mais le comportement d'Austin fait retomber toute tentative de dérision.

– Je peux te parler ? lui demandé-je.

Il inspire profondément, comme pour tenter de s'apaiser. Je ne suis pas certaine que cela ait fonctionné…

– Qu'y a-t-il ?

– Il y a que tu es si peu présent pour ta famille que ta nièce pense que tu les évites et que tu ne voulais pas les recevoir. Est-ce pour ça que tu t'enfermes des heures dans ton bureau ? Lia est convaincue que tu n'as pas envie de passer du temps avec eux.

D'abord, un froncement de sourcils. Je m'attends à me faire incendier pour la façon très cash avec laquelle je lui ai fait part du souci. Puis, l'une de ses mains monte jusqu'à son visage pour caresser sa barbe naissante.

– Elle n'a aucune raison de penser ça.

– Ah bon ? Parce que tu lui donnes des raisons de penser le contraire ?

– Tu ne pourrais pas t'occuper de tes affaires au lieu de juger et de critiquer comme ça ?

– Fallait peut-être y penser avant de faire de moi ta petite copine, non ? Crétin.

Son ton dédaigneux n'a fait qu'allumer la colère en moi. Je venais en paix, simplement pour l'aider à améliorer ses relations avec ses neveux et maintenant, me voilà tout aussi irritée que lui. Non, mais j'hallucine !

Avec un dernier élan de bonne volonté, je prends ma voix la plus douce possible, ne laissant plus rien paraître, pour lui annoncer :

– Nous allons écrire nos lettres au père Noël. Lia et Tom aimeraient que tu sois là. As-tu un peu de temps pour eux ?

– Évidemment.

Après un hochement de tête, je me détourne de lui et pars en direction du salon. Austin m'interpelle alors d'un simple mot. Le diminutif de mon prénom. Trois lettres qui, entre ses lèvres, sonnent à la fois comme une parole douce et sensuelle, mais également comme un aimant dont je devrais me méfier.

Je lui fais face.

– Que lui as-tu répondu ? ajoute-t-il.

– Je lui ai expliqué que si tu travaillais autant, c'était pour ne plus avoir à le faire par la suite, pour que tu puisses te libérer pour passer du temps avec eux. Je lui ai aussi dit que tu avais bientôt terminé de t'avancer sur ta quantité de travail.

– Et… pour mon manque d'envie de les recevoir ? m'interroge-t-il, mal à l'aise.

Je n'arrive pas à savoir si Lia a vu juste ou si c'est simplement le sujet qui lui donne la sensation de marcher sur des œufs. Dans un cas comme dans l'autre, Austin ne me convainc pas de la sincérité de son invitation.

Une partie de moi a envie de le rassurer, mais une autre voudrait bien appuyer là où ça fait mal pour qu'il réalise la chance qu'il a d'avoir une famille si proche de lui, avec tant d'amour à lui offrir et qui n'attend qu'un peu de présence de sa part en retour. Surtout les enfants.

– Je lui ai dit qu'elle se faisait des idées. À toi de lui prouver qu'elle a tort et que tu n'es pas ce con arrogant qui ne jure que par le boulot et qui en oublie sa famille et ses proches.

Un sourire crispé se manifeste sur ses lèvres et, me contentant de cela, je redescends au salon retrouver les enfants, Austin sur mes talons.

La guerre n'est pas gagnée. Lui faire comprendre que sa famille a besoin de lui, du lui d'avant, ne sera pas aisé, mais il m'a demandé d'être présente pour insuffler l'esprit de Noël, et c'est ce que je vais faire. Après tout, quoi de mieux pour cela que de réunir les membres d'une famille ?

Chapitre 15

Assis en cercle autour de la table, genoux pliés, nous avons décoré le papier à lettre avec des paillettes, des dessins ou encore avec des autocollants festifs et des flocons de neige. Austin a soigneusement découpé les jeux indiqués par Tom afin que le garçon puisse les coller lui-même sur sa lettre.

Désormais, nous nous attaquons au plus gros du travail : la rédiger.

– Liv, tu sais ce que tu vas demander au père Noël ? Si tu veux, je te prête mon magazine pour que tu trouves.

Je souris devant une telle gentillesse avant de répondre à Tom sous le regard intéressé d'Austin. Il est penché vers Tom, veillant à ce qu'il ne mette pas de colle partout, et tiens un stylo dans une main, prêt à rédiger sa propre lettre pour participer à l'activité. Son regard est curieux et toute trace de colère l'a déserté.

– J'ai quelques petites idées de ce que j'aimerai trouver au pied du sapin, oui, lui réponds-je.

– Tu crois que tu as été assez sage cette année ? me demande Austin, le regard soudain bien plus ravageur.

– J'ai été plus coquine que méchante, je dirais…

J'ignore d'où me vient cette répartie *muy caliente alors que je ne pensais pas à ça*, mais mon sous-entendu ne semble pas passer inaperçu. Du moins, pas auprès du seul autre adulte présent dans cette pièce. Les pupilles d'Austin semblent manger la couleur si sombre du reste de ses yeux et un sourire carnassier en coin se dessine sur ses lèvres. Son regard s'étrécit et se focalise sur le mien. Sans compter sur Lia qui cache mal son rire.

Mais, bon sang, qui emploie le mot « coquine » à l'âge adulte hors contexte moins de dix-huit ans ?

Je me foutrais des baffes… Et ce regard qu'il me lance !

Bon Dieu, comment c'est possible d'avoir aussi chaud pendant l'écriture d'une lettre au papa Noël ?

Tom attire l'attention d'Austin et nos regards, avant de se détacher totalement, errent quelques secondes sur les lèvres de l'autre.

– On a un nombre maximal de vœux à formuler ?

– Pas du tout, Lia, tu as le droit de demander autant de choses que tu le souhaites. Noël est fait pour rêver, lui répond son oncle.

Je suis surprise que Lia manifeste un tel engouement pour la rédaction de sa lettre. Avec l'adolescence, on s'attend à ce qu'elle ne croit plus au Père-Noël, pourtant je comprends qu'elle ne pose pas cette question juste pour donner le change à son petit frère. La magie de Noël tient une grande place dans son cœur.

– Et toi, tu es d'accord, Liv ? m'interroge-t-elle.

– Bien sûr, ma puce. Austin a raison, à Noël, on peut tout souhaiter et les plus belles surprises peuvent nous arriver.

– Tonton, je peux avoir un chocolat chaud ? demande Tom.

Austin se lève pour répondre favorablement à la demande de son neveu, nous laissant seuls tous les trois. Lia, qui s'agite sur l'air de *White Christmas*, augmente le son de la musique avant de venir se réinstaller autour de la table. Son stylo frôle sa feuille avec passion et je la sens y mettre tout son cœur alors que son petit frère baragouine des choses inaudibles.

Et moi, qu'est-ce que je vais bien pouvoir demander cette année ?

En y réfléchissant bien, rien que toute cette aventure est déjà le souhait de Noël le plus dingue que j'aurais pu formuler.

Cher père Noël,

Cette année, tu m'offres un Noël plus que différent, plus qu'atypique et inhabituel. Cette année, mon Noël est dingue. Merci de m'avoir offert des fêtes de fin d'année à New York et, contre toute attente, de m'avoir fait rencontrer Austin, bien qu'il soit si insupportable, et sa petite famille, elle, si adorable.

Alors, cette année, père Noël, j'aimerais plusieurs choses que tu pourras peut-être m'apporter, après tout j'en demande pas beaucoup, hein, puis je suis particulièrement gentille, tu le sais !

Cette année, j'aimerais trouver l'amour. Le vrai. L'unique. Celui qui va m'emmener sur les pentes de la passion comme sur les rives de la complicité, parce que, qu'on se le dise, ton pote Cupidon, jusque-là, il a fait de la merde ! Même si j'ai passé de bons moments avec mon ex, Thomas, on était loin de ce coup de foudre incontestable comme dans les films que j'aime tant et c'est pas faute de l'espérer depuis ! Ce qu'il me manque, c'est l'amour d'un homme qui sera toujours là pour moi, comme un pilier, un roc, qui m'aimera telle que je suis, qui craquera pour mes défauts autant que pour mes qualités même si ça le rendra dingue. J'ai besoin de découvrir et de partager ma vie avec quelqu'un qui me chamboule et qui me comble, qui m'aime autant qu'il me fait vibrer, qui sait faire naître le feu dans mes veines comme la douceur dans mon cœur. Bref, avant de virer poète, tu l'auras compris, mon premier souhait, c'est l'amour.

Évidemment, tu t'en doutes, j'ai des plans de secours si jamais mon premier vœu est inaccessible.

C'est pourquoi j'accepte aussi une belle montre, j'ai eu un petit coup de cœur pour le bracelet effet python et le cadran effet marbre blanc de chez Cluse. Elles sont si élégantes, ces montres, puis ça me permettrait ainsi d'être ponctuelle ! Enfin, j'aurais plus de raisons d'être ponctuelle si j'avais un boulot. D'ailleurs, père Noël, si tu as un job pour moi dans ta hotte, je prends aussi. De préférence quelque chose de non manuel, soyons réalistes, je ne sais pas changer une ampoule, alors ne visons pas l'impossible…

Dans le domaine du « un petit peu plus faisable », j'ai repéré un ensemble carrément sexy chez Aubade.

J'ai pas encore de mec, mais il est follement sensuel et si tu arrives à exaucer mon vœu numéro un, ce sera toujours bien d'avoir un peu de lingerie sous le coude ! Puis... le modèle corbeille et tanga de la gamme Aubade à L'amour est quand même incroyable et il faut se sentir sexy pour l'être, non ? Demande à mère Noël, tu verras qu'elle me donnera raison ! Et toi aussi tu apprécies la lingerie fine, j'en suis sûre...

Enfin, admettons que Aubade soit un peu trop effronté à ton goût, tu peux également te rabattre sur le sac à main Alma de Louis Vuitton, c'est le sac à main de mes rêves depuis que j'ai dix-sept ans. Je bave inlassablement dessus, ce serait donc un cadeau trop, trop, trop – y en a jamais assez – chouette. Dans l'optique où tu n'as plus de budget pour moi – c'est vrai que je suis une adulte quand même –, je prends aussi les sacs à main ayant la même forme, d'ailleurs j'en ai vu un canon chez Nat and Nine, je te le dis au cas où.

Être à New York, c'est définitivement un rêve et j'aimerais beaucoup l'immortaliser à travers la photographie, comme ça je pourrais faire des tirages en format poster et les afficher dans mon petit appartement, donc si tu as dans ton carnet d'adresses le contact d'un photographe professionnel, j'adorerais faire un stage d'apprentissage avec lui, après tout je suis encore ici pour un petit bout de temps, c'est parfaitement réalisable.

Bon, je sais bien que j'avais dit que je calmerais mes hormones, mais pour ma défense, depuis ce matin elles s'affolent plus que jamais, la faute à mon faux petit copain qui sort à poil de la douche. En même temps, tu me diras, il ne va pas en sortir en combinaison de ski. Mais il a éveillé, que dis-je, il a sorti de l'hibernation mon envie et bon Dieu, que j'ai envie ! Du coup, si jamais tu ne me trouves pas de mec – et après cette lettre, je comprendrais, ne t'en fais pas –, si tu pouvais m'offrir un abonnement dans un salon de massages, ce serait vraiment génial, ça me permettrait de me détendre et de rendormir ma libido. L'air de rien, elle pourrait en avoir besoin si je croise souvent Austin à moitié nu. Il est plutôt sexy, mais tu n'es pas obligé de lui dire, il est déjà bien assez con et arrogant comme ça. Au pire, vise un sex-toy, je saurai me débrouiller avec ça.

D'ailleurs, en parlant d'Austin, mon dernier vœu de Noël n'est pas pour moi, mais pour lui. J'aimerais que la magie de Noël opère sur lui, qu'il soit envahi de cet esprit de partage et de convivialité. Il a besoin de se rendre compte que sa famille l'aime et qu'il leur manque. Il faut qu'Austin prenne conscience de la chance qu'il a d'avoir une famille si soudée et si présente. J'ignore ce qui a créé son isolement, mais il doit sortir de sa bulle et renouer avec ses proches. Lia et Tom n'attendent que ça, retrouver leur oncle et partager de nouveau cette complicité qu'ils avaient, qui les unissait. Holly m'a confié à demi-mot qu'il était un homme blessé par la vie et par la perte d'êtres chers, ce que je comprends – toi aussi, j'en suis certaine –, mais il ne peut pas oublier les présents au profit des absents, si ? Alors, père Noël, mon dernier souhait est celui-ci : saupoudre Austin d'un peu de ta magie de Noël afin qu'il puisse renouer avec l'amour, celui que les siens ont pour lui et celui qui le fera vivre sans se mettre en retrait du reste du monde.

J'arrive à la fin de ma lettre, père Noël, tu sais, tu peux évidemment penser à Austin, mais penses quand même un peu à moi, déconnons pas, c'est ma lettre.

Besoin d'un petit récap ? Un mec, une montre, de la lingerie sexy, un sac à main, immortaliser New York sous la neige avec des photos prises par moi-même, un abonnement de massages ou un sex-toy, au choix. Le job, c'est pas une nécessité… Enfin… n'appelle pas mon banquier, il te dirait que si, que ça urge !

Sur ces quelques mots, je promets de te laisser une assiette de biscuits et un verre de lait pour ce fa-

meux soir où tu viens nous gâter – la bouffe, c'est la vie quand même –, embrasse mère Noël pour moi, je trouve qu'elle est bien trop mise de côté par la société et par les gens en général, alors que tout le monde sait que derrière chaque homme il y a une femme, et c'est valable aussi pour toi, petit coquin !

Je pense à toi, je promets d'être sage ou presque et de partager cette magie de Noël qui inonde mon cœur.

Des bisous par milliers,

Liv.

Fière d'avoir achevé ma lettre, je la plie et la glisse dans une enveloppe sur laquelle j'écris la fameuse adresse du pôle Nord. Je relève enfin la tête et découvre qu'Austin m'observe, son stylo au coin des lèvres, l'air songeur. Il est assis à même le sol, comme nous, un genou replié sous lui, l'autre plié à la verticale et son bras gauche posé dessus. Dans cette position, son torse moulé par son pull bleu et ses jambes épousées par son jean, ses pieds nus, il est d'une beauté époustouflante. Les flammes de la cheminée brillent dans son regard et je me sens soudain si fragile devant son charisme naturel. Austin est ce genre d'homme que l'on voit dans les films, ceux qui endossent le rôle du PDG d'une grande boîte, ces mecs canons et inaccessibles. Pourtant, il est là, à moins d'un mètre de moi, je pourrais le toucher en allongeant le bras.

– Lettre terminée ?

Je hoche la tête.

– Qu'est-ce que la petite Frenchie a bien pu demander ?

– Ça, il n'y a que le père Noël qui le saura.

– Tu ne veux pas nous le dire ? enchaîne Tom.

– Je n'ai rien demandé de bien intéressant, un sac et une montre, voilà tout.

– Moi, j'ai demandé plein de jouets !

La déclaration de Tom est accueillie par nos éclats de rire alors que les parents des enfants rentrent à peine, les bras chargés. Leur fils s'empresse de les rejoindre pour leur donner un coup de main, nous laissant avec Lia qui achève sa propre lettre.

– Et toi, Lia, qu'as-tu demandé cette année ? l'interroge son oncle avec intérêt.

– Des écouteurs Bluetooth, des baskets, un parfum et un bijou.

– Que de jolies choses !

– Mais j'ai déjà fait mon vœu de Noël et il s'est réalisé.

– Ah oui ? fait-il, intrigué.

– J'ai demandé que tu tombes amoureux.

Bonjour, le blanc…

Bien que je trouve le vœu de Noël de Lia totalement touchant et que je vois bien qu'elle l'a formulé avec une sincérité profonde, je me sens également très mal à l'aise. Lia croit réellement que je suis le résultat de son vœu, alors qu'en réalité je ne suis qu'une menteuse. Tout cela n'est qu'une solution imaginée par Austin pour ne pas leur faire de peine, mais finalement, s'ils l'apprennent, il va leur briser le cœur.

Je me mords la joue, attendant qu'il parle.

– Et ça s'est réalisé, tu as rencontré Liv ! ajoute Lia.

– C'est vrai, dit-il tout en s'approchant de moi, son bras venant se poser sur mes épaules.

Je me tends, mais fais comme si de rien n'était.

– D'ailleurs, vous ne nous avez pas raconté votre rencontre.

Je n'ai pas entendu Alexis nous rejoindre. Il s'installe dans le canapé et appelle Holly pour qu'elle nous rejoigne alors que je sens Austin frémir contre moi.

Il semblerait que le grand moment soit arrivé ! Prépare tes bobards, Austin !

Je manque de courage à cet instant et préfère regarder partout plutôt qu'en direction de mon « beau-frère » et de ma « belle-sœur ».

– Je sortais de mon taxi et Liv regardait le ciel. De la neige tombait ce jour-là et Liv, tout en marchant, était captivée par les flocons. Elle m'est rentrée dedans. J'avais un cappuccino à la main et elle en a renversé une partie sur mon manteau.

– Et ensuite ? demande Holly, toute à notre histoire.

– Ensuite, je l'ai insulté de sale con ! m'exclamé-je en plaisantant pour détendre l'atmosphère que je semble être la seule à trouver étouffante.

Le couple en face de nous glousse et Alexis ne peut s'empêcher de vanner son petit frère. Austin réplique, puis resserre son étreinte autour de moi. Holly nous regarde avec cet air tendre que l'on réserve le plus souvent aux couples qui se marient, aux bébés qui gazouillent ou aux petits chatons tellement trognons.

Et j'ai clairement pas la gueule d'un petit chaton trognon.

– Il n'y a pas de rencontre type pour l'amour, ça peut être une histoire de café ! sourit Holly.

– Ou d'injures ! ajoute Alexis, hilare.

– C'est une question de feeling, déclare Austin.

N'en rajoute pas, bon sang ! On s'entend aussi bien que Tom et Jerry…

– Mais du coup, depuis combien de temps vous vous connaissez ? Parce que vous allez quand même passer les fêtes ensemble, c'est pas rien !

Putain, mais Holly c'est Hercule Poirot ou quoi ? Bordel de Noël !

J'hésite au prochain mensonge à sortir pour paraître plus ou moins crédible, mais la chance ne nous sourit pas et alors que je commence ma phrase, Austin en fait autant :

– En fait, on se connaît depuis quelques jours…

– Depuis plusieurs mois… répond-il.

Holly et Alexis nous observent, sceptiques, attendant que l'on développe, mais la curiosité de l'un le fait parler avant nous.

– Vous n'avez pas l'air d'accord.

– En réalité, je suis arrivée il y a quelques semaines à New York, on s'est rencontrés de cette façon inhabituelle, puis ça a été le coup de foudre, comme on dit. Ce truc qui ne s'explique pas !

On va vraiment pouvoir me remettre le Molière de l'année à cette vitesse-là. Je n'en reviens pas des conneries que je peux débiter, surtout avec cet aplomb. Austin me sourit, comme pour me dire « merci de rentrer dans mon jeu ».

Et quel putain de jeu !

– Alors, tu vas passer Noël avec nous loin de ta famille ?

– Cette année, c'est un peu particulier, mes parents ne sont pas là, ils font une croisière en amoureux. Et comme je suis fille unique, je me retrouve seule. Je ne pensais pas qu'un coup de foudre allait me tomber dessus, mais… voilà où j'en suis, dis-je tout en embrassant délicatement la joue d'Austin.

Sa barbe naissante est rugueuse sous mes lèvres pulpeuses. Une légère décharge me parcourt l'échine. C'est le premier contact de ce type que nous avons et il m'électrise.

Je ne sais pas dans quoi je m'enfonce, mais ce qui est indéniable, c'est que je m'enfonce.

Chapitre 16

Malgré le bien que me procurent les enfants et la présence d'Holly et Alexis, aujourd'hui, j'ai eu besoin de m'éloigner un peu de toute cette effervescence au manoir pour me retrouver seule, en tête à tête avec moi-même.

C'est si peu commun de se trouver à un moment aussi intime que les fêtes de Noël avec une famille dont on ignore presque tout, de partager la joie d'enfants que l'on vient à peine de rencontrer, de se lier d'amitié avec des personnes qu'un océan sépare de nous en temps normal, et de jouer l'amoureuse d'un homme bougrement sexy et irritable. Tout cela n'a rien d'évident ! Alors, à juste titre, j'ai besoin d'air.

C'est ainsi que je me retrouve à me promener, emmitouflée dans ma doudoune – oui j'ai investi dans des vêtements plus chauds –, avec mon bonnet camel bien enfoncé sur ma tête, mon écharpe me mangeant la moitié de la face, et que je contemple avec toujours autant de bonheur la neige tomber sur la ville. J'adore cette sensation de sentir les flocons glisser sur mon visage avec une telle légèreté, puis me geler le bout du nez, des cils et mouiller peu à peu quelques mèches de mes cheveux. Sourire d'un fait aussi anodin que de la neige sur la peau, c'est un peu comme appartenir à un autre monde, se sentir plus aérien, plus gracieux.

Ce matin, avant que je prenne mon jour de « repos d'esprit de Noël », Holly confectionnait des muffins avec Lia pendant que Tom et Alexis jouaient à un jeu de société dont les règles avaient l'air bien alambiquées. L'heureux manquant à l'appel ? Pour ne pas changer, Austin. Il m'a promis de faire des efforts pour nous faire l'honneur de sa présence, mais il semblerait que ce ne soit pas pour aujourd'hui. Mon dernier vœu de Noël n'est pas près de se réaliser.

Je déambule dans les rues de New York, tournant à droite ou à gauche au gré de mes envies. Je me retrouve ainsi à passer devant Carnegie Hall, ce bâtiment cubique sur lequel flotte un fier drapeau américain. Moi qui trouve qu'en France, et surtout à Paris, il y a un bruit phénoménal dans les rues, on peut dire que ce n'est rien comparé à ici ! Entre le rugissement des moteurs, les coups de klaxon, les piétons qui hurlent presque au téléphone pour se faire entendre et ceux qui râlent après les automobilistes, sans compter les travaux et les divers bruits ambiants, mes oreilles sont en surcharge sonore !

Je réalise la chance que j'ai de me balader sur la septième avenue comme n'importe quel habitant de la *Big Apple*. C'est juste un truc de malade ! Je change de trottoir pour avoir un autre point de vue, pour me donner une autre perspective du même lieu, et alors que je me tourne pour remercier le chauffeur de taxi qui a eu la gentillesse de me laisser passer, je tombe nez à nez avec Austin.

– Liv ! Qu'est-ce que vous faites là ?

Quand il n'y a plus sa famille, on dirait bien que la distanciation est de retour !

Une part de moi se sent blessée, presque rejetée. Nous ne sommes certes pas un vrai couple, mais visiblement, nous ne sommes pas non plus assez proches pour qu'il laisse tomber sa carapace d'homme important et travailleur pour faire croire à une réelle proximité. *Big boss*, le retour !

– J'avais envie de me promener et de découvrir un peu la ville. Je suis aussi ici pour ça après tout, je suis en voyage et passer à côté de New York serait une belle erreur !

– La ville regorge de beaux endroits à découvrir, en plus.

– C'est tout à fait ce que je me suis dit. Et toi, que fais-tu ? l'interrogé-je.

– J'avais un rendez-vous, répond-il, évasif, en jetant une main en direction du Park Central Hotel devant lequel nous sommes.

La façade tout en pierre et la forme cubique du bâtiment de différents niveaux m'impressionnent. Il est gigantesque !

L'hôtel doit dépasser la vingtaine d'étages, je me sens minuscule à ses pieds.

– Tu ne m'as jamais dit dans quoi tu travaillais, lui fais-je observer.

– C'est que… commence-t-il après une longue hésitation, ce n'est pas très intéressant, puis tu es en vacances, je ne vais pas te parler de boulot.

– Ou pas me parler du tout… ronchonné-je dans ma barbe.

– Je te demande pardon ?

J'ai indéniablement été moins discrète que je ne le pensais. Je tente le petit sourire qui efface les interrogations, et bien qu'Austin demeure en apparence impassible, mon manège fonctionne puisqu'il n'ajoute rien et préfère à la place me proposer de venir se promener avec moi.

– Tu n'as pas de travail à faire ?

– Plus aujourd'hui. Ni même jusqu'à Noël.

Pardon ? Ma prière aurait-elle été entendue par le père Noël ?

Je le regarde, sans gêne, la mine dubitative. Un petit sourire en coin apparaît sur ses lèvres.

Le retour de la fossette !

– Tu ne m'en croyais pas capable, hein ? me taquine-t-il.

– Honnêtement ? Je pensais que tu avais accepté pour te débarrasser de moi.

À quoi bon mentir ? Autant dire la vérité, même si toute vérité n'est pas bonne à dire. L'entendre peut faire mal sur le coup, mais elle finit souvent par faire du bien.

Austin ne semble pas plus offusqué que ça par mes mots et nous nous mettons donc en marche, en silence. Je suis égarée dans mes pensées lorsqu'il me ramène à lui me demandant avec beaucoup de curiosité pourquoi j'aime tant Noël.

– Pour moi, Noël est synonyme de joie. Quand j'étais enfant, mes parents faisaient de cette période le moment le plus magique de l'année. J'écrivais une liste à rallonge au père Noël, je partais en quête des plus belles décorations dans tous les magasins avec ma maman, je confectionnais de belles cartes de vœux et nous tentions des décorations *DIY* en tout genre, puis venait le grand jour. Derrière les fourneaux, je faisais cuire les blinis avec la pâte que ma maman avait faite, je préparais les fruits déguisés avec ma grand-mère dans l'après-midi, ce sont des fruits secs avec un cœur en pâte d'amande, puis le soir, mon père et moi faisions les toasts aux saveurs diverses et variées, un plateau « terre » avec foie gras, terrines, tartinades et rillettes, un autre « mer », avec des œufs de lompe, rillettes et mousses de poissons. Dès le premier décembre, chaque jour, j'ouvrais une case de mon calendrier de l'avent, et chaque matin, je dégustais mon petit chocolat avec une clémentine, le fruit de Noël par excellence !

– Tu aimes Noël pour t'empiffrer en fait ? me taquine-t-il.

Je ris de sa remarque. C'est vrai qu'à bien y réfléchir, j'ai quand même beaucoup parlé de nourriture ! Austin sourit de nouveau de son plus beau sourire de publicité pour dentifrice.

Ça ne devrait pas être autorisé d'être si canon…

– Tous ces moments dont tu parles semblent vraiment te tenir à cœur et je le comprends. C'est la famille.

– Et toi, tu n'as pas de bons souvenirs des Noëls en famille de ton enfance ?

– Si, je suis très loin d'avoir eu une enfance malheureuse, je n'ai aucune raison de me plaindre de ce que j'ai connu. Je n'ai manqué de rien, ni d'amour, ni d'argent, ni de quoi manger.

– Alors, pourquoi mépriser Noël ?

Ma question s'est faite bien plus sérieuse que les précédentes. Le ton de ma voix s'est tendu et le vide que mes paroles laissent pèse lourd. Nous continuons notre marche, Austin ne répond toujours rien. Son regard balaie le lointain avec rapidité et son pas s'allonge.

– Je ne méprise pas Noël, dit-il d'une voix que je peine à reconnaître.

– D'accord.

– Je ne méprise pas Noël, répète-t-il, je suis simplement devenu adulte.

Et alors ?

– Je ne vois pas le rapport. Je suis également une adulte. Ce n'est pas pour ça que je n'ai pas le droit d'aimer cette fête ou que la société me l'interdit ou me le reproche.

– Ce n'est pas ça. C'est juste… souffle-t-il, que ça ne me convient pas. J'ai laissé la magie de Noël à mes neveux, c'est bien mieux. Dans la réalité, dans le monde de tous les jours, il n'y a pas de place pour cette prétendue magie, celle à laquelle on veut nous faire croire à cette période. C'est typiquement une idiotie qu'on raconte aux gamins ! Et je ne suis plus un gamin, je suis un adulte, avec les responsabilités que ça implique. Noël, c'est tout simplement cette fête où chacun ferme les yeux sur ses horreurs, l'époque à laquelle il s'enfonce dans l'hypocrisie, où tout le monde s'aime et fait croire qu'il est heureux, alors qu'en réalité il a les mêmes emmerdes le premier décembre que le vingt-quatre ou le vingt-cinq.

Je ne sais pas quoi dire. Je sens sa peine et sa colère, mais j'ignore si elles sont dirigées contre moi ou contre quelqu'un ou quelque chose d'autre. Austin m'a coupé le souffle avec la force de ses mots. Ils étaient brutaux, profonds et ils m'ont terrassée. Comment peut-on garder des blessures – j'ignore lesquelles – qui nous marquent tant que l'on est même hermétique au bonheur de notre propre famille ? Certes, Noël est devenu pour la plupart une fête commerciale où la consommation excessive est le point central de tout ce phénomène, mais même si je suis d'accord avec Austin, je refuse de l'envisager ainsi. Pour moi, Noël est autre chose, est différent. Et j'ai espoir qu'il le soit également pour d'autres que moi.

Cela peut paraître égoïste, ça l'est sûrement dans un sens, car cela me remplirait de joie. Mais vouloir que les gens soient heureux à Noël malgré les difficultés du quotidien, la peine, la fatigue ou encore la souffrance n'est pas un vœu si impensable, je trouve. Mon côté altruiste doit parler. Les inégalités du quotidien sont aussi celles de Noël. Alors que certains portent des tenues luxueuses et mangent du caviar à n'en plus finir, d'autres vont remplir une tirelire pour cotiser tous ensemble pour pouvoir acheter le repas du réveillon de Noël, quand d'autres encore vont manger une raclette premier prix. Sans parler de ceux qui n'auront même pas le plaisir de choisir leur repas et feront avec ce que les associations leur donneront. Le monde va mal, tout le monde le sait, et même si c'est un souhait futile, j'aimerais que tout le monde soit heureux au moins le soir de Noël. Que chaque parent verse non pas des larmes de tristesse ou de honte, mais des larmes de bonheur, que chaque enfant puisse trouver un cadeau sous un beau sapin joliment décoré et qui sent bon cette magie éternelle. L'enfance ne devrait pas être entravée par les aléas de la vie ou par les classes sociales, chacun de nous mérite des moments heureux, mérite un soupçon de paillettes et d'émerveillement, non ?

La magie de Noël ne devrait pas avoir d'âge parce qu'elle est avant tout la magie du cœur. Celle du partage. Rien n'a plus de valeur que cela. Quand la société nous pousse à acheter toujours plus de jouets ou de foie gras, que les promos tombent du ciel comme des flocons par millier, il faut se raccrocher à l'essentiel, à la véritable base de cette fête, celle de se retrouver, de s'aimer et d'aider.

C'est un peu fleur bleue, c'est naïf, c'est mon côté amour de Noël quand celui qui est sarcastique part en vacances.

Nous continuons de marcher et de progresser dans la ville, et sans même que je m'en rende compte, nous arrivons à un petit parc. Je comprends rapidement que « petit parc » rime ici avec lieu emblématique grâce au monde qui évolue entre les différents petits chalets joliment décorés de rouge, de blanc et de vert. Les grands arbres sont illuminés de guirlandes lumineuses qui semblent retomber en pluie au-dessus des chalets, créant une atmosphère intime et chaleureuse. La bonne humeur inonde le lieu parcouru autant par des couples jeunes qu'âgés, par des enfants que par des travailleurs new-yorkais en quête d'une pause.

Les stands vendent tout ce qu'il y a de possible : du thé et du café, des suspensions et des boules à l'effigie des taxis jaunes typiques de la ville, des pommes rouges… On peut également y trouver des puzzles faits avec des photos, une librairie et bien sûr de la *street food*. Les odeurs de frites, de donuts et de chocolat chaud s'entremêlent et je ressens presque leur goût sur mes papilles.

– Le marché de Noël de Bryant Park est l'un des plus touristiques.

– Il est très beau.

– Une balade ? me propose Austin avec une intonation bien plus douce que lors de notre précédent sujet de conversation.

– Avec plaisir.

Nous arpentons les chemins, j'achète une petite décoration supplémentaire, un souvenir que je ramènerai à Théa afin qu'elle l'accroche dans son arbre de Noël – un *yellow cab* transportant sur son toit un sapin. Une part d'elle voyage avec moi comme ça.

– Pour ton sapin à ton retour en France ?

En me tournant, je découvre Austin, derrière moi, à quelques dizaines de centimètres à peine.

– Non, pour ma meilleure amie, ça lui fera un souvenir de cette expérience même si elle ne l'a pas vécue avec moi.

– C'est gentil. Dis-moi, tu sais patiner ?

– La dernière fois que j'ai essayé, c'était au début de mes études, et je crois bien que j'ai failli me casser une jambe ou deux plus d'une fois ! déclaré-je en riant, pas honteuse pour un sou.

– Tu voudrais retenter l'expérience ?

J'ai à peine le temps de réfléchir quelques secondes qu'Austin prend ma main dans la sienne, y envoyant une décharge agréable et chaude, et m'enjoint à le suivre.

Je comprends que j'aurais sans doute dû me prononcer plus vite lorsque je découvre que les chalets camouflent à merveille une grande patinoire. Austin me demande ma pointure, puis me tend une paire de patins à ma taille avant d'enfiler presque aussitôt les siens. Je l'imite et mon pied droit se met à peser une tonne une fois le premier patin en place. En me relevant maladroitement, je manque de tomber et me sens très peu à l'aise avec ces *choses*.

Je sens que je vais regretter ma confession...

Austin me tend la main avec ce petit sourire révélant sa fossette. Son regard est dénué de colère, il se fait plus doux que jamais lorsque je glisse ma main gantée dans la sienne.

– Prête ?

Hochement de tête de ma part, puis en piste !

Les patineurs m'impressionnent, à croire que c'est le sport national aux États-Unis ! Ils volent presque sur la glace, certains virevoltent, d'autres slaloment entre les gens tout en se tenant par la main lorsqu'ils sont en couple, les enfants tentent de petites figures qui n'ont de petites que le nom ! C'est époustouflant de voir à quel point ils prennent plaisir à évoluer sur la glace. Je regrette qu'en France, nous n'ayons pas autant de patinoires à ciel ouvert pendant les périodes des fêtes. Profiter de la glace en admirant la ville, le ciel et les illuminations prodigue une telle joie !

J'enjambe l'entrée de la patinoire, peu sereine, et pose un premier pied sur la glace. Puis le second.

Ouh là, ça glisse là-dessus !

Mes pieds, qui me paraissent si lourds dans les patins et si encombrants, vacillent sur la glace. Je retrouve mon équilibre de justesse avec autant de grâce qu'un mammouth. J'avance ensuite doucement un pied devant l'autre, alors qu'Austin est déjà à l'aise et évolue sur la piste aussi agilement qu'un léopard sur son terrain de chasse. Il n'est pas gêné par son long manteau qui le rend d'autant plus charismatique, ses mouvements sont confiants et habiles, ses longues jambes moulées dans son jean noir dansent sur la glace. Il est étonnamment gracieux et son sourire canaille rend presque son visage plus enfantin. Il effectue une pirouette, puis s'immobilise et se tourne vers moi. Il m'adresse un clin d'œil et je sens mon cœur rater un battement.

Quel traître celui-là !

J'avance toujours doucement. En fait, je dirais bien « doucement, mais sûrement », mais que nenni ! À deux mètres d'Austin, mon équilibre me fait défaut au passage d'une patineuse rapide et lancée dans sa trajectoire. Je tremble, mes pieds se rencontrent, et malgré ma tentative de contrôle – bras en l'air comme un chimpanzé mort de rire –, mes fesses rencontrent le sol glacé.

Une gamine à proximité glousse et j'oscille entre avoir honte et rire de moi-même.

J'essaie de me relever, en vain, et retombe à chaque tentative. Une main se tend devant moi, couverte d'un gant en cuir noir. Cette main appartient à un bras qui lui-même est celui d'Austin. Ses yeux sont rieurs et son sourire de sale gosse est indiscutablement le fruit de ma glorieuse danse.

– Un coup de main ?

– Un coup de patin serait plus approprié, je crois.

– Au début, on est tous en galère. Avancer tout en gardant l'équilibre n'est pas chose facile.

– Si tu le dis…

– Alors, comme ça, même les adeptes de Noël peuvent ronchonner en décembre ?

– Les « adeptes », on dirait une secte.

– C'en est une, répond-il, moqueur et fier de lui.

Pour toute réponse, je lui tire la langue comme une gamine, ce qui produit chez lui un rire rauque et franc. Cette tonalité me fait vibrer. Je me demande bien quels autres sons il peut produire avec cette voix si singulièrement envoûtante.

Liv, tu pars sur un terrain dangereux.

J'ai beau me sermonner, cela ne m'empêche pas de saisir sa main pour me relever. C'est que j'ai le cul gelé ! Je m'époussette avant de m'accrocher fermement à son bras, puis de patiner en me calant sur le rythme de mon partenaire.

– Merci de m'avoir emmenée ici. C'est un très bel endroit.

– New York cache des merveilles, puis c'est Noël, tu devais voir ce lieu.

– On pourrait emmener Tom et Lia patiner, ça pourrait leur plaire. C'est une activité typique d'ici !

– C'est une bonne idée, en convient-il. Dis-moi… je…

– Oui ? C'est étrange, on dirait presque que tu es mal à l'aise !

– Un peu. Holly et Alexis aiment beaucoup que tu leur laisses du temps rien qu'à eux…

– C'est normal, Lia et Tom sont des enfants géniaux, puis j'imagine que ce n'est pas évident d'être parents et époux.

– Je suppose. Enfin bref, du coup, ils nous ont organisé une petite soirée, seulement pour tous les deux.

– Quand ?

– Ce soir.

Son regard est indéchiffrable, pourtant il brille. Mais de quoi brille-t-il ? D'excitation ? De déception ? De curiosité ? D'amusement ? Je n'en sais rien. En tout cas, moi, cette nouvelle ne me laisse pas de marbre, je dois bien en convenir.

Austin est bel homme, et même si aux yeux de ses proches, nous sommes un couple, on a bien tous les deux conscience de la vérité. Nous avons un rencard – un vrai rencard –, ce soir, alors que l'on ne l'a même pas voulu.

Ce Noël est totalement dingue !

Chapitre 17

Après cette petite excursion matinale dans le cœur de New York, et surtout après ma chute scandaleusement gracieuse – des applaudissements pour l'autodérision dont je fais preuve, s'il vous plaît –, je suis de retour au manoir.

Après avoir mangé, nous nous affairons à la préparation d'un goûter. Enfin, techniquement, c'est surtout un entraînement afin de trouver une bonne recette de biscuits de Noël. Je devrais sans doute appeler ma mère pour lui soutirer cette information, mais je préfère me fier à mon ami de renom, Google.

Lia et Tom, mes deux petits assistants, ont enfilé leurs tabliers et suivent mes consignes à la lettre. Ajouter du sucre. Casser des œufs. Mélanger le tout. Ajouter de l'extrait de vanille. Et hop, le tour est joué, il ne nous reste plus qu'à trouver des bras forts et dynamiques pour mélanger la pâte jusqu'à ce qu'elle devienne homogène.

– Besoin d'aide ?

Ah, bah, quand on attend des bras forts…

Austin rentre dans la cuisine et nous rejoint près de l'îlot central.

– Justement, il nous faut des muscles, tonton, déclare Lia avec un petit sourire de peste qui charrie son oncle.

– Il vous manquait Superman, hein, mais t'inquiète, il a fini de sauver le monde !

Nous rions alors que Tom lui demande où est son déguisement. On peut facilement déceler un sous-entendu dans les propos d'Austin et je présume que Lia le comprend en voyant son visage s'éclairer d'un grand sourire.

Les muscles des bras d'Austin roulent sous sa peau pendant qu'il pétrit la pâte. Son tee-shirt bleu nuit est cintré et ses manches s'arrêtent au niveau de ses triceps.

Comment peut-on porter de l'intérêt à des triceps ? Non, mais sérieusement, je déraille !

Je sors les emporte-pièces d'un petit pochon et les dispose sur la table.

– Oh, tu as un père Noël ! s'extasie Tom.

– Évidemment ! J'ai aussi un bonhomme et un renne.

– C'est Comète ? C'est mon préféré.

– Appelons-le Comète, alors, mon petit Tom, affirme Austin. La pâte est prête.

J'y jette un coup d'œil et acquiesce d'un hochement de tête avant de la ranger au frais quelques minutes pour qu'elle soit plus facile à étaler. J'en profite pour sortir les tubes de glaçage aux couleurs de Noël achetés ce matin au marché.

Peu de temps après, alors que j'étale la pâte au rouleau à pâtisserie, Holly et son mari, qui regardaient un film, nous rejoignent pour façonner les premiers biscuits. L'ambiance est joyeuse et amusante, chacun tente de décorer son bout de pâte pour le rendre le plus beau possible et en définitive, l'activité se transforme en véritable concours.

La cuisson réalisée, tout le monde prépare son petit lot de décorations de la seconde fournée pour égayer ses biscuits.

Austin habille son sapin de petites billes de sucre colorées, Lia dessine de belles guirlandes avec le glaçage or pendant que Tom et sa mère habillent le père Noël ensemble.

Guidée par mon instinct, je me décale et, en retrait, j'observe la scène. Alexis s'approche de moi, il se coule contre une partie de la cuisine, bras croisés, et observe sa petite famille avec tendresse.

– Je ne sais pas comment tu as fait, mais tu as réussi quelque chose que j'avais perdu espoir de revoir un jour.

– Quoi donc ? Un atelier biscuits en famille ?

– En famille avec mon frère.

– Pourquoi déteste-t-il autant Noël ?

– Parce que Noël lui rappelle de mauvais souvenirs.

– Tu n'as pas l'intention de m'en dire plus, n'est-ce pas ?

– Ce n'est pas à moi de le faire. Je ne sais pas ce qu'il y a vraiment entre vous deux…

Ne pas montrer que je suis prise au piège ! Ne pas montrer que je suis prise au piège !

– Mais sache que ta présence lui fait du bien, je le vois. Votre histoire me paraît un peu dingue, mais les faits sont là, il a arrêté de travailler pour se consacrer à sa famille, pour passer du temps avec elle et surtout, il sourit.

– Pourtant, Austin sourit assez souvent…

– Seulement depuis que tu es là… Bon, je vais aider ma femme, elle doit en avoir marre de faire la barbe de ce bon vieux père Noël ! s'exclame-t-il en la regardant avec amour aider Tom.

Les derniers mots d'Alexis résonnent. Austin sourit depuis que je suis là. C'est étrange, non ? Je trouverais ça bizarre que son pic de bonne humeur soit le résultat de notre rencontre, après tout, cela ne fait pas encore deux semaines que je suis là. On ne peut pas chambouler la vie d'une personne aussi rapidement.

Je ne suis pas une tornade, enfin !

Mais en même temps, le Austin des premiers jours n'est plus d'actualité, c'est une évidence.

La dégustation des biscuits s'est faite autour d'un verre de lait devant *Maman, j'ai raté l'avion*. Et, mon Dieu, comme la version originale est difficile à comprendre, ils parlent super vite ! Je saisis un mot sur deux et avec plus d'honnêteté, je dirais plutôt un mot sur trois ou quatre. Heureusement que je connais ce film par cœur et que je le regarde chaque année avec Théa à l'approche du réveillon.

Se poser devant le film avec un bon café pour les adultes, un chocolat pour les enfants, et quelques biscuits, il n'y a pas plus reposant à cette période, surtout sous un plaid confortable !

Plus tard, je m'isole dans ma chambre pour me détendre et penser un peu à la soirée à venir. L'attention de Holly et d'Alexis à mon égard aurait pu être adorable dans un autre contexte, c'est touchant à vrai dire, mais bon sang de bois, je suis une fausse petite amie ! Et ça, pas moyen de le leur dire !

Alors, à la place, je cogite, car c'est l'une des activités dans lesquelles j'excelle… Peut-être que si je trouvais une excuse valable, je pourrais éviter ce faux rencard. Ce serait un véritable rendez-vous amoureux si l'on sortait vraiment ensemble, mais comme ce n'est pas le cas, je me contenterai de dire que ce rencard est un piège. Voilà, on s'est fait piéger ! Pire qu'une souris entre les griffes d'un chat…

Alexis m'a bien fait comprendre qu'il trouvait notre relation étrange, et pour cause ! Austin et moi n'avons aucun geste l'un envers l'autre ni aucun contact qui pourrait attester que nous sommes amoureux, zéro tendresse, zéro mièvrerie – non pas que ce soit réellement mon genre quand je suis en couple. Les nanas qui dégoulinent de romantisme, qui sont pires que la colle Seccotine et qui pourraient vivre la bouche ventousée à celle de leur mec, très peu pour moi. Je suis plutôt douce, mais taquine, calme, mais espiègle, et amoureuse sans trop le dire.

N'y tenant plus, je saisis mon portable et envoie un message à Théa via WhatsApp.

« J'ai un *date* ce soir. »

« Avec qui ??? »

« Austin. »

« Quésaco ?? J'ai loupé tant d'épisodes que ça ?!
Donne-moi plus de détails à me mettre sous la dent ! »

« Sa belle-sœur, par gentillesse, nous a laissé, notre soirée de libre comme on s'est beaucoup occupé de ses enfants. Elle s'est dit que ça nous plairait, je présume. »

« Par gentillesse ou machiavélisme ?
Je l'aime déjà ! »

« C'est censé m'aider ou me remonter le moral, ça ? »

« Absolument pas ! »

« Tu es une sorcière. »

« Attends que je te jette un sort !
Alors, tu vas porter quoi ?
Vous allez où ?
Il t'invite ?
Vous en avez parlé tous les deux ? »

« Détends-toi.
En fait, je réfléchissais à une excuse pour échapper à cette soirée.
Je ne sais pas.
Idem.
Pas vraiment. Non. »

J'attends la réponse de Théa, mais plus rien ne vient. Elle doit sans doute être occupée. Soudain, mon téléphone est pris de convulsions – comprendre qu'il vibre intensément – et le visage de profil de Théa apparaît en gros plan sur l'écran.

Oh, oh…

– Allô ?

– Comment ça, tu vas te faire porter pâle ? Tu n'es pas sérieuse, là ?

– Euh, si.

Ma motivation commence à baisser. Je me fais engueuler comme une sale gosse, alors que je n'ai fait qu'émettre la possibilité de ne pas aller à ce dîner, rien de plus.

Non, non, je ne fais pas preuve de mauvaise foi…

J'entends Théa respirer fortement. Elle tente de contrôler son irritation. Je compte mentalement ses respirations, elle fait la technique des trois respirations lentes pour redevenir zen et détendue.

Bon, elle en est à cinq, ça n'a pas vraiment l'air de fonctionner, hein…

– Tu es calme ?

– Non, cette technique, c'est de la merde. Puis j'arrête pas de vomir, donc ce n'est pas le moment de me contredire, Liviana Perrin.

– Théa, tu…

– Stop. Tu vas m'écouter et agir pour toi, OK ?

– OK… soufflé-je, m'avouant vaincue, ce qui déclenche un petit cri victorieux de ma meilleure amie.

– Tu vas te doucher, t'épiler, enfiler de la lingerie belle et sexy pour justement te sentir belle et sexy, car tu l'es. Tu vas te pomponner, te coiffer et te maquiller, puis tu vas revêtir une tenue de bombe et ne pas lésiner sur ton sourire radieux. Tu vas aller à cette soirée, tu vas en profiter pour découvrir ton faux petit ami et en apprendre plus sur lui, mais surtout pour t'amuser et passer un bon moment. Si sa belle-sœur vous a proposé ce rencard, c'est sûrement parce que vous n'êtes que deux idiots pas crédibles. Si j'étais elle, moi, je forcerais un peu le destin !

– Tu as dû lui refiler ton idée…

– Bon, alors, tu vas m'écouter ?

– Oui. De toute façon, je n'ai pas une seule excuse en stock pour échapper à ce rendez-vous.

– Parfait !

Je prends encore un peu de ses nouvelles avant de suivre chacun de ses conseils et de commencer notamment par une bonne douche chaude – en frappant à la porte d'abord comme je la partage avec un pro du naturisme – et des soins aux divines senteurs pour une peau douce et parfumée. Pas que j'envisage cela pour qui que ce soit, bien sûr.

Après la douche, je mets mon pyjama et passe à la coiffure. Depuis mon arrivée, mes cheveux bouclés sont indisciplinés et indomptés. J'ai du temps devant moi et il faut avouer que répéter les mêmes gestes pourrait m'apaiser – bien qu'il y ait un petit air avec l'usine de Chaplin –, donc je décide de me lisser les cheveux. Avec ma tignasse, cela me prend une bonne trentaine de minutes.

Tout à coup, quelques coups sont frappés à la porte. Je repose le fer à lisser, prête à aller ouvrir la porte de ma chambre, quand une tête brune apparaît à proximité de mon lisseur. Le beau regard de Lia brille et sa douceur lui dessine un petit sourire timide, comme souvent.

– Je te dérange ?

– Non, je me coiffais.

– Pour ton rendez-vous amoureux avec tonton Austin ?

– C'est ça. Ta maman a proposé de nous laisser la soirée de libre.

– C'est mon idée, dit-elle en rougissant.

Petite entremetteuse.

Le sourire de Lia devient subitement celui d'une chipie et je comprends bien vite que cette soirée n'est pas anodine. Elle est le cadeau de Lia afin que son oncle se sente bien et heureux. C'est émouvant de voir à quel point cette adolescente est attachée à lui et prête à participer à son bonheur.

– Tu ne m'en veux pas ?

Lia semble vraiment inquiète de ma réaction et soucieuse de mon avis. Au fond, en y réfléchissant bien, je n'ai aucune raison de lui en vouloir, ce n'est qu'une soirée en tête à tête avec Austin, rien de plus. Dans la mesure où nous sommes un « couple », ce ne serait de toute façon pas cohérent de lui en vouloir.

– Pas du tout, c'est très gentil.

– Vous allez pouvoir passer du temps ensemble. Puis papa dit que tonton Austin sourit plus depuis que tu es là, alors là il va beaucoup sourire pour Noël !

Ah, cette bonne vieille histoire de sourire…

J'ignore quoi lui répondre alors je me contente de sourire. Sans le savoir, ou peut-être que si justement, Alexis ne facilite vraiment pas la situation. Austin est certes plus chaleureux, mais c'est surtout depuis qu'ils sont arrivés, eux. Avant, je le voyais à peine tant il travaillait.

D'une certaine façon, je redoute cette soirée. J'apprécie de plus en plus la présence d'Austin, il se révèle plus généreux et taquin que con et arrogant. Peu à peu, on dirait qu'il s'ouvre, à moi, à sa famille, à Noël, même si rien n'est gagné encore, tout semble indiquer qu'il est en bonne voie pour trouver l'esprit de Noël. À la fin, il n'aura même plus besoin de moi…

Cette pensée m'arrache un pincement au cœur. L'idée que notre pacte se termine ne m'enchante pas.

– Tu vas t'habiller comment ?

Soudain, je repense aux paroles de Théa : se sentir belle et sexy. Se sentir femme et se sentir bien dans ses baskets, enfin je pense qu'elle pensait plutôt à des talons hauts !

– Quelque chose de simple et de joli.

– Je peux t'aider à choisir ? J'adore quand maman se prépare pour papa, on papote.

– Alors, papotons, lui souris-je.

Lia s'assied en tailleur sur mon lit alors que j'ouvre l'armoire pour en sortir quelques tenues. Le bruit de l'eau coulant dans la douche nous parvient.

– On dirait que tonton Austin se fait beau aussi ! s'écrit-elle, pleine de joie.

Il n'en a pas besoin…

Oh là là, ça ne va plus si une simple phrase me fait lui faire un compliment comme ça ! Sa beauté est une arme, il est canon, il faut l'avouer ! Cependant, je n'ai pas besoin de réagir avec autant de force, je ne dois pas oublier qu'il ne s'agit que d'un pacte entre nous. Une simple réaction physique et me voilà qui déraille.

Mon excuse est crédible, n'est-ce pas… ? Je peux mettre sur le compte de sa beauté ma perte de moyens, non ?

– Oh ! Elle est super jolie cette robe !

Lia soulève une robe noire, à col rond et à bretelles. Le haut ressemble à un débardeur, mais ses manches transparentes à plumetis lui donnent une apparence plus romantique. Le bas de la robe est assez moulant, parfait pour épouser un corps élancé et féminin. Ma moue est sans aucun doute dubitative devant le choix de Lia. La tenue est très jolie, très féminine, mais elle fait aussi plutôt séductrice dans le sens où cette robe véhicule de la séduction, de l'attirance et du charme. Austin et moi ne sommes pourtant pas dans cette optique. À vrai dire, je ne sais même pas dans laquelle nous sommes.

– Tu es sûre ? Regarde, cette petite jupe est sympa, non ?

Je lui tends une jupe plissée longue, dans une teinte marron chaud avec de petits motifs automnaux. L'adolescente paraît sceptique et fronce les sourcils devant mon choix. Au même instant, Holly passe la tête par l'entrebâillement de la porte. Décidément, telle mère, telle fille !

– Tu ne vas pas mettre ça, si ? Je vous ai libéré une soirée en amoureux pas une balade en plein après-midi au parc, me fait-elle remarquer.

– Bien accessoirisée, elle peut être très belle.

– Mais tu dois être en bombe !

Mon combat vestimentaire est très franchement mal engagé et les arguments de la mère, comme ceux de la fille, s'accumulent progressivement à tel point qu'ils pourraient m'écraser ! Dans une dernière respiration, je baisse les armes et leur accorde la victoire pour ce tour. Allons-y pour la petite robe noire largement validée par Holly. Une petite robe noire, c'est un essentiel après tout, pas forcément un message subliminal.

On va se dire ça…

Chapitre 18

Je suis prête ! Légèrement mal à l'aise, un peu maladroite, mais élégante et complimentée par les filles de cette famille. Je descends donc dans le salon après avoir envoyé une photo de ma tenue à Théa qui y a répondu par un mélange d'émoticônes, allant du pouce levé et du smiley au cœur dans les yeux jusqu'à la plante au vent. Ça doit être sa vision du « t'es fraîche ! ». Je crois même qu'il y avait une aubergine dans le lot. Parfois, je me dis qu'elle est pire que les adolescents de cette génération, mais ça me fait rire. Une pote, c'est fait pour ça après tout, non ?

Dans le salon, je retrouve Tom qui joue aux petites voitures. Lorsqu'il me voit, il sourit de mille et un trous et me lance un joyeux « T'es trop belle ! ».

Le compliment du petit bonhomme me ravit, ce soir je suis belle pour au moins un représentant de la gent masculine. Je range deux ou trois bricoles dans mon sac à main, attrape mon manteau ainsi que mon écharpe. Le vent souffle et l'air est particulièrement glacial. Dans un contexte pareil, avec le rencard qui m'attend et ma mise en beauté, l'aubergine de Théa pourrait prendre tout son sens. Alors que je pouffe de rire de ma propre blague, les deux frères arrivent dans le salon.

Le plus jeune porte un jean gris, dans un style très classique, une chemise blanche dont il a remonté les manches sur ses avant-bras et déboutonné les deux premiers boutons de son col, laissant apparaître un fin V de peau hâlée de son torse. Il a dompté ses cheveux avec un peu de gel et tient à son bras le manteau qu'il avait lors de notre première rencontre, celui sur lequel j'ai renversé son café. Il sourit. Il est beau et moi je suis brusquement muette.

– Eh bien, il y en a au moins une qui a fait un effort ! Tu es très belle, Liv.

– Merci, Alexis.

– Sais-tu où sont ma fille et ma femme ?

– Dans la cuisine.

Mes réponses ne me donnent pas fière allure. Je perds toutes mes capacités cognitives, bordel. La faute à cet homme si élégant avec lequel je vais dîner ? À celle de cette situation rocambolesque ? Ma faute parce que je suis incontestablement attirée par Austin ?

Ma conscience me souffle que c'est un peu tout ça à la fois.

Nom d'un chien, je suis dans de beaux draps !

Faut que j'arrête, trop d'expressions tuent les expressions.

– Tu livres un combat mental ?

Levant les yeux, je me rends compte qu'Austin me regarde fixement. Un peu moqueur d'ailleurs.

– À peu de choses près.

– Tonton Austin, pourquoi tu lui fais pas un bisou ? lui demande Tom. Elle est belle, Liv, et papa, il fait un bisou à maman quand elle est belle.

Je retire ce que j'ai dit. Je maudis l'innocence des enfants ! Tout à coup, mon ventre se noue et je ne sais plus où me mettre. J'ai la sensation d'être au fin fond d'une grotte sombre. Peut-être même pire ! Pour couronner le tout, voilà que les parents de Tom arrivent pile à ce moment-là dans le salon. Il ne manquait plus que ça !

Austin, confronté aux mêmes pensées que moi, s'avance doucement, approche sa main de mon visage, glisse une mèche de cheveux derrière mon oreille, me caresse la joue du bout des doigts, puis dépose un délicat baiser sur ma joue. Son souffle sur ma joue lorsqu'il me dit que je suis ravissante me perturbe et me remue intérieurement dans tous les sens.

– Ce n'est pas un vrai bisou, ça ! se marre Alexis.

Non, mais il va cesser d'enfoncer le clou comme ça celui-là ?

Mon regard est toujours rivé à celui d'Austin. Il se détache peu à peu pour s'adresser à son frère.

– Le principe de pudeur, tu connais ?

– Puis mon rouge à lèvres n'est pas encore sec, ce serait bête qu'il s'enlève avant même qu'on soit sortis, interviens-je.

Mais où vais-je chercher ces excuses ? J'ai l'impression de m'engluer davantage, alors que je cherche le résultat inverse.

– Ce n'est pas que votre compagnie ne nous est pas agréable, mais on va s'éclipser, ma réservation au restaurant nous attend.

La petite famille nous souhaite une bonne soirée alors que nous quittons le manoir et montons dans la Mercedes de mon hôte. Le trajet est silencieux tout d'abord, puis, cédant à ma curiosité, je ne peux pas m'empêcher de l'interroger sur le lieu où nous nous rendons.

– Un établissement très sympa, c'est assez petit, mais cosy.

L'idée que je me suis peut-être trop habillée pour cette soirée me vient tout à coup. Alexis a lui-même fait la réflexion en me découvrant vêtue ainsi. Pourquoi ai-je suivi les conseils de Holly ? Évidemment que ce n'est pas un rendez-vous galant enfin ! C'est simplement une couverture, ni plus ni moins. J'aurais mieux fait d'enfiler cette jupe…

– Pourquoi cet air si triste ?

– Je me dis que la tenue que m'a choisie ta nièce n'est peut-être pas la plus appropriée.

– Bien sûr que si. Lia a très bien choisi, tu es très belle.

– Merci, dis-je, le rouge aux joues.

– Tout le monde a cru à notre mensonge !

Ah, oui, bien sûr, le mensonge…

Ma joie retombe comme un soufflé au fromage, laissant la place à une pointe d'amertume. Après tout, il ne fait qu'énoncer la vérité.

Il se gare peu de temps après dans une jolie rue illuminée, mais tranquille. Le froid m'assaille quand je sors de l'habitacle et je grelotte. Devant moi, une belle devanture colorée m'annonce l'entrée d'un restaurant italien.

– J'espère que tu aimes la cuisine italienne.

– J'adore l'Italie et sa gastronomie.

– J'ai hésité avec un restaurant français pour te rappeler chez toi, mais je me suis dit que tu risquais d'être déçue. Puis les grands restaurants…

Je le coupe avant même la fin de sa phrase, trouvant son attention très attendrissante. Je le rassure rapidement, puis nous entrons et un serveur vient aussitôt s'occuper de nous et nous installer.

La conversation peine à prendre son envol, Austin semble aussi gêné que moi. Sa jambe bouge, signe de stress, pourtant son visage n'est qu'un masque d'impassibilité. En face, je n'en mène pas large.

Le restaurant est tout ce qu'il y a de plus intimiste, des couleurs chaudes et chaleureuses typiques des standards italiens, une musique d'ambiance et des nappes en vichy rouge. Des affiches et des photographies de différentes villes décorent l'endroit.

Je n'imaginais pas qu'Austin nous emmènerait ici ce soir, je le pensais plus arrogant également dans ses choix de dîners et, à vrai dire, il me surprend d'une manière positive.

Le repas est délicieux, mes pâtes à l'amatriciana sont divines et l'orgasme gustatif n'est pas loin ! Quitte à avoir un manque physique, autant qu'il ne soit pas également culinaire.

La pizza à la burrata d'Austin est particulièrement bonne aussi. Me voyant loucher dessus, il m'a proposé une part tout en me taquinant sur ma gourmandise.

– Ce repas n'est finalement pas si éprouvant !

– Suis-je si insupportable, Liv ?

– Un peu… lui réponds-je, en bonne peste que je suis. Disons que Holly, et en réalité Lia, a un peu forcé les choses et je ne voulais pas que tu te sentes obligé de passer cette soirée avec moi.

– Il y a pire que passer une soirée avec une jolie fille.

– Sauf si c'est sa fausse petite amie.

– Qui a pourtant presque tout d'une vraie. Tu t'es liée avec ma famille très rapidement.

– En ma qualité d'esprit de Noël, c'était inévitable.

– Tu gagnes du terrain en tous cas.

– Faire naître l'esprit de Noël n'est pas si insurmontable que ça, Austin.

– Je ne suis pas sûr que ce soit la seule chose que tu fasses naître, dit-il, son regard sombre et profond accroché au mien.

– Aurais-je d'autres dons ? lui demandé-je, mutine.

Alors qu'il s'apprête à répondre, le serveur nous interrompt pour nous apporter un dessert et un café. Le dessert est pour moi, j'ai une réputation de gourmande à honorer ! C'est un tiramisu qui m'est servi à la louche. J'en baverais presque, mais le côté escargot, au restaurant, c'est quand même pas hyper sexy.

À la fin du repas, alors que nous sortons sur le trottoir pour rejoindre la voiture, Austin s'arrête net et se tourne vers moi.

– As-tu envie de rentrer tout de suite ?

– Pourquoi ?

– Je me disais que l'on pourrait prolonger la soirée.

Pour toute réponse, je lui souris. Sans un mot, il glisse sa main sur mon dos et nous guide jusqu'à la voiture.

La balade nocturne se poursuit sur le *Brooklyn Bridge*. Être ici me rend particulièrement joyeuse, je n'y étais pas encore venue et à force de le voir dans les séries télévisées, ça aurait été un crime de passer sans m'y arrêter.

Le cadre est magnifique. Relier Manhattan à Brooklyn de cette façon nous donne l'impression d'être si proches et de survoler l'East River en seulement deux kilomètres. Le pont est illuminé, comme si des gouttes d'eau lumineuses le décoraient et j'ignore s'il est plus beau que la *skyline*, également illuminée. Il m'est impossible de faire un choix, tout est splendide.

Dégainant mon portable, je commence à m'arrêter et faire quelques photos, alors que nous avons à peine commencé à marcher. Austin pourrait râler, mais il n'en est rien.

– Wouah, c'est dingue ! Je n'arrive pas à réaliser que je suis ici.

– Et pourtant, si.

– C'est en partie grâce à toi, tu sais. Sans plan de secours, je serais rentrée en France.

– Je ne fais que t'héberger.

– C'est déjà tellement.

Les lumières de la ville se réverbèrent sur l'eau qui est si calme ce soir. La neige a également envahi le pont, de quoi se sentir un peu plus à l'écart de la ville et du monde. Cette soirée est bien mieux que ce à quoi je m'attendais.

Austin, me voyant céder à mon envie de prendre des photos, me propose de poser pour immortaliser le moment et je ne cache pas mon plaisir !

– C'est magique ! soufflé-je alors que nous stoppons pour la dixième fois au moins.

– Comme ta présence.

Je me redresse, pas certaine d'avoir bien entendu, et observe Austin du coin de l'œil. Comme je me veux discrète, je suis persuadée que je ne le suis pas.

Qu'il est bel homme...

Son écharpe noire enserre son cou et masque par moments sa mâchoire carrée recouverte d'une fine barbe de baroudeur. Son parfum est reconnaissable entre mille. Acqua di Gio de Giorgio Armani. J'aime tellement ce parfum, il impose l'élégance et le charisme, tout ce que ce bel Américain possède.

En me plongeant dans la contemplation du paysage, je souffle un bon coup et de la vapeur se crée devant mon visage. Le moment paraît suspendu. Coupés du monde et du mensonge, nous sommes juste Liv et Austin, deux âmes que le destin a fait se rencontrer par hasard. Ou peut-être pas…

Il y a peu de gens ce soir sur le pont. Il y a des couples emmitouflés dans leurs manteaux qui se promènent tardivement, quelques joggeurs – il faut une sacrée motivation pour courir par ce temps polaire, rien que l'idée me donne des sueurs froides – et nous avons également croisé un photographe. Au loin, le bruit de la circulation nous parvient, mais étouffé par le calme et la sérénité du lieu. Un autre temps, un autre monde. Les jeux de lumière sont saisissants, je vis l'une des plus belles nuits de ma vie, je pense, et je la savoure.

Dans le froid ambiant, je suis prise de frissons qui ne passent pas inaperçus. Austin m'observe, un doux sourire planant sur ses lèvres, puis vient m'entourer de ses bras et m'apporter la chaleur dont je manque comme s'il s'agissait là du geste le plus anodin possible. Être dans ses bras est à la fois déstabilisant et réconfortant. Une certaine gêne s'empare de moi avant d'être bien vite remplacée par l'impression d'être à ma place. Son souffle chaud frôle le dessus de ma tête et un délicieux frisson parcourt mon échine, mais pas de froid cette fois, plutôt de plaisir.

À partir de quel moment, on peut déclarer qu'on va se brûler les ailes dans cette vie, d'un jour à l'autre ?

Chapitre 19

Les jours défilent inexorablement et je ne vois presque pas le temps passer. Qui l'aurait cru ? Nous sommes le dix-huit décembre et le réveillon est dans quelques jours à peine. Un réveillon à l'autre bout du monde, mais qui est pour l'instant sans cadeau. La misère !

Aller acheter des présents, c'est la mission de l'après-midi, mais en attendant, nous sommes tous assis dans les deux canapés du salon, en pyjama – une petite tradition que j'ai rapportée de chez moi –, à visionner mon film de Noël chouchou, *Le Pôle Express*.

Tom s'est glissé dans mes bras presque dès le début du film, son doudou à la main et sa petite tête posée sur ma poitrine. Les petites papouilles que je lui fais dans le dos le font ronronner d'aise. Sa sœur est de mon autre côté, emmitouflée sous le plaid en pilou rouge. Holly et Alexis ont privatisé le second canapé pour s'y allonger comme le font les enfants avant de s'endormir devant la télévision, et Austin est à côté de Lia, assis en tailleur.

On en parle de son pyjama de Noël ?

Ce n'est pas humain d'être aussi beau dans un truc aussi laid ! Moi, je suis juste laide. Nous portons tous les deux des combinaisons molletonnées en pilou, à motif tartan, mais avec des bonnets de père Noël en plus, disséminés sur nos vêtements. J'ai l'impression d'être plongée dans une boule à neige kitsch, mais je dois reconnaître que c'est terriblement confortable et finalement, je ne suis pas mécontente que Holly ait ressorti ces vieux habits du fin fond d'un placard. Les enfants sont les seuls qui ont échappé à ces horreurs, mais comme ils sont toujours mignons en pyjama, ça ne compte pas. Ils ont juste de la veine.

Même si je connais le film par cœur, je me laisse happer par l'histoire de ce petit garçon doutant de l'esprit de Noël, doutant de sa magie et de l'existence du père Noël. Chaque année, je le visionne avec ma maman le vingt-trois ou le vingt-quatre et systématiquement la fin me fait monter les larmes aux yeux. À voir la famille suivre le film avec assiduité, je suis certaine qu'il va les émouvoir également.

Tom s'est déjà interrogé sur le petit garçon et nous a affirmé que lui, il entendait bel et bien le grelot. Il a eu peur, je pense, que la nuit du vingt-quatre, personne ne vienne lui apporter ses cadeaux si l'on croyait qu'il ne pensait pas en ce bon vieux bonhomme enrobé et chaleureux.

Nous passons un excellent moment devant *Le Pôle Express* – légèrement bercés par les petits ronflements d'Alexis – et arrivé à la fin du film, comme à l'accoutumée, mon petit cœur s'est serré et les larmes me sont montées. Lia et Holly était dans le même état que moi. Comment ne pas être ému lorsque Frank Sinatra chante avec lenteur et que le héros se saisit du grelot qu'il l'agite alors qu'une voix mystérieuse lui répète en boucle « tu doutes » ? Douter de la magie de Noël est un crève-cœur pour tous ceux qui aiment cette époque de l'année par-dessus tout. « Je crois au père Noël, je crois au père Noël », cette phrase profonde et émouvante qui fait retentir le grelot et dessine le reflet de cet homme si porteur d'espoir. Rien que la musique me donne des frissons ! Plus que des cadeaux, il apporte des valeurs, des qualités aux enfants, il est le soutien, la motivation, la joie et l'espoir dans ces cœurs innocents de toutes couleurs, de tous statuts, de tous caractères. Noël, c'est cela, aimer sans différence, croire sans différence en l'être humain. Ce fameux grelot est le symbole de l'esprit de Noël, comme le père Noël, mais comme c'est si bien dit dans le film, la véritable magie de Noël se trouve dans le cœur de chacun de nous, c'est nous qui rendons cette fête magique et importante.

Tout ce qu'il y a autour n'est qu'un plus. Le sapin, les flocons de neige dansant sur la ville, les biscuits à la cannelle et le pain d'épices sortant du four, les cadeaux joliment empaquetés ne sont que les accessoires de notre magie et de notre cœur.

Même Austin paraît touché et je me dis que peut-être que le message commence à s'immiscer en lui et à résonner.

Suite à notre balade sur le *Brooklyn Bridge*, Austin m'a confié qu'il n'avait encore fait aucun cadeau pour sa famille et c'est ainsi qu'il m'a demandé de l'accompagner pour l'aider dans ses choix. Comme j'avais l'intention d'en faire également, ça permet de faire d'une pierre deux coups. Nous y prévoyons d'y aller dans l'après-midi et étrangement, je me languis de passer du temps avec lui. Pourtant, dans neuf jours, je m'envolerai pour la France et je ne le reverrai plus, ni lui ni sa famille à laquelle je m'attache. Rien qu'à l'idée, ma gorge se noue.

En attendant, nous sommes tous dans la cuisine après avoir débarrassé la table, discutant du repas du réveillon et du déjeuner de Noël. On pourrait presque croire qu'ils veulent tous faire honneur à la petite Frenchie et faire un repas du réveillon comme chez moi !

– Il faut du foie gras, c'est bon, élégant et traditionnel ! annonce Holly. Pas vrai, Liv ?

– Un Noël sans foie gras n'est pas un Noël français !

– Qu'est-ce que tu manges d'autres pour le réveillon ? m'interroge Lia.

– Avec mes parents, on déguste également du saumon fumé…

– Mmmmh, trop bon ! s'exclame Tom.

– Puis, il y a aussi des escargots bourguignons…

– Des escargots ? Genre le truc avec une coquille, des yeux télescopiques, et qui bave partout ? Oh, c'est dégoûtant ! répond Lia avec une moue de dégoût, ce qui nous déclenche un rire commun avec Austin.

– Vous mangez vraiment des choses étranges, vous les Français, se moque Alexis. Je me contenterai du vin rouge et des fromages !

– Sais-tu qu'en Corse, il y a un fromage avec des vers ? lui demandé-je, espiègle.

Sa moue repoussante ne tarde pas et sa pomme d'Adam

semble avoir du mal à déglutir. Cela me fait beaucoup rire de les écouter commenter les habitudes des Français. Pour un peu, ils pourraient penser que nous sommes des sauvages ! Heureusement que nos particularités culinaires ne sont pas si nombreuses, puis, nous sommes le pays de l'élégance et de l'amour, ça efface bien des bizarreries.

– Je vais rester sur le vin ! Sauf si tu as des révélations rebutantes à nous faire sur ça aussi ? se marre Alexis.

– Non, rien, ris-je. Avec ma maman, on mange des blinis que l'on prépare nous-mêmes. Dessus, on étale du tarama, de la crème et des œufs de poisson ou bien des mousses de la mer.

– C'est sur ça qu'on nous a servi du caviar à la dernière réception à laquelle tu nous as invités, Austin, non ?

– En effet.

– Pourquoi ne pas essayer la recette de Liv ? Ça changerait, puis ceux que l'on achète sont souvent un peu secs, remarque Holly.

L'aisance avec laquelle ils ajoutent mes traditions de Noël aux leurs me touche profondément et j'ignore comment le leur montrer. Je me sens incluse à cent pour cent dans ces préparatifs et ça me fait vraiment beaucoup de bien. Une petite partie de chez moi est ici, avec nous.

Je serai donc préposée aux blinis, mais heureusement, je ne serai pas seule, Lia a rapidement proposé de m'aider, tout comme Tom, mais je le soupçonne de surtout vouloir en goûter.

Ils agrémentent le menu de spécialités américaines, et pour le dessert, ce sera une *pecan pie* et un peu de glace pour la touche finale sucrée. Le lendemain, nous mangerons un rôti de bœuf avec une sauce aux canneberges et de la purée avant de déguster une bûche française. Qui s'y colle ? Eh bien, moi, pardi ! Le tout ponctué par l'apéritif et l'*eggnog*, ce fameux lait de poule qu'Alexis me promet de me faire goûter très bientôt.

– Cet après-midi, on peut décorer les fenêtres ? m'interrogent les enfants.

– Décorer les fenêtres ? répète Austin.

– Oui, je me disais que l'on pourrait les décorer au pochoir avec un effet neige ! Nous ne décorons pas l'extérieur, mais ça permet de faire une activité ludique.

– Quand j'étais petit, je me souviens l'avoir fait chez des copains, c'était génial ! C'est une très bonne idée, affirme Alexis.

– Alors, on peut ? insiste Lia.

– Pas cet après-midi, je sors avec ton oncle.

– Pour faire quoi ?

– Mon petit Tom, intervient Austin, nous allons acheter tous les accessoires pour les activités.

C'est malin et plus adapté que dire que nous allons faire nos cadeaux de Noël. Le petit garçon ne partage donc pas plus ses demandes et comprend que ce n'est pas le moment avant de filer dans sa chambre.

Gentiment, Austin m'apporte mon manteau et mon écharpe que j'enfile, puis nous partons pour Times Square. La découverte du lieu est tout aussi incroyable que ce à quoi je m'attendais ! Les écrans LED lumineux et colorés sur lesquels de multiples annonces et publicités défilent se reflètent dans mon regard tant il y en a.

Un vrai choc pour la rétine, ce truc !

Tout est en effervescence, rien n'est immobile, calme et serein. Le carrefour du monde – c'est son surnom – est tout en agitation, en musique et en couleurs. Des super-héros et des personnages très célèbres de dessin animé sont présents, ils se prêtent aux multiples selfies demandés par les touristes et jouent à la perfection leurs rôles. Je crois même voir un Superman porter une jolie fille comme une princesse, le regard levé vers le ciel, prêt à décoller. Le spectacle me fait sourire.

Pour prendre de la hauteur et admirer l'ensemble, nous montons les escaliers rouges à l'angle de la 46e rue et de Broadway. Austin s'échappe un instant pendant que je profite de toute cette agitation. Des couples s'embrassent avec passion, d'autres dévalisent les boutiques et se retrouvent chargés comme des mules, certains encore sont rêveurs, ne croyant sans doute pas à la réalité du lieu. Comme moi, en somme. Je me sens presque dans un univers parallèle, l'endroit est gigantesque et très… américain. Bien loin du chic parisien et de nos habitudes françaises. Oubliés les bâtiments haussmanniens, les moulures et les balconnets en fer forgé, oublié le cliché du papy avec son béret et sa baguette sous le bras ramenant les croissants le dimanche matin. Ici, c'est l'Amérique. Les États-Unis dans la splendeur et la couleur et un peu de folie aussi, il faut bien se l'avouer. C'est déroutant et incroyablement motivant. Tout est possible ici, tout est réalisable, il suffit d'oser.

Austin revient avec un sac de la marque Aigle et en sort un bonnet blanc, tricoté et pourvu d'un pompon sur le sommet.

– Tu as oublié le tien.

– Merci, c'est vraiment très gentil.

– Puis comme ça tu vas pouvoir apparaître sur Times Square ! déclare-t-il, son sourire canaille de retour.

Bon sang, ce sourire…

Je ne comprends pas immédiatement, mais je suis ce qu'il me dit et la chaleur que me procure instantanément le bonnet me convainc à mille pour cent.

Je le suis et nous patientons dans une courte file d'attente. Austin a donc le temps de m'expliquer que pour apparaître d'ici une quinzaine de minutes sur les immenses panneaux, il faut acheter un vêtement du magasin. En échange, ils nous prennent en photo sur les escaliers rouges. Cette idée marketing est indétrônable à mon sens !

Quand c'est à notre tour de poser, Austin me souffle à l'oreille quelque chose qu'avec le bruit ambiant je ne parviens pas à entendre. Je ne m'en soucie pas plus. Je lève haut les bras, faisant le signe de la victoire de mon index et mon majeur avec mon plus beau sourire. J'ai donc probablement une tête de cinglée, mais je m'en moque.

Au moment où le photographe annonce le « *cheese* » – quelle idée saugrenue de sourire à l'évocation du mot fromage quand même –, Austin, qui était derrière moi jusque-là, me saisit par la taille et me soulève de quelques dizaines de centimètres du sol. Ce qui n'est pas compliqué vu ma taille et la sienne.

Surprise, je ris et le flash apparaît. Austin me repose au sol. Je suis essoufflée, pourtant l'instant n'a duré que quelques secondes. Face à face, le regard plongé dans celui de l'autre, nous devons faire partie des rares personnes immobiles. Son souffle chaud frôle ma joue et avec le froid extérieur, de la vapeur d'eau s'y dépose tant nous sommes proches.

Mon cœur bat à tout rompre. Il tambourine presque jusqu'à mes oreilles. Les joues et le nez d'Austin, rougis par le froid, lui donnent un air enfantin tout à fait adorable. Il contemple mes lèvres que je ne peux m'empêcher de pincer.

Est-ce qu'il va m'embrasser ? En a-t-il envie ?

Parce que moi, oui. J'ai follement envie de ce baiser. J'y ai pensé à plusieurs reprises, imaginant la douceur de ses fines lèvres, la sensation de sa barbe contre mes joues ou sous la pulpe de mes doigts. Je cesse de respirer. Son regard est perçant, brûlant, envoûtant. Presque imperceptiblement, Austin s'approche de moi, son souffle caresse mes lèvres. Notre premier baiser. Il approche. Il me rend toute chose.

– *Cheeeeeeese* !

Un nouveau flash apparaît et nous sort de notre immobilisation temporaire. Le photographe s'est décalé pour photographier les personnes suivantes, mais il nous fait comprendre de sa moue réprobatrice que nous gênons.

Interdits et un peu secoués par ce qui a failli se passer, Austin et moi décampons sans demander notre reste, redescendons et planifions notre shopping à venir. Quelques minutes plus tard, notre photo s'affiche sur l'écran géant. Je souris de toutes mes dents en nous découvrant. Moi, rieuse et heureuse, lui, avec un sourire de petit diablotin tellement sexy. Je suis victorieuse sur cette photo avec mon signe de la main et pourtant ce cliché ne révèle pas ce qu'il a manqué de se passer par la suite.

La tête d'Austin apparaît du côté de ma hanche gauche, nos deux bonnets bien en évidence.

– Elle est très spontanée, commente-t-il.

– Elle est parfaite.

Comme lui, me souffle ma conscience. Je m'abstiens toutefois d'ajouter quelque chose et nous contemplons en silence notre photo durant les quelques minutes où elle s'affiche avant de nous rendre dans la première boutique de notre sélection.

L'inévitable passage au magasin M&M's, bien que très touristique, est une découverte incroyable, comme si mon existence devenait celle d'un dessin animé. Les couleurs et les goûts foisonnent à tel point que je m'y noie. Je finis par choisir des M&M's au chocolat noir – pour moi –, saveur caramel pour Théa et à l'amande enrobée pour mes parents. Je prends également deux sachets pour Tom et Lia, que je glisserai dans leurs bottes de Noël qui sont accrochées sur la cheminée. Un tour chez Levi's pour acheter un jean pour Alexis – je reconnais que je manque un peu d'inspiration – et une veste en jean pour mon père. Lui qui adore cette marque sera ravi ! Dans une boutique Disney, Austin trouve une adorable peluche du Roi Lion, l'un des Disney préférés de Tom. Moi, je craque pour une jolie Belle au bois dormant pour la future choupinette de Théa et Laurent. Je déniche deux coffrets très sympas chez MAC, alliant des rouges à lèvres et une palette d'ombres à paupières chacun qui, je pense, plairont beaucoup à Holly et à ma maman. Le shopping se prolonge et le besoin d'un petit remontant de chez Starbucks se fait ressentir avant que nous repartions en direction de la 5e avenue pour finaliser nos achats.

C'est l'avenue que l'on voit partout, que j'ai vue et revue dans *Sex and the City* ou encore dans *Gossip Girl* et maintenant, moi, Liv Perrin, j'y suis à l'instar de Carrie Bradshaw et Blair Waldorf ! C'est pas croyable ! Passé l'euphorie du premier instant, je me sens par la suite légèrement rêveuse sans pour autant être à mon aise. Cela me fait le même effet lorsque je me promène place Vendôme à Paris ou le long de la Croisette à Cannes, cette impression désagréable que l'on ne se trouve pas à la bonne place, pas dans son monde, et que les autres nous scrutent du coin de l'œil pour nous le faire comprendre.

Néanmoins, je profite de cette découverte et je ne dis rien, accompagnant Austin chez Tommy Hilfiger où il achète un petit ensemble très lord anglais pour Tom, puis chez Diesel, où il achète une belle ceinture à son frère avant de compléter son cadeau par une veste Giorgio Armani. Alors que nous entrons dans une énième boutique, les bras chargés de sacs, je me rends compte que nous sommes chez Louis Vuitton.

Austin se dirige directement vers les sacs à main – enfin un homme de goût ! – et je le suis à pas de loup, presque gênée d'être là, émerveillée par tout ce qui m'entoure. L'odeur de cuir présente dans cette partie de la boutique emplit mes narines avec douceur, je reconnais les musiques de Noël qui y sont diffusées – les reprises de Michael Bublé –, douces et entraînantes. Une conseillère de vente, très féminine et sexy dans son tailleur laissant apparaître des jambes interminables vêtues de collants en résille. Cette blonde au sourire de mannequin ne pourrait pas travailler ailleurs que dans une boutique de luxe, c'est certain.

Austin lui fait rapidement comprendre qu'il sait ce qu'il cherche, elle lui présente alors différents portefeuilles, dont un de taille moyenne avec le motif damier de la marque, sur lequel il arrête son choix. Puis il se tourne vers les sacs que je contemple – ou plutôt, devant lesquels je bave.

Que l'Alma est divin quand même ! Cette courbe élégante et féminine... Père Noël, je promets de l'aimer et de le chérir jusqu'à la mort !

La vendeuse glousse avec discrétion lorsqu'Austin lui murmure quelque chose à l'oreille, puis elle hoche la tête et sourit avec courtoisie.

Lorsque nous ressortons de la boutique, avec le portefeuille pour Holly, nous nous orientons immédiatement vers une boutique Tiffany. Il m'est impossible de ne pas lui jeter des regards, sans aucune discrétion, qu'il perçoit rapidement.

– Quoi ?

– Rien.

– Liv... souffle-t-il.

– Tu es riche.

Ma réflexion ne provoque qu'une absence de réaction chez lui. Bon, c'est pas comme si je lui apprenais quelque chose, on parle de lui. Mais je m'attendais au moins à un haussement de sourcils, pourtant ma remarque ne semble lui faire ni chaud ni froid, il reste de marbre.

– C’est une question ? finit-il par dire.
– Non.
– Ça te dérange ? me demande-t-il, hésitant.
– Que tu sois riche ? Ça ne me concerne pas.
– Alors, pourquoi cette remarque ?
– Je n’avais pas réalisé à quel point tu l’étais. Enfin, je veux dire, j’ai bien compris que nous n’étions pas au même niveau de ce côté-là, mais pas autant.
– C’est ce que j’aime bien chez toi, tout ceci ne t’attire pas plus que ça, depuis que nous nous connaissons, tu ne m’as posé aucune question sur l’argent, sur mon travail ou sur mon monde.
– Alors, quel boulot fais-tu ?
– Euh… je dirige des entreprises.
– C’est plus classe que d’être chômeuse depuis peu, plaisanté-je.

Austin rit de ma blague, puis, malgré les nombreux sacs suspendus à ses bras, il me caresse la joue d’une main, un sourire séducteur aux lèvres. Ce geste est doux, pas calculé, totalement libre de toute arrière-pensée. Il est, tout simplement.

Est-ce que son sourire fonctionne ? Totalement.

Tout à coup, une sonnerie retentit. Il sort son portable de la poche de son trench-coat et, brusquement, son visage se transforme en un masque glacial aux traits durs. Il ignore l’appel.

Chapitre 20

– Aujourd'hui, nous allons voir *Casse-Noisette* ! annonce fièrement Holly en déboulant dans le salon, tenant trois billets dans la main et les brandissant comme une arme de joie massive.

Décontenancée, sur le coup je ne comprends pas bien ce qu'elle dit. Lia, plus rapide que moi, bondit du canapé et se met à sautiller sur place. Nous regardions un épisode d'une des dernières séries *girly* en vogue avant l'arrivée de sa mère.

– Comment ça ? m'enquis-je.

– Toutes les trois, on laisse les garçons aujourd'hui pour profiter d'une journée entre filles et on va voir le spectacle de *Casse-Noisette* au New York City Ballet cet après-midi !

– Sérieusement ? dis-je alors qu'un grand sourire illumine mon visage.

– Et comment !

– Trop bien ! Trop bien ! Trop bien ! scande Lia dont l'effusion de joie est bientôt rejointe par la mienne.

Bordel, ce Noël est ouf !

J'adore les ballets de Tchaïkovski. Je me souviens de la toute première fois où je suis allée voir *Le Lac des Cygnes*, un véritablement enchantement de grâce, de paillettes et de charme. Mais là, aller voir *The Nutcracker* à New York, c'est inimaginable. La chance me sourit déjà bien trop depuis plusieurs semaines, le retour de la poisse va me faire tout drôle !

Les garçons ayant été mis au courant, nous partons toutes les trois bruncher dans un délicieux petit endroit à proximité du ballet. Je m'empiffre de pancakes avec une bonne dose de sirop d'érable et de bacon croustillant. De très loin les meilleurs que j'aie mangés de ma vie. En France, il faut reconnaître qu'on ne peut pas rivaliser ! En revanche, les Américains devraient nous laisser la cuisson de l'omelette, ça éviterait de mauvaises surprises ! Leur art culinaire est bon, mais plutôt riche, pour ne pas dire gras, et assez sec. Bref, ça ne casse pas trois pattes à un canard. Pas même deux.

Lia rit en me voyant manger autant.

– Je comprends mieux pourquoi mon beau-frère a craqué ! se moque Holly alors qu'une moustache de mousse de cappuccino se dessine au-dessus de ma lèvre après que j'ai bu.

– Tout est une histoire de café ! fais-je, gênée.

Lia se lève pour aller commander un autre chocolat chaud avec supplément chantilly et le regard que me lance Holly n'a rien de dupe. Un petit sourire cachottier prend place sur ses lèvres alors qu'elle reprend la parole.

– Il craque pour toi.

– Rien d'étrange pour un couple.

– Mais vous n'en êtes pas un, je me trompe ? Nous sommes à quatre jours du réveillon, tu ne crois pas que c'est le bon moment pour l'avouer ?

Je me tortille sur ma chaise. Vaut-il mieux opter pour la vérité et trahir la volonté d'Austin ? Ou continuer à m'enfoncer dans ce mensonge et mentir effrontément à Holly que j'apprécie énormément et qui me fait un peu penser à la grande sœur que je n'ai jamais eue, mais que j'ai toujours rêvé d'avoir ? J'hésite. Son sourire plein de gentillesse et de bienveillance a tôt fait de me convaincre.

– Ne lui en veux pas. Il voulait simplement que vous évitiez de vous inquiéter de sa solitude. Au départ, je n'étais là que pour créer l'esprit de Noël au manoir.

– Mais pourquoi loger chez lui ?

– Ma réservation d'hôtel a subi la malchance et elle n'a été validée que pour une unique nuit. J'étais dans une impasse, alors nous avons convenu d'un échange : un toit contre l'esprit de Noël.

– Pour toutes tes vacances ? Et Austin n'a rien pu faire ?

– Non, mais la radio ne m'a jamais rappelée.

– La radio ?

C'est alors que je décide de reprendre depuis le début et

de tout lui raconter. En détail. Sans rien omettre. Sans mensonges. Lia arrive d'ailleurs en cours de route et suit attentivement mon récit sans m'interrompre. À la fin, Holly et Lia sont bouche bée face au stratagème que l'on a mis en place.

– Alors, vous ne vous connaissez que depuis treize jours ? me demanda Holly, estomaquée.

– C'est trop romantique !

– Romantique, je ne sais pas, mais c'est inattendu en tout cas, admets-je.

– Tonton Austin n'a pas été aussi souriant depuis longtemps. Et c'est grâce à toi !

– Lia…

– Elle a raison, Liv. Je connais Austin depuis de nombreuses années et ta présence est pour quelque chose dans son changement de comportement. Il tient à toi.

– Et toi, tu l'aimes ?

– Lia ! gronde Holly.

– Bah quoi ?

– Ma vie est en France, je… il ne s'est rien passé avec Austin. Je m'attache à lui, oui, mais soyons réalistes, dans sept jours je m'envole, cette histoire n'aura même pas le temps de commencer.

– Ne le blesse pas, il a beaucoup souffert avec Allison.

Lia hoche la tête, puis se désintéresse de notre conversation pour dévorer son dernier muffin à la myrtille et boire sa boisson chocolatée.

– Que s'est-il passé ?

Je me la joue curieuse, car on ne va pas se le cacher, j'ai envie de savoir ce qu'il y a eu entre Austin et Allison, de savoir à quel point l'amour était en jeu et surtout, de savoir comment cela s'est terminé. Et pourquoi.

– Ce n'est pas à moi d'en parler… Mais après tout, un petit coup de pouce ne peut pas faire de mal. Allison et Austin se sont rencontrés à une réception lors de leur dernière année universitaire, une réception de Noël. Ils sont rapidement tombés amoureux, puis la vie, le travail, les mondanités les ont éloignés. Allison se tournait de plus en plus vers les fêtes et la vie en société. Cette femme aime se faire voir et appartenir à un certain rang, alors qu'Austin s'en moque, tu as dû t'en rendre compte. C'est quelqu'un de fortuné qui ne s'arrête pourtant pas à ça. Leurs conversations sur le sujet se sont faites de plus en plus tendues, puis Austin est parti en France pour un contrat important qui s'est éternisé sur place.

– Combien de temps ?

– Presque un mois. Allison a parfaitement su combler son absence, puisqu'elle a commencé à entretenir une relation avec un collaborateur d'Austin, avec son meilleur ami depuis la fac plus exactement. N'ayant pas annoncé son retour, il les a trouvés enchevêtrés dans leurs draps, dans leur appartement pas loin d'ici.

– Oh, mon Dieu…

Le coup classique du type qui rentre trop tôt de voyage d'affaires et qui est accueilli par un adultère. Quelle pétasse.

– Après cette histoire, il a vendu l'appartement, acheté le manoir, rayé de sa vie son meilleur ami et l'a viré. Durant des semaines, voire des mois, Allison l'a supplié de revenir. Depuis cette histoire, Austin se consacre à son travail, il s'acharne dessus même.

– C'était il y a combien de temps ?

– Il y a deux ans. À Noël.

Oh…

Je comprends mieux pourquoi il porte si peu cette fête dans son cœur, tout devient plus clair. Cette période fait remonter en lui de récents et mauvais souvenirs qui lui gâchent le moment. Alors que Noël est une fête où l'on promeut l'amour à foison, lui l'a perdu et a eu le cœur brisé. Il n'est d'ailleurs pas si sarcastique comparé à ce que je peux être, alors qu'il m'est arrivé une peine moindre.

– Il y a encore autre chose, ajoute Holly.

Au même moment, Lia relève la tête. Holly a le regard brillant et, si je ne me trompe pas, ce n'est pas de la joie que j'y lis. Qu'est-ce qui peut s'ajouter à un cœur brisé ? Avant même que la réponse ne me soit révélée, je ressens une grande tristesse pour Austin. Mon cœur se serre et je comprends que la distance que mon hôte instaure entre lui et les autres n'est qu'un bouclier, une forme de protection pour éviter que les gens ne l'atteignent et ne le blessent. Il a réagi comme moi, comme tout un chacun presque. On ne peut pas lui reprocher cela.

– Oui ?

– L'année dernière, Alexis et Austin ont subi une perte. Pour ne pas changer, encore à Noël.

– Une perte ?

– Papi et mamie… souffle Lia, des sanglots dans la voix et la mine profondément triste.

– Nous avons perdu mes beaux-parents dans un accident de la route alors qu'ils nous quittaient après avoir célébré Noël avec nous.

– Oh, mon Dieu !

– Ces derniers Noëls ne font donc pas parmi des meilleurs, surtout pour Austin. Avec Alexis, on a cru pendant de longues semaines qu'il refuserait d'être présent avec nous cette année et nous avons presque dû nous imposer chez lui en venant en amont pour traverser cette période ensemble et avec les enfants.

– Je suis sincèrement désolée… C'est stupide comme phrase, je le sais bien, mais on ne sait tellement pas quoi dire dans ces moments-là… Rien de plus adapté ne me vient.

– Tu n'as rien à te reprocher, Liv. Je préférais juste te le dire pour que tu saches qu'Austin n'a pas toujours été comme ça. C'est simplement que ces dernières années l'on marqué.

– Mais tu apportes de la nouveauté ! reprend Lia, plus souriante que jamais.

À croire que je suis un vrai rayon de soleil pour cette famille ! Vous ne me mettez pas du tout la pression, les gars…

Nous terminons notre brunch sur des conversations plus joyeuses, mais ce que j'ai appris ne quitte pas mon esprit et, au contraire, y prend racine. Mon vœu pour qu'Austin retrouve la magie de Noël n'est pas irréalisable, mais le père Noël va indéniablement partir de loin !

Chapitre 21

J-3 avant le réveillon. Tout se précipite ici, à New York !

Ce matin, avec les enfants, nous avons décoré les fenêtres à l'aide de pochoirs et d'une bombe effet neige. Ils se sont beaucoup appliqués et on a passé un super moment tous les trois. Alexis et Holly, quant à eux, ont parcouru les magasins pour commencer à faire les courses pour les repas.

Au manoir, il ne cesse d'y avoir des va-et-vient effrénés.

Mais plus le temps passe, plus Austin se renferme. Pas étonnant vu son passé, mais ça m'embête et je ne suis pas la seule à réagir ainsi, Tom et Lia aussi. Ils essaient de ne pas le montrer, mais je ne suis pas dupe. Austin ne sort de son antre, autrement dit de son bureau, que pour manger. Et encore, c'est presque comme si on l'y arrachait de force !

Ça ne peut plus durer !

Lassée par son attitude, je me dirige vers son bureau. La porte est entrouverte et je reconnais sans peine la voix de mon hôte. Il est tendu, je dirais même énervé. Il semble être au téléphone. Des éclats de voix me parviennent et ma curiosité m'empêche de faire demi-tour et de respecter sa vie privée, sa conversation ne me regardant en rien.

Mais bon, c'est quand ça ne nous regarde pas que c'est toujours le plus intéressant à écouter !

– Pourquoi tu m'appelles encore ? J'ai pourtant été clair.

Comme il n'a pas mis son portable en haut-parleur, je n'arrive pas à entendre ce que lui répond son interlocuteur et ma frustration ne fait que grimper. Mais de quoi parlent-ils ?

– Je ne veux plus que tu me contactes. Ça ne t'a pas suffi ?! Je veux que tu sortes de ma vie une bonne fois pour toutes, je ne veux plus entendre parler de toi. Non… c'était une erreur, rien de plus. Point.

Austin raccroche de façon féroce. J'hésite un instant à toquer à la porte et à lui parler. Peut-être faudrait-il d'abord que j'attende qu'il redescende en pression ? Tout compte fait, je frappe et entre sans attendre son autorisation.

– Je dérange ?

Austin souffle fort. Il est debout face à sa chaise de bureau, les poings enfoncés dans le dossier. Tout son être est tendu, mais même en colère, ce type est à tomber par terre. Il porte un costume de luxe, il avait sûrement un rendez-vous à distance pour s'être habillé si élégamment. Ses cheveux sont pour une rare fois coiffés avec du gel et leur folie a disparu. Pourtant, mon hôte reste cet homme autoritaire, froid et avec une arrogance non dissimulée lorsqu'il pose son regard sur moi et me dévisage comme si je n'étais qu'une poussière qui disparaît en un clin d'œil d'une vie.

Son regard noir et sombre s'infiltre en moi jusqu'à mon âme. Quelque chose se craquelle alors dans ses yeux et ses lèvres remontent légèrement en un sourire à peine visible.

– Tu voulais quelque chose ?

– Que tu nous rejoignes. Nous allons fabriquer des boules à neige, Tom et Lia adoreraient que tu en fasses avec eux. Tu leur manques.

Mes derniers mots tombent comme un couperet et ses épaules s'affaissent sous leur poids. Je m'en veux d'essayer de l'avoir en jouant sur sa culpabilité, mais je suis certaine qu'une confrontation pure et dure n'améliorerait rien. Me saisissant donc des armes que j'ai en ma possession, je lui souris d'un air attristé.

– Je… ce n'est pas la bonne période, s'explique-t-il.

– Noël est toujours la bonne période pour partager.

– Pas pour moi.

– Et si tu partageais avec moi ce qui te peine ?

– Liv…

Il est sur la retenue. Son regard se fait fuyant pour la première fois depuis que je le connais. Il désire m'éviter, éviter de me parler de ce passé que pourtant je connais déjà. J'aimerais lui dire qu'il n'a rien à craindre, que je ne le jugerai pas, qu'il peut tout me dire sans que rien ne change. J'aimerais lui prendre la main et le regarder dans les yeux pour qu'il y lise ma sincérité. Mais cela ne me ressemble pas, je ne suis pas autant tournée vers le contact humain, je suis une oreille à l'écoute de mes proches, malgré tout je ne sais pas comment les réconforter et leur donner l'attention et la tendresse qu'ils attendent. Je ne sais pas comment faire ou que dire.

Je me contente donc de le regarder et de lui sourire doucement. Austin m'indique de sa main le canapé en velours bordeaux qui fait face à son meuble de bibliothèque. Nous nous installons et le silence nous entoure. Par la fenêtre, j'observe la pluie tomber sur la ville et le ciel gris tirant sur le noir par endroits. La météo est accordée à l'humeur d'Austin. Les secondes s'allongent, pourtant aucun mot n'est prononcé et je commence à me dire que je devrais sans doute redescendre au salon et le laisser tranquille. Je ne vais tout de même pas le menacer de l'étriper s'il ne veut rien me raconter ! Quoi que…

– Je n'aime pas Noël, commence-t-il.

– Ça, j'avais remarqué.

On n'avait dit plus de sarcasmes, Liv !

Eh merde, il semblerait bien que même ma conscience soit du côté d'Austin. Le sarcasme est ma façon d'alléger les problèmes. C'est rarement bien reçu par la population, mais bon sang, ça fait du bien !

Son regard est signe de désapprobation, mon humour a fait un couac, tant pis.

– Ces deux dernières années, Noël n'a pas été synonyme d'amour, de partage et de bonheur pour moi.

Est-ce que je devrais lui dire que je le sais ? Que Holly m'a déjà tout raconté ?

Je préfère qu'Austin se sente à l'aise, après tout, s'il se confesse c'est qu'il a une certaine confiance en moi, sinon il ne le ferait pas.

– J'étais amoureux d'une nana super quand nous étions en dernière année à l'université. Allison n'était pas dans la même fac que la mienne, nous nous sommes rencontrés à une réception de fin d'année avant les vacances, elle était souriante et joviale, j'étais jeune et passionné, je pensais que ça durerait éternellement. Jusqu'à ce qu'elle préfère s'envoyer en l'air avec mon meilleur ami, gronde-t-il en serrant les poings sur ses genoux.

La trahison est encore lourde sur son cœur. Peut-être ressent-il même encore de l'amour pour Allison, leur rupture reste malgré tout récente, deux ans dans une vie ce n'est qu'une respiration ou un battement d'ailes. L'aime-t-il toujours ? Aimerait-il renouer avec elle ?

– C'était il y a deux ans. Ensuite, le boulot a pris l'essentiel de la place dans ma vie, puis l'année dernière, nous avons fêté Noël en famille chez Alexis et Holly. Ce moment était génial, Tom était émerveillé par le vélo à petites roues qu'il avait demandé, Lia avait eu un iPod rose flashy qu'elle ne quittait plus. Puis le vingt-six, mes parents ont repris la route pour rentrer chez eux. J'étais au boulot. À chaque fin de réception familiale, je fuis les autres. Mais cette fois-ci, c'est la dernière fois que j'ai vu mes parents. Un chauffard ivre qui roulait beaucoup trop vite les a percutés, ils sont morts sur le coup. Il paraît qu'ils n'ont pas souffert. Tant mieux pour eux, ce n'est pas le cas de tout le monde…

Sa voix se fait rauque et l'émotion qu'il fait monter en moi me fait vibrer. Austin essaie d'être détaché, mais il ne trompe personne. Son corps est tendu, tout dans sa posture indique qu'il est submergé par la douleur et j'ose à peine respirer.

– Je n'avais aucune envie de fêter Noël cette année. Alexis et Holly m'ont clairement forcé la main. « Pour mes neveux », qu'ils m'ont dit, mais je sais qu'au fond ils s'inquiètent de me voir si isolé. Alexis n'a pas encore surmonté cette épreuve, mais il est entouré, il arrive donc bien plus à le cacher que moi. Lorsque je t'ai rencontrée, je t'ai demandé de mettre une touche d'esprit de Noël chez moi pour les rassurer. Je t'ai demandé de jouer ma petite copine pour la même raison. Je n'ai pas été honnête avec toi, c'est vrai.

– On ne se connaissait pas, rien ne t'obligeait à me parler de ta peine, de cette douleur et de tout ce que Noël représente de mauvais pour toi maintenant.

– Tu le fais scintiller.

– Pardon ?

– Mon Noël est plus lumineux depuis que tu es là, avec nous, à saupoudrer de ta magie dans chaque recoin de chez moi et de ma vie.

– Je ne fais pourtant pas grand-chose.

– Tu es créatrice de sourires et de souvenirs. C'est déjà beaucoup pour cette année.

Son compliment me touche terriblement. À aucun moment, je n'aurais cru avoir une telle importance pour cette famille. Nous partageons notre Noël cette année, mais également bien plus que cela, nous partageons notre intimité, nos pensées et nos émotions, nous partageons nos êtres en quelque sorte. Ce que tout un chacun tente de dissimuler au reste du monde, par protection ou par intégration, pourtant tous ensemble nous restons naturels et nous nous apprivoisons. Austin n'est plus cet homme un peu trop con et détestable à mon goût, croisé un jour comme un autre, et rien que cette idée me fait l'apprécier davantage.

Juste l'apprécier ?

– J'avais promis que je ne travaillerais plus, mais c'est plus facile de m'enfermer dans une pièce à l'abri des autres que de me forcer à sourire devant mes neveux et mon frère. J'ai agi comme un con, dit-il avec ce sourire de sale gosse qui lui va si bien.

– Heureusement que la connerie peut parfois se soigner ! me moqué-je.

– Tu m'apprends comment faire ? dit-il en se levant et en me tendant la main.

Je la saisis et il m'aide à me mettre debout, toujours avec ce même sourire. Je sens qu'il va ajouter quelque chose. Un léger silence plane dans le bureau, puis des bruits sourds nous parviennent, suivis d'un cri enfantin. Nous nous précipitons pour rejoindre Tom et Lia, inquiets.

Dans la cuisine, c'est un véritable capharnaüm, il y en a partout ! Il semblerait que les enfants aient eu envie de préparer des chocolats chauds pour le goûter, une charmante attention si l'on met de côté la cuisine dans un sale état et Tom, trop gourmand, qui s'est coincé la langue dans le fouet plein de chocolat. Lia, pas perturbée pour un sou, les poings sur les hanchent, lui fait une leçon de morale avec son petit air de « maman avant l'heure ». Face à cette scène, je ne peux réprimer mon rire, bientôt imitée par Austin, hilare. Les deux enfants nous regardent, l'air un peu choqué, du style « mais pourquoi ils rient ceux-là ? », ce qui fait redoubler notre fou rire alors que Tom a la bouche ouverte, la langue toujours coincée dans le fouet.

– *Ché* chaud, *cha* fait mal ! pleurniche Tom.

– On va devoir te couper la langue maintenant, le prévient Lia avec une moue de petite peste.

– Lia… gronde Austin.

Ce petit rassemblant familial dans la cuisine me fait beaucoup rire, j'ai l'impression de me revoir enfant avec mes cousins et cousines et tous ces moments passés à nous chamailler et à mettre les autres dans de mauvaises postures face aux parents. Faire des bêtises, c'est quand même le meilleur passe-temps lorsqu'on est gamin !

Austin s'approche de Tom et écarte les tiges en fer du fouet pour libérer la langue du petit garçon alors que Lia a déjà commencé à tout ranger et nettoyer après avoir récupéré l'éponge dans l'évier. Bon Dieu, est-ce que tous les gamins sont aussi obéissants ? Non, parce que sinon, je signe tout de suite… À moins que ce ne soit Austin qui ait juste un super pouvoir sur ses neveux. Du moment qu'il est là avec eux, ils écoutent tout ce qu'il leur dit.

Ça me paraît tout à fait plausible comme hypothèse !

Alors que je rêvasse, les bras croisés, mon portable sonne dans la poche arrière de mon jean au moment même où Austin m'envoie un essuie-mains dans la tête et se marre.

– Tu es dans la lune. Ton téléphone sonne et ta sonnerie est une chanson horrible, se moque-t-il.

Oui, ma sonnerie s'adapte aux périodes de l'année. Oui, en ce moment c'est *Have yourself a merry little Christmas*. Oui, j'aime Noël jusqu'au bout des ongles, même jusqu'à ma sonnerie ! Et, oui, je l'emmerde. Je le lui dirais bien, mais vu comme il se marre, c'est peine perdue, je ne gagnerai pas cette bataille. Il peut critiquer autant qu'il le veut.

Je me saisis de mon portable et sors de la cuisine en décrochant sans vérifier l'identité de la personne qui m'appelle.

– Allô ?

– Ma puce ?

– Maman ? Comment tu vas ?

– Et toi, ma chérie ? New York, c'est comment ? Nous sommes désolés de ne pas t'appeler plus, mais ici, le réseau, ce n'est pas ça.

– Ce n'est rien. Tout va bien, la ville est magique et recouverte d'un manteau blanc ! Ça faisait si longtemps que je n'avais pas vécu de Noël recouvert de neige, puis comme je te l'ai dit dans mon dernier mail, je me suis liée d'amitié avec une famille adorable qui m'a proposé de passer Noël avec elle pour éviter de le fêter seule.

Menteuse…

La bonne vieille rengaine du « mentir, c'est mal, Pinocchio avait le nez qui s'allongeait pour ça, et le père Noël va te mettre sur la liste des enfants méchants et pas sages » me turlupine. Un instant. Puis je me dis que raconter les détails de ma rencontre avec Austin, de mon manque de chance avec la réservation, du mensonge de la fausse petite amie et du fait que mon cœur s'éveille pour un homme que je quitte dans six jours n'est pas nécessaire. Ma mère est tout de même maman poule sur les bords, je sais qu'elle pourrait se lancer dans une argumentation en dix volets, avec thèse, antithèse et synthèse – oui, oui, tout est possible avec ma mère ! Alors je préfère ne pas m'étendre sur tout ce qui m'arrive ici, pour elle comme pour moi.

Voulant me mettre à l'écart pour discuter, je pars en direction de la bibliothèque et me cale dans le fauteuil que j'aime tant face à la cheminée.

– Tu ne te sens pas trop seule, ma puce ?

– Ce n'est pas une question que tu aurais dû te poser avant de partir avec papa à cette période ?

– Liv… souffle-t-elle, émue.

« Peau de vache ». C'est l'expression qui me caractérise à ce moment précis. Lorsqu'ils m'ont annoncé qu'ils partaient, je n'ai pas eu de réaction, enfin, pas face à eux. À l'intérieur, je bouillais, j'étais à la fois déçue et en colère. Mais comme toujours, en apparence je ne laisse rien filtrer pour mieux me morfondre en solitaire. C'est frustrant pour mes proches qui ne comprennent jamais pourquoi je me retire et suis ainsi sur la retenue, mais je n'arrive simplement pas à m'ouvrir, j'ai une peur bleue de m'ouvrir aux autres, de leur dire ce que je ressens, de leur dire que je les aime.

Malgré tout, je m'en veux de piquer ma mère ainsi. Je ne veux pas jouer avec sa culpabilité. En définitive, je ne regrette pas qu'ils se soient offert cette escapade en amoureux, je suis ravie pour eux, surtout après les nombreuses années qu'ils ont passées à ne penser qu'à moi et à se priver pour moi. Puis mon Noël promet d'être joyeux et convivial, loin de la solitude que je pensais avoir à affronter.

– Ton père et moi ne voulions pas te blesser.

– Maman, je ne vous en veux pas. Je t'ai dit ça avec une pointe de rancœur qu'en réalité je n'ai plus. Je suis très heureuse que vous soyez tous les deux, loin de votre quotidien, et que vous profitiez de ce Noël un peu spécial pour vous aussi. Je ne regrette pas votre départ ni ma présence ici.

– Tu m'as l'air heureuse et épanouie, Liv. Ça faisait longtemps que je n'avais pas entendu ce sourire dans ta voix.

Ma mère m'émeut. Elle a raison, depuis des mois je suis bougonne, je broie du noir et je m'isole petit à petit. Qu'elle constate que j'ai changé et que je vais mieux me serre le cœur, car, en effet, je me sens mieux, je me sens plus heureuse et bien loin des tracas du quotidien.

– Comment c'est le tour de la Méditerranée ? Papa aime ?

– Ton père passe son temps à siroter des cocktails et à prendre des photos, il aime tout autant que moi ! Pour le réveillon, nous serons en Grèce, dans les Cyclades.

– Ce sera magnifique, je n'en doute pas. Plus chaud que là où je suis, fais-je remarquer en riant.

– Ce n'est pas bien compliqué ! Et, dis-moi, as-tu rencontré un bel homme ? Est-ce à lui que nous devons cette bonne humeur ?

Je l'attendais celle-là !

Ma mère est une incorrigible curieuse et amoureuse de

l'amour. L'un de ses plus grands rêves est très probablement de me voir en couple, heureuse et avec des enfants à cajoler. Je pourrais mentir, encore, mais elle me connaît trop bien pour me croire. Elle m'a faite, après tout ! Je ne peux donc pas lui cacher cela, elle a le droit de savoir ce qui touche actuellement mon cœur.

– Il se pourrait bien que oui.

– Oooooh ! s'exclame-t-elle. Il faut que tu m'en dises plus.

– Que nenni, grande curieuse !

– Mais enfin, je suis ta mère !

– Justement ! Je te connais, tu ne vas pas me lâcher. Mais ne te fais pas d'idées, il n'y a rien.

– Ma puce…

– Bon, maman, je dois te laisser, j'ai des boules à neige à confectionner avec les enfants. Je t'embrasse fort, fais un bisou à papa pour moi. On se rappelle le vingt-quatre, d'accord ?

Nous nous envoyons un dernier bisou avant de raccrocher. Mes parents me manquent, mais d'un manque qui réconforte plus qu'il ne fait de peine. Notre conversation m'a rappelé à quel point il est important d'être entouré et aimé, même si les proches ne sont pas toujours si proches que cela. Sans mauvais jeu de mots.

Chapitre 22

– Alors, comment on fait ? demande Austin, curieux.

Pendant ma conversation téléphonique avec ma mère, lui et ses neveux ont rangé et nettoyé toute la cuisine, et ont même servi le goûter en prime. Du chocolat chaud et nos petits biscuits faits avec amour. Quand je les ai rejoints, nous avons mangé en papotant, puis Tom, ne tenant plus, a réclamé l'atelier boules à neige.

Alors, je me suis prêtée au jeu et j'ai sorti tous les ingrédients pour nos petites créations. Des pots en verre – le plus souvent, je prends des pots à confiture –, de la neige artificielle, des paillettes, des petits personnages, un mélange de rennes, de bonshommes de neige, d'animaux de la forêt et également un père Noël. Et j'ai rassemblé tout cela sur la table basse du salon.

Nous nous sommes installés en cercle, j'ai donné mes consignes, puis chacun de nous a sélectionné ses figurines.

– Tu faisais souvent des boules à neige quand tu étais petite, Liv ? me demande Tom alors que nous sommes toujours en pleine activité manuelle.

Il est en train de coller un petit sapin à côté d'un père Noël sur le couvercle d'un pot à confiture. Lia et Austin sont également tous les deux concentrés sur leur tâche.

– Non, Tom, je n'en faisais pas souvent, mais tous les ans avec ma maman on créait une décoration. Un petit peu comme une tradition.

– Et tu as déjà créé quoi ? m'interroge Lia qui se mêle à la conversation.

– Une année, alors que j'étais encore au lycée, ma maman avait récupéré de grandes branches de sapin et on avait conçu une décoration murale avec des rubans dorés et des boules rouges. L'ensemble était super mignon une fois accroché sur la rambarde de l'escalier.

– Wouah…

– Quoi d'autre ? Quoi d'autre ?

L'excitation de Tom m'arrache un rire, mais je me reprends pour lui répondre. Comme tous les enfants, lui et sa sœur sont friands d'anecdotes et de traditions.

– J'ai fait des sapins avec des serviettes vertes, une fois. C'était la galère, j'ai bien dû bousiller une petite dizaine de serviettes avant d'y arriver !

– Mais ça devait être trop canon ! s'extasie Lia.

– Pourquoi tu ne proposes pas l'idée à Holly ? C'est elle qui gère la décoration de la table et je suis sûre que ça pourrait lui plaire. Enfin, si tu as envie de te mettre au pliage !

– On pourra t'aider avec Tom.

– Oui, pourquoi pas, c'est une bonne idée. La table est parée dans des couleurs traditionnelles ?

– Oui, on a voté avec papa ! Et l'année dernière, c'était orange et doré !

– La table devait être très belle.

– Moi, je préfère quand c'est rouge comme le père Noël !

– Tu as bien raison, mon petit Tom, moi aussi. Au moins on est sûr qu'il va venir !

Austin me fait un clin d'œil et chacun reprend la confection de sa boule à neige. À un moment, quand il faut coller un peu de neige sur le socle pour une ambiance plus hivernale, Tom éternue et envoie de la neige artificielle partout. Nous rions tous de bon cœur avant que cela ne dégénère et parte en « soufflage de neige ». Ça ne se dit pas ? Tant pis ! C'est très drôle et mes longs cheveux bruns se retrouvent couverts de petits flocons lorsqu'Austin m'attrape et que les enfants m'entourent.

Chaque moment passé avec eux est un véritable bonheur, je me sens revivre petit à petit. Adieu la nana blasée par l'existence, je redeviens chaleureuse et ça fait du bien, bordel !

– Et maintenant ?

– Maintenant, Lia, on verse de l'eau déminéralisée dans le bocal et on y ajoute la glycérine.

– J’en mets beaucoup ?
– Vu le contenant, une cuillère à soupe, pas plus.
– Je peux mettre les paillettes ? me demande Tom.
– Bien sûr. Et toi, Lia, plutôt paillettes ou neige ?
– Neige !

En suivant les consignes à la lettre, chacun de nous termine sa jolie boule à neige avec application. Austin propose de les disposer sur le rebord de la cheminée pour parfaire la décoration et il n’en faut pas plus pour enchanter les enfants. Nous déposons nos boules simultanément, et quand sa main frôle la mienne, notre contact m’électrise. Avec une délicatesse incroyable, Austin me serre la main et la porte à ses lèvres pour y déposer un doux baiser. Ses lèvres sont chaudes, mon corps s’apprête à entrer en ébullition. Dans son regard, les lumières des guirlandes clignotantes ornant la cheminée scintillent.

Mon pouls s’accélère, je suis tout sauf imperturbable. Je me sans flancher devant la puissance de son regard, tout ce qui émane de lui m’appelle à la passion. Son sourire canaille révèle une petite fossette. Bon sang, il ne m’en faut pas plus pour perdre mes moyens. Moi, la nana au cœur dur, je fonds comme un nounours à la guimauve. Mon Dieu, que je suis faible… Ou alors c’est lui qui est plus hypnotisant que le soleil.

Il réitère son geste, mais cette fois-ci au creux de ma main. La pulpe de ses lèvres caresse ma paume, y envoyant chaleur et sensualité.

Plus que sensuel, Austin devient sexuel avec pourtant un geste aussi discret et chaste, tout mon corps s’emballe et s’anime d’un feu ardent. Je mords ma lèvre inférieure, incapable de rester stoïque.

– Tu… commencé-je.
– Chut… m’arrête-t-il.

Les enfants ont déserté jusqu’à leur chambre il y a bien longtemps et je m’en félicite. J’ai l’impression que je prends part à une scène hautement déplacée et inappropriée pour des enfants de moins de dix-huit ans. D’un regard extérieur, il ne se passe rien de spécial. Mais à l’intérieur, je me sens transportée par des promesses muettes.

Tout doucement, Austin se rapproche de moi. Je peux presque sentir sa chaleur corporelle. Son odeur m'enivre. Son regard glisse sur le creux de mon cou, sur mes épaules nues par mon pull. Son souffle touche presque ma peau à chacune de ses respirations. Du bout des doigts, Austin caresse ma joue. Puis il glisse une mèche derrière mon oreille, m'adresse un sourire, et je fonds un peu plus. Si c'est encore possible.

– Tu veux bien faire quelque chose avec moi, ce soir ? chuchote-t-il.

– Quoi donc ?

– C'est une surprise.

Je meurs d'envie de dire oui. Je meurs d'envie qu'il m'embrasse, qu'il me prenne dans ses bras.

Bordel, tu vas m'embrasser, oui ?

À la place, je souris bêtement, car Austin me propose un rendez-vous. Enfin ça y ressemble, non ? Il est doux, gentil et sensuel, et il me propose une sortie, ça m'a tout l'air de valider les célèbres critères du rencard avec un mec ultra-canon.

Bon sang, j'ai un rencard avec Austin !

Enfin, si je lui donne mon feu vert pour cette fameuse surprise.

– C'est d'accord.

– On dirait bien qu'on a un rendez-vous alors. On se retrouve après le dîner dans le hall ?

– OK.

Mes réponses sont dignes d'une gamine de sept ans, c'est pitoyable et désespérant, mais je suis dans l'incapacité de faire mieux. Il m'hypnotise et me rend totalement stupide. Son sourire de voyou me laisse penser qu'il a connaissance de l'état dans lequel je suis, et qu'il en est satisfait. Sa touche d'arrogance revient en force, et alors qu'il se penche vers mon oreille pour me murmurer quelque chose, la porte d'entrée claque.

– C'est nous ! annonce Alexis.

– Qui d'autre pour nous casser les noix ? souffle Austin en réponse à son frère qui ne l'entend pas.

Je pouffe de rire avant de m'éloigner de lui pour me reprendre. Comme si de rien n'était, Austin rejoint son frère et

Holly et entame une conversation à laquelle je ne prête aucun intérêt, encore trop perturbée par ce qu'il vient de se passer.

***

Comme convenu, après le repas, chaudement vêtue de ma doudoune, de mon écharpe et de mon bonnet, j'attends qu'Austin me rejoigne pour m'emmener je ne sais où. J'appréhende légèrement et cela me rend tremblante. La boule au ventre, je croise et décroise mes mains pour me détendre, en vain. J'ignore ce qu'Austin me réserve mais il me tarde d'en savoir plus. Il a bien précisé qu'il s'agit d'une surprise, mais de quel type ? Ma présence dans cette ville est déjà une surprise en soi ! M'a-t-il fait un cadeau de Noël ? Je serais très touchée de cette initiative. J'ai moi-même réservé dans une boutique une petite attention à lui glisser sous le sapin pour le remercier pour tout ça, et parce que cela me faisait envie.

Sous mes couches de vêtements, je commence à transpirer en l'attendant, il fait bien chaud dans le manoir et la transition avec l'extérieur va être coriace.

– Prête ?

Face à moi se tient Austin avec son trench-coat motif prince-de-Galles et son écharpe rouge. Ce petit ajout de couleur le rend incroyablement beau. Il ose sortir de sa zone de confort, on dirait l'éclosion d'un nouvel homme. Il est souriant et me tend son bras auquel je m'accroche sans hésitation.

– Où allons-nous ?

– Tu as un problème avec les surprises ?

– Pas particulièrement.

– Un souci d'impatience chronique alors ?

– Non.

– Une curiosité hors norme ?

– Sans doute, ris-je en comprenant exactement où il voulait en venir.

– Dans ce cas, il te faudra attendre de le découvrir par toi-même !

– Entendu.

Pour une fois, nous ne prenons pas sa voiture, mais hélons

un taxi. Avec galanterie, Austin m'ouvre la portière et me fait monter, toujours sans m'en dire plus. Il indique une adresse très précise au chauffeur de sorte que je ne puisse pas deviner où nous allons. Il pense à tout et ma frustration est à son comble.

En éliminant les possibilités, j'en arrive au fait que ce n'est pas un rendez-vous galant habituel. On a déjà mangé, donc pas de resto. Il fait nuit et il est vingt heures, donc les sorties sont limitées même si on est dans la ville qui ne dort jamais.

Par la fenêtre du taxi, j'admire la ville tout éclairée et me laisse aller à ne penser à rien, je me détends.

Lorsque nous arrivons à destination, nous descendons à l'angle d'une rue, des chants de Noël me parviennent et je reconnais les plus emblématiques d'entre eux. Je m'avance vers la source de musique en suivant Austin et ce que je découvre me coupe le souffle.

Le Rockefeller Center. Son sapin est immense et grandiose ! Des boules rouges, vertes et dorées le parent et il est magnifiquement illuminé. L'arbre doit mesurer plus de vingt mètres, c'est incroyable ! L'étoile à sa cime brille de mille feux et je suis incapable de faire autre chose que d'admirer sa splendeur comme une enfant conquise par la magie de Noël. Je suis éblouie par ce haut sapin qui domine une vaste patinoire sur laquelle petits et grands se déplacent avec plus ou moins d'aisance. Leurs éclats de rire me font sourire et je me tourne vers Austin.

Il ne contemple ni la patinoire, ni le sapin, ni même les passants. Non, il me contemple moi. Son regard pétille comme les fines bulles d'un grand champagne.

– Tu aimes ?

– C'est magnifique !

– Je me suis dit qu'après tout ce que tu as déjà fait pour nous, c'était à ton tour d'être inondée par la magie de Noël.

– Merci.

Il m'entraîne vers la patinoire, mais rapidement je freine des quatre fers. Il me regarde, moqueur et avec cette touche délicieuse d'arrogance.

– Aurais-tu la trouille ?

– Pas du tout ! Simplement, disons que je ne ressens pas le besoin de montrer mes dons de patineuse.

– C'est donc ton excuse pour me rembarrer ?

– Mais je ne te remballe pas ! Je… euh…

– Tranquille, Liv. Je te taquine.

– Tu as un don pour ça, c'est sûr !

– Allez, viens, j'ai un plan B.

Il m'attire à lui et nous marchons à grandes enjambées vers un building monumental. Toute cette immensité va finir par me faire perdre la tête ! Déjà que la tour Eiffel me paraissait gigantesque…

Nous entrons dans une tour, prenons un ascenseur interminable et je comprends enfin. Nous allons au Top of the Rock, l'observatoire offrant la plus belle vue sur New York.

Trois terrasses à différents étages offrent un panorama superbe et à 360°. Austin prend un petit escalier étroit et presque caché qui nous mène jusqu'à la troisième terrasse, et je le suis. Aucune vitre ni grille pour gâcher la vue. J'ai littéralement l'impression d'être sur le toit du monde. Et quel monde…

D'ici, tout New York se dévoile. Le sapin, juste en dessous, paraît soudain bien moins pharaonique, les patineurs ne sont que de minuscules points noirs en mouvement, et l'Empire State Building se dresse fièrement. Sous le vent glacial, je frissonne. La vue est dingue, mais bordel, qu'est-ce qu'il fait froid ! Sans un mot, Austin retire son écharpe et me couvre les épaules avec.

– Tu vas congeler sur place, lui fais-je remarquer.

– Pas tant que mon rayon de soleil est à proximité.

Mayday, mayday, mon cœur veut sortir de ma poitrine ! Y a-t-il une raison pour qu'il me dise cela ? Est-ce simplement une preuve de gentillesse ? À moins que ce soit un tantinet plus profond.

– Comment trouves-tu la vue ? m'interroge-t-il.

– Impressionnante ! Je t'avoue que je ne préfère pas trop regarder en bas, je me sens un peu aspirée, ou totalement paralysée, mais la vue horizontale est splendide.

– Il faudra revenir de jour pour que tu l'admires à un moment différent.

Alors que je commence à claquer des dents malgré l'écharpe qu'il m'a prêtée, Austin se rapproche de moi et colle son torse à mon dos tout en m'enlaçant. Je ne peux plus bouger. Mais ce n'est pas comme si j'en avais envie. Sa chaleur m'enveloppe avec douceur, son parfum imprègne mes vêtements, sa barbe frôle ma joue et je me sens défaillir. Encore.

– Tu viendras avec moi ? lui demandé-je.

– Toujours.

Ma respiration s'accélère. Je sens les mains d'Austin frictionner mes bras et son souffle chaud glisser sur ma peau. Un contact humide et tendre nous relie lorsqu'il pose doucement sa bouche dans le creux de mon oreille.

Comment sait-il que cette zone de mon corps est l'un de mes points faibles ? On lui a filé mon manuel ou quoi ?

Ses lèvres déposent de petits et chauds baisers sur ma peau, comme une abeille butinant une fleur. N'y tenant plus, je tourne mon visage vers lui et plonge mon regard dans le sien. Je me sens envahie par tout un tas de sensations et d'émotions. Dans le regard d'Austin, je lis autant d'impatience que celle que je ressens, autant de passion coulant en rivière dans nos corps, autant de paroles non dites et gardées pour nous.

Mais plus maintenant. Maintenant, il n'y a que de la spontanéité.

La tension est palpable, et lorsque nos lèvres se touchent, elles ne se décollent plus. Nous partageons notre air, notre baiser est tendre avant de devenir plus passionné, plus acharné, comme si son interruption sonnait la fin de cette liberté, la fin de cette attirance mutuelle.

Mon corps se tourne complètement face à Austin, ses mains plongent dans mes cheveux, sa chaleur se diffuse dans tout mon être déjà palpitant. Mes lèvres s'entrouvrent et sa langue se met à jouer avec la mienne, subtilement d'abord, puis plus passionnément. J'ai l'impression de revivre. Ce baiser, dont j'avais envie depuis longtemps, me transporte, me fait frémir d'aise. Embrasser Austin, c'est comme reprendre goût à l'amour.

Mon Dieu… je suis en train de tomber amoureuse de cet homme si surprenant, si touchant, si passionné !

Par manque de souffle, il arrive un moment où nous nous séparons, ce qui m'arrache un gémissement de déception.

– Je pourrais passer mon temps à t'embrasser, souffle-t-il tout en me caressant la joue.

– Alors, pourquoi t'arrêter ?

– Petite insatiable, se moque-t-il avec ce sourire canaille que j'aime tant.

Et voilà que je conjugue le verbe aimer à toutes les sauces...

Mon sourire de petite fille sage ne semble pas le convaincre puisqu'il se met à rire. Il me taquine le bout du nez, puis nous replongeons dans un baiser qui vaut mille paroles.

– Nous devrions rentrer, finis-je par dire, bien que je n'en aie pas du tout envie.

– Le faut-il vraiment ?

– C'est plus raisonnable.

– Et si je n'ai pas envie de l'être ?

Oh là là, il me rend dingue !

Le petit démon qui sommeille en moi n'a aucune envie d'être raisonnable, mais alors vraiment aucune ! Il ne faut pas me dire ça. Pourtant, la partie de moi qui est cette nana respectueuse et patiente, qui se méfie des autres, se liquéfie à l'idée de tenter quelque chose d'inconsidéré, de fou, de non raisonnable.

Je souris à Austin et, comme les mots me manquent, je dépose un baiser sur sa joue rendue rugueuse par sa barbe. Son étreinte se resserre un peu autour de moi, puis nous admirons la vue encore un long moment.

J'ai ce double sentiment qui pousse en moi, cette satisfaction grandissante d'être bien dans les bras de cet homme et cette angoisse que tout s'arrête précipitamment qui me submerge jusqu'à la noyade.

De quel côté va pencher la balance ?

Chapitre 23

Ce matin, en me réveillant, ce n'est pas un sourire qui illumine mon visage, mais le bonheur lui-même. Encore dans les brumes du sommeil et de ma soirée d'hier en compagnie d'Austin, je suis bien et heureuse. Je repousse ma couette, attrape rapidement mon sweat que j'enfile, puis je me regarde dans le miroir et dresse, comme tous les matins, mon épi.

Qui a dit que seuls les hommes avaient des épis matinaux ? Quel mensonge !

Pas entièrement convaincue par mon rattrapage capillaire, je noue mes cheveux en une queue-de-cheval, puis je descends directement à la cuisine et retrouve tout le monde sauf Austin. Les enfants mangent leur bol de céréales – hyper sucrées et certaines ont même un goût de cannelle, c'est étrange ! –, Holly sirote son thé noir de Noël à l'orange et Alexis lit le Times à ses côtés.

– Hello, tout le monde ! les salué-je en me dirigeant vers la machine à café pour me faire couler un cappuccino.

– Bien dormi ?

– Très bien et toi, Alexis ?

Il échange un petit sourire complice avec sa femme, puis il me répond par l'affirmative. Oh, on dirait qu'ils ont passé une bonne soirée et nuit, en effet. Dos à l'entrée, je leur fais face et porte le café à mes lèvres.

– Qu'est-ce qu'on fait aujourd'hui ? me demande Tom.

– Je ne sais pas, il faut voir avec vos parents et votre oncle.

– Papa, maman, on fait quoi aujourd'hui ?

– Je ne sais pas, mon trésor. On va déjà attendre Austin.

– Je suis là !

Quand on parle du loup…

Un peu gênée, je reste concentrée sur mon café, les mains autour de ma tasse pour me réchauffer. Soudain, je sens la présence d'un corps chaud derrière moi, Austin passe ses bras autour de mes hanches et m'embrasse dans le cou, me surprenant. Il m'embrasse devant tout le monde, alors que nous n'avons eu aucun geste de tendresse ou de démonstration d'affection en public jusqu'ici et que les membres de sa famille sont désormais tous au courant – sauf les enfants – que nous ne sommes pas un véritable couple.

Mon cœur loupe un battement quand je me dis que c'est sans doute sa façon de rendre notre début de relation plus officiel, y compris aux yeux des siens. Le rouge me monte aux joues et Holly me jette un de ces regards signifiant « alors comme ça, il n'y a rien entre vous, hein, ma petite ? Tu te fourres le doigt dans l'œil ». Alexis balance une vanne que je n'écoute pas à l'attention de son frère, puis Austin se détache de moi pour aller prendre son petit déjeuner.

On dirait que la journée commence bien !

Lia sautille de joie, comme si ce à quoi elle venait d'assister était un cadeau de Noël, et Holly me sonde, attentive à la moindre de mes réactions.

– Bon, on fait quoi aujourd'hui ? insiste Tom.

– On pourrait regarder des films de Noël ! Il y en a un nouveau qui est sorti sur Netflix, propose Lia

– Et après, Lia ?

– Il a beaucoup neigé cette nuit, intervient Austin, on pourrait aller à Central Park et en profiter pour faire des bonshommes et des anges de neige.

– Oh oui ! Oui ! Oui ! s'exclame Tom, le regard brillant, alors qu'Holly propose d'y aller directement et de garder le moment canapé et plaid pour cet après-midi.

Des cris de joie retentissent encore et la petite touffe brune part à toutes jambes se brosser les dents, puis s'habiller. Comme lui, je monte me changer. Un pull en mailles vert émeraude, un jean *skinny* noir, mes bottes fourrées. Quand je redescendrai, je récupérerai bonnet, gants et écharpe, et je serai parée pour la sortie à la neige. La sortie de la citadine à la neige, corrigeons, c'est plus crédible.

On toque à la porte de ma chambre.

– Entrez !

Poussant la porte, Austin entre et prend place dans cette vaste chambre qui est la mienne et qui devient tout à coup bien petite. Il est beau. C'est la première idée qui me frappe. Il a troqué son pyjama – qui le mettait tout autant à son avantage, soit dit en passant – contre un jean brut et un pull beige en cachemire à col châle. Le summum de l'élégance.

Ses mèches de cheveux brunes sont en bataille, ses joues sont légèrement plus rouges que d'habitude et son regard est intense.

– Je suis presque prête, juste une touche de parfum et j'arrive.

– Ne te presse pas, Tom cherche ses gants avec lesquels il a apparemment joué à cache-cache.

Son rire est contagieux et je glousse en imaginant Tom bouder et râler.

Puis un silence s'installe entre Austin et moi. Pourquoi est-il venu me parler ? Je redoute les longues conversations sérieuses, ça me met toujours mal à l'aise, et par panique je cède à mon humour pourri qui convient rarement à la situation.

Que va-t-il me dire ? Au fond, il faut bien que cette conversation ait lieu. Nous nous sommes embrassés à en perdre haleine hier soir, puis ce matin il a recommencé devant sa famille, officialisant l'existence d'une relation entre nous. Mais de quel type de relation ? Courte ? Longue durée ? Je repars dans quelques jours à peine, cinq pour être totalement précise. Est-ce judicieux d'avoir une idylle de cinq jours ? Mais surtout, est-il possible que je n'y laisse pas des plumes ?

L'angoisse monte et mon corps se contracte.

– Liv, je ne voulais pas te gêner tout à l'heure au petit déjeuner.

– Je ne l'étais pas, Austin.

– En fait, ça m'est venu naturellement après notre soirée d'hier, et comme nous sommes en couple aux yeux de ma famille, ça ne pouvait pas choquer. Notre absence de contacts devait intriguer davantage, me fait-il remarquer.

Donc Holly n'a rien dit, du moins pas à son beau-frère, et

c'est la raison pour laquelle il ne semble pas marcher sur des œufs comme moi. J'ajouterais bien quelque chose, mais pour dire quoi ?

Pour creuser moi-même la conversation sur la solidité de notre… relation ?

– J'ai passé une excellente soirée avec toi, soufflé-je dans un aveu discret.

Austin s'approche de moi et je sens le contact chaud de sa main courir le long de mon bras, sur mon pull. Je ferme les yeux un instant, profitant de son geste pour m'imprégner des sensations qu'il provoque. Abruti de cœur qui danse le chachacha ! Je n'arrive même pas à penser sereinement.

– Pour moi aussi, cette soirée était très agréable. C'était ma meilleure soirée depuis un bail.

Je rouvre les yeux. Il est si proche de moi que c'en est déstabilisant. Tout mon être est tourné vers lui, autant physiquement que mentalement.

Ses mots me touchent en plein cœur et je me sens rougir de plaisir de façon incontrôlable. On dirait une gamine de quinze ans face à son premier *date* ! Ou les nanas cucul la praline – mais dont j'adore suivre les histoires, hein – des téléfilms de Noël où tout est mièvre et dégoulinant de sentiments dignes d'un chocolat chaud avec guimauve !

Bref, *adios* ma carapace de femme impassible et impénétrable. Enfin celui-là si on lui enlève son préfixe c'est pas si grave, voire plutôt avec plaisir… (Im-pénétrable).

– J'ai encore envie de t'embrasser, souffle-t-il à mi-voix.

– Encore ?

– C'est une envie insatiable qui m'obsède. Je veux sentir tes lèvres, ta respiration saccadée, les battements de ton cœur qui s'agitent, ton corps rendu brûlant par mes caresses et mon regard…

Mon Dieu, est-ce possible de se sentir si émoustillée ?!

Je retrouve cette capacité au désir que j'avais perdue, cette dose de chaleur enivrante qui s'empare de lui et le malmène jusqu'à la satisfaction. Je le sens se réveiller, mes cuisses se resserrent sous l'effet des bouillantes paroles d'Austin. J'ai envie de le tenter autant qu'il me tente, d'être son fruit défendu et désiré. Un feu s'anime en moi alors qu'aucun acte charnel n'a encore eu lieu.

– Jusqu'où cette envie pourrait te mener ?

– Au-delà de ce que je peux dire et peut-être de ce que tu imagines.

– J'imagine beaucoup de choses pourtant…

– Comme le fait que je t'embrasse à en perdre haleine ?

Hochement de tête affirmatif.

– Que je caresse ton corps jusqu'à ce qu'il t'embrase ?

Il s'embrase déjà, salette…

Nouveau hochement de tête affirmatif.

– Que je te déshabille avec lenteur pour parcourir de baisers chaque partie de tes formes révélées ?

Bon sang…

Encore un hochement de tête affirmatif.

– Que je vénère ta féminité jusqu'à l'épuisement ?

Bordel, il veut ma mort ?!

Hochement de tête affirmatif.

– Tu m'imagines me délecter du plaisir qui illumine tes yeux, du rouge qui colore tes joues, de tes cheveux en bataille et de ton souffle erratique ?

Ma gorge est sèche. Mon intimité, sortie de son hibernation, palpite. J'ai soudain l'impression que mon corps est entré en canicule.

– Tu as prévu de commencer ça quand ? l'interrogé-je soudain.

Je l'allume. Il n'y a pas d'autres mots ! Ça fait un bien fou de se sentir désirée et désirable, d'être cette femme forte et féminine qui ne rougit pas de l'effet qu'elle peut produire sur un homme, sans en jouer non plus.

Cette part de féminité doit être assumée et revendiquée sans honte. Je n'ai jamais saisi le débat opposant l'homme et la femme sur ce terrain. Un homme qui séduit est un séducteur. S'il collectionne les conquêtes sur son tableau de chasse, il devient un Don Juan, un bourreau des cœurs et, pire, un « vrai homme » – comme s'il en existait des faux – au regard de certains membres de cette espèce masculine dont le cerveau semble être légèrement atrophié. La femme, *a contrario*, est une salope si elle assume sa sexualité, si elle a plusieurs partenaires sur une courte période, si elle aime se glisser sous des draps. C'est injuste, non ?

D'autant que si l'on y réfléchit bien, pour que le mec puisse tirer son coup, il lui faut bien une fille ou un mec. Mais elle doit avoir le rôle de la pleurnicheuse, de l'amoureuse éplorée, de celle qui va désespérément attendre le coup de fil du mec pour la revoir. Un coup de fil qui, trois fois sur quatre, n'arrivera jamais. Soyons honnêtes. Donc l'homme peut être un loup pour la femme, un prédateur, mais la femme ne peut jamais être une prédatrice, elle doit toujours être la brebis.

Et il y a encore des crétins pour croire à ce genre de stupidités archaïques ? C'est que l'homme régresse, heureusement la société évolue du bon côté.

Assumant ma féminité, je glisse ma main le long du torse d'Austin et le caresse avec sensualité. Sa chaleur traverse son pull jusqu'à mes doigts. Ne me retenant plus, je l'embrasse avec ferveur et je sens ses mains sur moi prendre possession de mon âme.

– On est prêts ! On vous attend ! crie Holly depuis le salon.

Merde ! Je les avais oubliés.

Un soupir ressemblant plus à un grognement s'échappe de la bouche d'Austin. Je suis de la même humeur que lui. Frustrée et boudeuse. Mais il faut se rendre à l'évidence et calmer le feu que nous avons allumé entre nous.

– Il faut qu'on descende, dit-il, le regret pointant dans sa voix.

– Je crois bien, oui…

Nous nous séparons et nous reprenons nos esprits avant de rejoindre sa famille pour une promenade matinale dans Central Park.

L'air est froid, les filles sont tellement emmitouflées dans leurs immenses écharpes, un bonnet sur la tête, qu'on croirait presque qu'elles portent une cagoule. Tom est assis comme un roi sur les épaules de son père et chantonne *Mon beau sapin*, en français. C'est moi qui ai commencé à lui apprendre cette chanson. Depuis, il répète en boucle le refrain et son petit accent américain me fait craquer. Ce gosse est tellement chou ! S'il parle français plus tard, je sais d'avance qu'il va en faire craquer plus d'une, ce petit bourreau des cœurs. Cela fera la fierté d'Alexis, mais pas sûr que cela plaira à cette mère louve qu'est Holly.

Nous nous organisons une compétition du plus beau bonhomme de neige, en binômes bien sûr : les parents ensemble, Austin et Lia, puis Tom et moi. À la fin du concours, notre création est de loin le plus beau. Son sourire, aussi édenté que celui de Tom, est fait avec de petits bouts de bois, ses yeux avec deux cailloux, ses oreilles avec des feuilles mortes et deux branches forment ses bras. Voilà comment est né notre bonhomme, Winter. Le nom, c'est moi qui l'ai choisi, mais Tom l'a validé.

Les autres cèdent finalement devant la bouille de ce garçon d'un mètre vingt-cinq. Mon allié fait fondre tout le monde.

Puis, Austin saute dans la neige et commence à agiter les jambes et les bras, faisant un ange de Noël. Les enfants adorent son idée et l'imitent bien vite. Holly et Alexis aussi d'ailleurs. Tout comme moi.

Ensuite, comme on se les gèle, je propose à la petite équipe d'aller boire une boisson chaude et de goûter. Holly connaît une adresse à proximité et jure que c'est l'une des plus cosy, surtout à cette période de l'année.

Sur le chemin, Austin marche à mes côtés, nos épaules se touchent presque, mais il ne me prend pas la main comme le fait chaque couple que nous croisons. Il se contente d'être présent, d'être à côté et de me parler. J'ai envie de le remercier pour cela. Je suis encore un peu gênée d'avoir certains gestes, certains contacts devant les autres. Il le sait, il le comprend et, mieux que cela, il le respecte.

Lorsque nous rentrons après cette longue matinée, la petite collation s'étant transformée en brunch, la petite famille s'apprête à se mettre devant un film de Noël avec du pop-corn et du lait de poule – le fameux que je n'ai pas encore goûté ! Quant à moi, je monte rapidement dans ma chambre afin de me mettre plus à l'aise en enfilant une tenue confortable, alias un pyjama !

Sur mon lit, j'aperçois un sac noir mat, en papier. Curieuse, je m'en approche pour découvrir ce qu'il renferme. À l'intérieur, je découvre une boîte en carton de petite taille, dans le même coloris que le sac, mais avec le nom d'une marque écrite d'une fine calligraphie : Aubade.

Mais d'où est-ce que ça provient ?

Avec délicatesse, j'ouvre la boîte, encore émerveillée par ce cadeau qui m'est destiné. J'en sors le soutien-gorge ainsi que le tanga assorti de la gamme Aubade à l'Amour. L'ensemble que j'ai demandé au père Noël. Celui sur lequel j'ai flashé depuis un moment déjà. Je n'en reviens pas ! C'est dingue ! Est-ce un cadeau de Holly avec laquelle je suis allée chez Aubade et Victoria's Secret en sortant du ballet Casse-Noisette ? A-t-elle eu cette gentille attention ? Ou alors, ai-je un père Noël secret ? Qui cela peut-il être ? Je rougis de plaisir en examinant plus minutieusement l'ensemble de lingerie.

Il paraît tout à fait à ma taille et je n'ai qu'une envie, c'est de l'essayer. Mais je m'abstiens, désirant avant tout savoir qui est mon père Noël mystère, bien que je pense qu'il a eu l'aide de mère Noël, au moins pour la taille.

Ressortant de ma chambre pour aller me faire un café, je croise Austin sur mon passage. Il a les cheveux ébouriffés et le souffle court. On dirait qu'il sort d'une dure bataille malgré son sourire de canaille.

Devant mon air interrogateur, il m'explique :

– Combat de boules de neige dans le jardin avec Tom.

Il y a bien eu une bataille, j'avais raison. L'imaginer se défendre face au petit garçon têtu et recevoir de la neige dans le cou, sur les jambes et sur le torse ne me laisse pas indifférente. Cela provoque quelque chose d'irrépressible, de sensuel et de viril en moi, cet instinct de fierté, de protection que l'on accorde le plus souvent aux hommes. Mon cerveau, comme mes émotions, s'enflamme et se prête à une danse aussi délicieuse que voluptueuse qui m'entraîne à des kilomètres.

Liv, redescends sur terre !

Je souris à Austin, ne dis rien de plus et m'apprête à repartir.

– Ça t'a plu ?

– Quoi donc ? dis-je en me retournant.

Son sourire se fait plus espiègle et son regard plus brûlant.

– J'ai hâte de te voir dans cette dentelle.

Alors, c'est lui, mon père Noël secret !

– Je ne pensais pas le père Noël si coquin…

– Il ne faut pas le sous-estimer, puis tes petites fesses seront à croquer dans ce tanga !

Je pique un fard. Ses yeux de braise me font frissonner. Ses paroles pas si subtiles promettent tant de choses et son comportement est à la fois sensuel et attentionné. Austin, par son cadeau, a voulu me faire plaisir, me conquérir délicatement, et il ça a fonctionné !

Mon cœur se met à danser une valse aussi douce que romantique lorsqu'Austin agit ainsi, puis il se lance dans un tango endiablé lorsqu'il m'allume aussi rapidement qu'une allumette. Il est le briquet de mon corps, la flamme de mon cœur. Combien de temps pourrai-je tenir avant de me brûler totalement ?

Chapitre 24

Le grand jour est arrivé et je ne parle pas de mon mariage, hein, mais bel et bien du Noël blanc à New York. Nous sommes le vingt-quatre décembre. Quand je me réveille ce matin, après le temps qu'il me faut pour émerger du sommeil et sortir la tête de la couette, les cheveux en pagaille, mon cœur est gonflé de bonheur et de paillettes. C'est le réveillon et je suis comme une gamine, un sourire béat aux lèvres. Que j'aime ce jour si magique ! Que je suis heureuse de le passer ici ! Et mon lit douillet me rappelle qu'une fois de plus, je vais passer une belle journée aux côtés d'Austin.

Une véritable adolescente romantique...

Par certains côtés, je me sens maladroite dans mes émotions, je suis d'ordinaire si méfiante et pourtant, cette fois-ci je me jette presque à corps perdu comme une dératée dans ces si précieux jours sans penser au lendemain et à l'après. Sans penser à ce qu'il se passera dans trois jours. Je repousse loin cette idée.

D'en bas, de la cuisine sûrement, j'entends le volume des chants de Noël augmenter et je comprends vite que les enfants sont debout et fidèles à eux-mêmes. Ils sont surexcités par cette journée. Tel un ours, grognant à cause de la différence de température et repoussant la couette, je me lève, enfile mes chaussons et un pull tout doux pour descendre les rejoindre. Une délicieuse odeur de pancakes embaume la cuisine et fait gargouiller mon estomac de bon matin. Tout le monde est là, à chantonner et sourire. Y compris Austin, un beau sourire sincère aux lèvres. Il me fait tellement craquer ! Lorsque son regard croise le mien, je m'embrase et il me sourit de plus belle. *Zut alors !* Ce sourire pourrait carboniser la culotte d'une nonne !

Liv, un peu de respect, à minuit, ce sera la naissance de Jésus...

Tom me saute dans les bras et me fait un gros bisou tout en me chuchotant à l'oreille le plus beau des « demain, c'est Noël ». Ce petit bonhomme est de loin mon coup de cœur de cette folle aventure, lui aussi a su rallumer les étoiles dans mon cœur et dans mon âme.

Une sonnerie de portable retentit. Celui d'Austin. Son attention se concentre dessus et son regard se ferme, son corps se crispe et il part sans une explication dans une autre pièce, nous tournant le dos dans un claquement de talons.

– Quelle mouche l'a piqué ? s'interroge Alexis.

Dans la mesure où nous n'en savons pas plus, seuls nos haussements d'épaules lui répondent.

Les pancakes sont délicieux et j'en mange tellement – surtout avec cet excellent sirop d'érable – que je pourrais m'arrêter de m'alimenter pour au moins deux jours. Alexis se moque et me fait remarquer que j'ai mal choisi mon moment pour entamer une diète, ce qui nous fait rire, Holly et moi. Ce n'est pas ma faute si les pancakes de sa femme sont un véritable don du ciel, voire un morceau de paradis joliment tombé dans mon assiette !

Après ce petit déjeuner gargantuesque, je savoure la chaleur du plaid que je partage avec Tom et Lia devant la télévision. Ils m'expliquent que c'est un petit rituel du matin de ce grand jour, ça les occupe pendant que leurs parents partent récupérer les commandes de dernière minute pour le repas du réveillon et du vingt-cinq. Tom a gaiement jeté son dévolu sur le deuxième opus de *Maman, j'ai raté l'avion*, et je suis toujours autant à la ramasse, je ne comprends pas grand-chose à ce que dit ce fichu gamin blond.

Je me dis qu'ils doivent tous faire un véritable effort pour me parler si lentement, alors que pour moi c'est si simple de peser et de réfléchir à chacun de mes mots avant de les dire. Si j'avais su, j'aurais écouté ma mère avec plus de soin, j'aurais appris sa flèche du temps et tout le vocabulaire du *Bled* avec lequel elle me bassinait.

Morale de l'histoire : toujours écouter les parents, même

à l'âge con de l'adolescence, ils sont bien plus au courant des choses que nous. Après tout, n'ont-ils pas été adolescents avant nous ? Des erreurs de parcours, ils en ont déjà commis, donc en toute logique ils veulent nous empêcher de faire les mêmes qu'eux.

L'heure du déjeuner arrive vite et nous dressons la table avec rapidité puisque la petite famille a adopté ma tradition de Noël, enfin l'une d'entre elles : le pique-nique du vingt-quatre ! Ce qui est tout sauf un vrai pique-nique d'ailleurs, il s'agit plus du nom que l'on a donné à cette tradition familiale.

Chez moi, ce midi-là, nous mangeons avec beaucoup de convivialité et, au départ, de légèreté. Je précise bien « au départ », car l'idée est de manger peu pour se préserver pour le soir, mais en réalité, le pique-nique est si généreux en bons produits que l'on cède facilement aux fromages et charcuteries de toutes sortes. Sans oublier les cornichons. D'ailleurs, je redoute les cornichons américains. Bizarrement, je ne crois pas du tout à leur grand succès. Tom revient de la cuisine avec les couteaux et les serviettes pendant que Lia apporte les assiettes, les corvées ménagères ne semblent pas un calvaire pour tout le monde.

Tout est très vite prêt. Le pain a été tranché avec soin par Alexis et Holly a déposé une salade de fruits ainsi que les fromages sur la table.

Tom s'installe et déplie sa serviette sur ses genoux.

– Où est Austin ? demande le frère de celui-ci.

– Ici.

Ce dernier, entré sans un bruit, a le visage fermé et impassible. Il s'assoit aux côtés de son neveu sans rien dire.

Les conversations vont bon train et sont chaleureuses, Lia et Tom discutent de ce qu'ils souhaitent découvrir sous le sapin demain matin au réveil, Alexis décrit les qualités que le champagne qu'il a acheté pour ce soir doit avoir, Holly me parle de sa tenue et de nombreuses choses encore. Pourtant, je remarque qu'Austin demeure en retrait, comme si l'envie de se mêler à nous n'était pas au rendez-vous.

Je jette un coup d'œil de son côté et fronce les sourcils. Il soupire. OK, il a sans doute l'impression de se faire rabrouer comme un gosse, mais bon sang, son esprit de Noël n'a quand même pas déjà foutu le camp ?! Est-ce ma faute ? Y a-t-il autre chose ? Pourquoi est-il si distant ? Aujourd'hui est un jour important pour ses neveux malgré ce qu'ils ont vécu l'année dernière.

La journée se poursuit avec autant d'excitation qu'un corps d'enfant peut en contenir, autrement dit une cargaison gigantesque ! Je crois même que la hotte du père Noël n'est pas assez magique pour supporter une telle ferveur !

Dans l'après-midi, la chaîne hi-fi du salon est prise d'assaut par notre bonne humeur féminine. Nous lançons des chants de Noël modernes et jazzy, sur lesquels nous chantons à tue-tête, Lia, Holly et moi, tout en gesticulant frénétiquement. Un opossum borgne et boiteux aurait sûrement plus de classe que nous si l'on se fie aux dires d'Alexis, hilare, qui débarque avec Tom sur les épaules, après leur bataille de boules de neige dans le jardin.

It's the most wonderful time of the year
There'll be much mistletoeing
And hearts will be glowing
When loved ones are near
It's the most wonderful time of the year

Lia chante avec une voix si entraînante qu'elle fait de l'ombre à Sinatra et Bublé sans mal. Même Tom commence à se mettre dans notre ambiance festive et envoûtante de paillettes et de chocolat chaud aux marshmallows – on en garde toujours à proximité pour nous réchauffer et nous requinquer.

Après avoir épuisé notre répertoire – très longtemps plus tard donc –, nous nous sommes séparés pour profiter d'un temps de repos bien mérité avant de commencer cette si belle soirée et de nous mettre sur notre trente-et-un enfin on pourrait dire sur notre vingt-quatre aujourd'hui !

Dans ma chambre, encore enroulée dans une serviette beige épaisse et moelleuse, les cheveux humides retombant en cascade sur mes épaules nues, j'enfonce mes pieds dans un tapis en poils blancs. Ce soir, j'ai envie de me sentir belle et féminine. Comme chaque année, je vais me pomponner et ajouter quelques paillettes.

Un peu de crème pour le corps, une touche de vernis sur les pieds et les mains, ma couleur essentielle, Rouge Noir de Chanel. Ensuite, je me sèche les cheveux pour ne pas risquer d'attraper la mort si jamais l'on sort admirer la neige ! Une fois mes cheveux lisses, je me tourne vers ma penderie et en sors une robe que j'ai dénichée avec Holly en me baladant. Elle est tout ce qu'il faut : festive, féminine et élégante. Arrivant quelques centimètres au-dessus des genoux, elle est un savant mélange entre moulant et fluide, toute en transparence avec des filaments dorés, alors que la première couche de tissus est noire. Le haut est asymétrique, un des pans recouvre mon épaule, alors que l'autre laisse sa jumelle presque nue à l'exception d'une bretelle en dentelle.

Depuis longtemps, je ne me sens pas à l'aise dans mon corps, dans mes baskets et plus généralement dans ma tête. Mais chaque année, j'ai envie de me sentir spéciale lors de cette soirée du réveillon, j'ai envie de me sentir belle et attirante. Chaque femme a ce droit. Peu importe la taille qu'elle porte – qui n'est jamais la même d'une boutique à l'autre, franchement – ou même le regard que les autres posent sur elle, le plus important est celui qu'elle-même porte sur elle. La taille d'un tour de hanche compte autant que celle d'un petit orteil ! Croyons-le, partageons-le !

Ce soir, je serai donc cette femme qui se sent bien et qui ne pense pas aux calories qu'elle va engloutir.

J'enfile la robe et je passe au maquillage. Des paillettes or pour le regard de fête, un rouge à lèvre framboise, un trait d'eye-liner, une touche de mascara, et le tour est joué ! Quelques pschitts d'un parfum floral dans les cheveux, sur la nuque et sur la peau, puis il ne me reste plus qu'à me glisser dans mes escarpins dorés. Je n'aurais jamais cru que j'achèterais une telle pièce atypique, c'est tout sauf sobre et passe-partout, mais finalement Holly m'a convaincue, un argument dans le style « tu seras la princesse de Noël ». Bref, j'ai craqué.

Face au miroir, je m'admire. J'entends mes parents me

dire « tu es belle, ma cocotte » et les larmes me montent aux yeux. Les compliments me mettent le plus souvent mal à l'aise, même lorsqu'ils proviennent de mes proches, pourtant ce soir, c'est ainsi que je me sens. New York me révèle bien plus que je ne l'aurais cru, le bien-être est libérateur. J'aime le regard que je porte sur moi-même, sur ma tenue qui me met en valeur, sur mes cheveux qui semblent briller plus que de raison, sur mon regard aussi pétillant que les bulles de champagne qui m'attendent ce soir. Mon sourire s'agrandit alors que je m'aime un peu plus chaque seconde.

Après avoir inspiré profondément, je descends rejoindre le reste de la troupe dans le salon. Ils sont tous regroupés entre la cheminée et les canapés. Les toasts ont pris place sur la table basse, les coupes de champagne trônent dans les mains expertes d'Alexis, Holly termine la tresse en épi de blé de Lia dont le petit sourire est espiègle. Tom est raide comme un i aux côtés de son oncle. Tous les deux, en bas de l'escalier, semblent attendre une arrivée. La mienne ? Je me sens rougir.

– Wouah… ! Tu es trop belle ! s'exclame le petit garçon en me sautant dessus pour me faire un câlin des plus magiques.

– Tu es bien plus beau ! Regarde comme tu es élégant avec ta belle chemise ! Tu vas en faire fondre des cœurs !

– Le tien ?

– Pas touche, minimoy, elle est avec moi, intervient Austin, amusé.

Tom retourne ensuite auprès de ses parents et je reste seule avec Austin. Ce léger face-à-face me décontenance. Austin, fidèle à lui-même, est élégant. Il porte une chemise d'un blanc immaculé ainsi qu'un blazer sans manches noir et or, et un pantalon noir taillé à la perfection. Son regard brille d'un je-ne-sais-quoi inhabituel, entre espièglerie et joie. Il a laissé ses cheveux dans un coiffé-décoiffé soigné, à moins qu'ils prennent ce pli naturellement sans que rien ne s'y oppose. Quand on a la perfection en nous, je suppose que ça doit peu ou prou donner ça. Je ne peux m'empêcher de sortir une petite remarque humoristique.

– Tu sais que ce n'est pas la mère Noël qui vient déposer les cadeaux ?

Il me sourit avec ce petit air craquant de celui qui a toujours le dernier mot et que l'on ne peut pas battre à ce jeu.

– Je n'ai aucune chance de plaire au vieux monsieur, alors ? Tu viens de me briser le cœur !

Je ris de sa remarque et souffle avec un brin d'espièglerie « tu m'exaspères, mais je t'apprécie quand même ». Austin prend ma main dans la sienne, la monte jusqu'à ses lèvres et y dépose celles-ci avec délicatesse. Suis-je tombée dans un conte de fées ? Est-ce l'effet du lait de poule ? Il se pourrait qu'il ait été un peu trop corsé… Mais non, c'est simplement Austin. Et cette facette qu'il s'attelait à cacher au monde ou tout du moins à la gent féminine.

– Tu es ravissante. Un véritable petit elfe de Noël, me dit-il en caressant ma joue.

Ses mots me touchent, pourtant je me contente de sourire discrètement. J'ai du mal avec les émotions, encore plus lorsqu'il s'agit des miennes et de les formuler à voix haute ou par des gestes.

Nous n'avons posé aucun mot sur ce que nous représentons l'un pour l'autre, nous savons simplement qu'il y a une complicité indéniable qui se crée entre nous, et qui rend agréable chaque moment passé ensemble.

– Allez, les tourtereaux ! On est prêt à trinquer ! s'exclame Holly dans sa jolie robe émeraude.

Une coupe dans chacune de nos mains, un verre de jus dans celles des enfants, les toasts « terre » et « mer » qui éveillent les papilles et les petits fours qui paraissent brûlants, mais ô combien succulents ! Nous sommes prêts à débuter ce réveillon. Ce réveillon extraordinaire et tombé du ciel. La magie de Noël n'a aucune limite.

Nous célébrons Noël et à tout ce que cette fête magique et familiale peut nous apporter. Ils trinquent à moi et mes joues rosissent face à tant de gentillesse. Être au centre de l'attention, oui, mais avec parcimonie.

Quelques heures auparavant, j'ai reçu un appel de mes parents. Nous avons longuement discuté et pour une fois, à cœur totalement ouvert. J'aime profondément mes parents, mais depuis l'enfance, je ne parviens pas à communiquer avec eux, mes pensées sont barricadées et verrouillées. Mon esprit est la prison la plus sûre qui soit, rien ne s'en échappe. Jamais. Pourtant, j'ai besoin de ma famille, besoin de savoir stabiliser mes émotions et de savoir les écouter autant que de leur parler. Nous sommes unis, mais d'une relation que je rends moi-même alambiquée par mon manque de communication.

Ainsi, j'ai fait part à mes parents de ma tristesse, du sentiment d'abandon qui m'a parcouru bien que je comprenne leur besoin de se retrouver, de passer du temps rien qu'à deux puisqu'avant d'être parents, ils sont surtout un couple, et cela, je ne dois pas l'oublier par pur égoïsme.

Nous nous sommes souhaité un bon réveillon et ma mère, comme à son habitude, m'a interrogée sur la décoration de table prévue, sur le repas, et mon père sur ce que nous allions boire. Je ne promets pas que mes talents de sommelier français soient au rendez-vous à cette table de Noël. Cependant depuis quelques semaines Austin me surprend à chaque bouteille débouchée alors je suis certaine que les accords mets et vins seront au rendez-vous.

Ce soir, au cœur de Manhattan, alors que je suis entourée d'étrangers devenus des amis, voire ma famille de Noël, je me sens particulièrement chanceuse. Bien loin de mon petit appartement, je suis entourée par des personnes incroyables qui ont su m'accueillir malgré des débuts hauts en couleur.

Austin me sourit, le regard brillant. Ses lèvres s'étirent en un charmant sourire évocateur de joie et mon cœur se serre. Je me sens si heureuse ce soir que, même si c'est égoïste, je ne donnerai de fragments de mon bonheur à personne, car bordel, c'est Noël !

Chapitre 25

– Mon ventre va littéralement exploser en un million de particules peu élégantes ! m'exclamé-je, rassasiée.

Je viens d'engloutir une dernière bouchée de la traditionnelle bûche de Noël, saveur chocolat et poire, un délice avec cette impression de succomber à une bûche Belle-Hélène.

Austin rit dans sa barbe tout en portant sa coupe à ses lèvres. Le repas a été bien plus que copieux et il a mis fin à mon appétit vorace.

– Ma chérie, tu as cuisiné comme une cheffe ! remarque Alexis tout en embrassant sa dulcinée rose de plaisir.

Austin salue le soin mis par sa belle-sœur à la tâche avant de nous resservir en Dom Pérignon.

– Ce champagne est divin…

– Il peut ! lâche Alexis en se moquant des goûts de luxe de son petit frère.

Je sais de réputation, sans n'en avoir jamais goûté auparavant, que ce champagne est un indétrônable et pour cause, Dom Pérignon a commencé la production des vins en 1668. Par la suite, il est l'inventeur de la deuxième fermentation en bouteille, ce qui fait de lui, sans aucun doute, le fondateur du Champagne tel qu'on le connaît et qu'on le déguste aujourd'hui. Mes quelques connaissances en œnologie, je les dois à mon père. Et avec le temps, ma curiosité n'a cessé de croître tout comme ma capacité à apprécier le bon vin.

– Maman, suis fatigué…

Tom, déjà en pyjama depuis quelques heures, s'approche d'Holly qui le prend dans ses bras et le berce tendrement. Il est vrai qu'il est déjà bien tard, nous sommes officiellement le vingt-cinq décembre depuis plus d'une heure. Lia nous rejoint, également en pyjama, les yeux gonflés de fatigue.

– Il faut préparer l'assiette du père Noël avant d'aller au lit, un si long voyage, ça creuse l'appétit, souffle cette maman qui me rappelle tant la mienne à cet instant précis.

Le petit garçon bâille, sourit, le cœur plein de bonheur, puis s'approche doucement de moi et me fait un petit signe pour que j'approche mon oreille de ses petites mains en coupe autour de sa bouche. Tom m'émeut tellement que je plonge avec aisance dans son jeu.

– Tu veux préparer l'assiette du père Noël avec moi ? Comme ça, il t'apportera peut-être des cadeaux à toi aussi, même si ce n'est pas vraiment ta maison.

– Tu crois que j'ai été assez sage, cette année ?

– Moi, je trouve que oui. Et je suis sûre que papa et maman sont d'accord. Puis, tu es l'amoureuse de tonton Austin, alors ça compte, obligé !

Je lui ébouriffe la crinière avant de me lever et le laisse me prendre la main afin qu'il nous guide vers la cuisine pour préparer cette fameuse assiette, Lia sur nos pas.

Je m'occupe de remplir un verre de lait – pour lequel l'un de nous autres, un adulte, devra se porter volontaire – pendant que Tom dispose un chocolat ainsi qu'un biscuit de Noël dans une belle assiette blanche en porcelaine et Lia y ajoute une clémentine. Tant de soin pour un mythe qui réchauffe notre enfance.

C'est qu'il est dorloté le papi en rouge ! C'est le plus aimé cela dit.

Nous repartons vers le salon, Tom tenant avec une grande précaution ladite assiette, plus précieuse à cet instant que toutes les merveilles du monde.

– Où est-ce qu'on la dépose ? lui demandé-je.

Chez moi, il est de tradition qu'on place l'assiette à proximité du sapin, plus précisément à côté de la crèche et des chaussures des enfants. Noël est une fête religieuse et il faut bien avouer qu'avec le temps, elle a perdu de ce côté pour devenir une fête laïque et de consommation pour les uns et pour les autres, mais chez moi, bien que je n'appartienne pas à la religion catholique, ni mon père d'ailleurs, ma mère, baptisée et communiée, a perpétué la tradition de la crèche sous le sapin et plaçait l'enfant nouveau-né à minuit le vingt-cinq décembre, enfin lorsqu'on y pensait la plupart du temps.

– Sous le sapin ! s'exclame gaiement Lia.

– Et il faut y mettre nos chaussures aussi ! ajoute vivement Tom qui s'empresse déjà de poser ses plus beaux mocassins.

Chaque adulte se lève de table et suit le mouvement, disposant les chaussures qu'il a encore aux pieds sous le sapin. Un dernier « bon réveillon » est souhaité avant que les enfants prennent la direction des bras de Morphée, accompagnés par Holly.

Pendant ce temps, les garçons apportent les mignardises – encore un principe gourmand volé aux Français – et une nouvelle bouteille de champagne. Ils rient et discutent comme deux compères, l'ambiance est légère et chaleureuse.

Au retour de Holly, Alexis propose un petit jeu pour déterrer les dossiers de chacun, bien évidemment, ils ont tous une longueur d'avance sur moi et je sens que mes pommettes ne vont pas rester blanches longtemps. C'est comme cela que je me retrouve à avouer que je n'ai jamais fait de rollers ou encore que j'ai la phobie des clowns, cela dit, Alexis me bat à plate couture lorsque j'apprends qu'il a la phobie des bananes ! D'ailleurs, je ne savais même pas que la bananophobie était un mot et un concept existant !

– Au fait, quel est ton nom de famille, Liv ? me demande Holly d'un air malicieux.

– Perrin. Liviana Perrin. Mais j'y pense, je ne connais même pas quel est le vôtre !

– Si tu ne t'en préoccupes que maintenant, c'est qu'on n'avait pas des têtes de *serial killer* ! glousse Alexis.

– Un point pour vous. Mais ça ne répond pas à la question.

Du coin de l'œil, je distingue Austin se renfoncer sur sa chaise, sa coupe dans une main, alors que Holly sourit de plus belle. J'ai comme l'impression que l'on me cache quelque chose.

– Nous sommes les Matthew, m'annonce fièrement Alexis.

Tous m'observent, comme dans l'attente d'une certaine réaction. Devrais-je faire un lien qu'il m'est impossible de voir ? Je me sens soudain mal à l'aise face à ses trois paires d'yeux qui me scrutent. Je ne saisis pas. Ai-je loupé quelque chose ?

– Ça devrait me dire quelque chose de particulier ?

– À cause d'Austin, oui, m'explique Holly. Il possède une chaîne d'hôtels à son nom…

Tout à coup, cet indice fait mouche dans mon esprit ! Matthew. Comme le Matthew's Hotel, celui qui m'a mise à la porte après une seule et unique nuit à cause d'une satanée réservation mal faite.

Actuellement, Austin est le businessman le plus en vogue dans le milieu hôtelier et touristique, Théa l'a lu quelque part dans un des magazines féminins internationaux qu'elle dévore mensuellement pour promener son esprit dans d'autres mondes.

Je me tiens à la table de Noël des Matthew's… Si Théa savait cela, elle hallucinerait… Pourtant, une partie de moi se met à bouillir de façon croissante.

– Pourquoi ? Pourquoi ne m'avoir rien dit ?

Ma voix est plus froide, voire glaciale et tranchante, que prévu. Pourquoi Austin a-t-il joué le bon samaritain, alors qu'il ne lui aurait fallu qu'un claquement de doigts pour me trouver une chambre dans l'un de ses hôtels ? Cela n'a ni queue ni tête, c'est tout bonnement effarant ! Pourquoi ne m'avoir rien dit ? Je me sens utilisée et bernée.

L'air penaud, le coupable pose sa coupe sur la table et se frotte la barbe d'une main.

– Il y a plusieurs raisons à ce silence, commence-t-il.

– Lesquelles ? fais-je, n'en démordant pas.

La tension autour de la table s'accentue et je sens bien que Holly s'interroge sur les conséquences de son bavardage, tout comme Alexis qui a lancé ce sujet. Ils n'ont pas l'air de comprendre ce qu'il se passe et il est vrai que je n'ai jamais précisé de quel hôtel j'avais dû partir suite au souci de ma réservation.

– Pour la plupart, nous, et plus précisément moi, ne sommes qu'un nom. On ne me voit toujours que comme « le fils Matthew », je ne suis jamais seulement Austin, alors qu'avec toi, j'étais le sombre con. C'était horripilant, mais plaisant, car nouveau. Puis lorsque ton faux Barney, me dit-il avec un clin d'œil en référence au surnom que je lui ai donné, m'a averti de l'erreur de l'agence de voyages de ta radio, j'ai bien sûr envisagé plusieurs options : te laisser te débrouiller, après tout tu n'avais qu'une nuit de réservée, mais l'idée que tu partages ton côté « fervente de Noël » m'est venue et tu connais la suite. C'était plus simple que tu ignores qui je suis plutôt que de tout te révéler et de prendre le risque que tu prennes la poudre d'escampette !

Son explication se tient. J'arrive sans peine à comprendre la partie « j'aimerais que l'on sache qui je suis vraiment, indépendamment de mon nom ». Bien que je ne sois qu'une insignifiante française dans le monde, me mettre à la place des personnes connues et suivies est un jeu qui m'amusait quand j'étais enfant. Puis en grandissant, j'ai vite saisi le calvaire que cela pouvait représenter. Qui aimerait être pris en photo à ses moindres faits et gestes ? Qui aimerait devoir faire attention à soi n'importe quand même le dimanche matin en se rendant à la boulangerie pour acheter ses croissants ? Pas moi !

– Enfin, quand même, tu aurais pu me le dire ! Puis le manoir est mieux que ton hôtel, sans vouloir te vexer, ronchonné-je.

Ma réponse est accueillie par des rires et des soupirs de soulagement alors que l'atmosphère tendue retombe comme un soufflé au fromage. Le jeu reprend son cours et j'en profite pour poser une question.

– Vous avez caché votre nom par manque de confiance à mon égard ? Vous pensiez que j'allais le crier sur tous les toits ?

– Tu aurais pu aller tout déballer à un torchon *people*, mais Holly et moi, on savait que tu ne le ferais pas, confesse Alexis.

– C'était mon idée, intervient Austin. Puis finalement, j'ai repoussé l'échéance, tout simplement. Est-ce que ça change quelque chose pour toi ?

Un petit temps de réflexion m'est accordé. Je pèse le pour et le contre, mais la réponse m'apparaît comme une évidence, ni plus ni moins.

– Rien, déclaré-je spontanément.

La rapidité avec laquelle j'ai répondu le fait sourire et sa main prend la mienne pour la caresser délicatement du pouce. Mon cœur bat à un rythme plus soutenu. Mon regard plonge dans celui de mon hôte et un imperceptible hochement de tête me remercie d'avoir réagi avec tant de franchise.

Holly poursuit avec des questions sur ma famille et des anecdotes sur les parents des garçons, la nostalgie teintant la soirée sans jamais tomber dans faire tomber dans la tristesse. Ce ne sont que de simples moments, des souvenirs agréables que nous partageons en cette nuit de Noël. Nous partageons des histoires drôles ou gênantes, voire un peu honteuses, mais toujours avec cet esprit bon enfant.

– Allez, je parie que la première fois que tu as embrassé une fille, tu devais avoir quatorze ans, beau parleur que tu es ! s'exclame Holly face à Austin qui se marre.

– Tu me prends pour un vrai Don Juan ! J'en avais seize !

– Tardif, mais tu t'es bien rattrapé, le taquine Alexis.

– On ne peut pas lutter contre ma gueule d'ange !

– Ou contre ton chantage ! ajouté-je.

– Je suis un redoutable négociateur ! Et toi, Liv, seize ou quatorze ans ?

– Au risque de te décevoir, dix-sept, mais je préférais la compagnie de mes écouteurs aux blablas des autres ados.

Nous rions tout en terminant notre dernier verre. Poussé par un élan de curiosité, Austin veut regarder l'heure et, lorsqu'il nous annonce qu'il est près de quatre heures du matin, nous prenons vite conscience que les enfants seront réveillés d'ici trois ou quatre heures et que notre nuit sera particulièrement courte.

Je pense exactement : « Bordel, je vais ressembler à un cadavre le jour de Noël », mais je m'abstiens de le prononcer à haute voix.

Lorsque je remonte dans ma chambre, Austin me rattrape et, sur la dernière marche de l'escalier, me retient, ses longs doigts chauds enroulés autour de mon poignet, au-dessus de mon bracelet doré.

– Où vas-tu ?

– Me coucher, comme tout le monde.

– Reste avec moi, souffle-t-il.

Sa main remonte le long de mon bras pour caresser doucement ma joue. J'en frissonne. Mon cerveau ne met pas plus de temps à comprendre où le bel homme se tenant devant moi veut en venir. Son parfum boisé enivre mes sens. Devant son regard puissant, mes paupières se mettent à papillonner presque par réflexe.

Bon sang, ce mec me paralyse par sa sensualité !

Je me sens défaillir et je pourrais presque être prise de vertiges, juchée sur mes hauts talons. Tout à coup, ma jolie robe noire et mes escarpins dorés me font me sentir différente – à moins que ce ne soit dû à l'alcool. Je me sens femme, femme fatale même. Élégante et sexy. Courageuse ou un brin désinhibée.

Les doigts d'Austin parcourent ma joue, puis glissent sur mes lèvres. Je les embrasse au passage, d'une légère pression. Le regard de mon hôte chatoie à cause des guirlandes lumineuses que j'ai disposées dans le couloir. Sa respiration ralentit. Ma main se pose sur son pectoral gauche et je sens presque immédiatement son cœur s'affoler.

– Reste avec moi, répète-t-il.

Croit-il que je n'avais pas entendu la première fois ? Ou est-ce pour obtenir une réponse de ma part ? Ai-je envie de passer ce moment avec lui ? La question ne se pose même plus à ce stade. D'un tout petit pas, je m'approche de lui. Me mettant sur la pointe des pieds pour l'atteindre, je chuchote près de son oreille :

– Tout est permis le soir de Noël, c'est ça, la magie.

Il n'ajoute rien. A-t-il bien compris ce que j'essaie de lui dire ? Je l'ignore. Sans doute que non, mais l'essentiel n'est pas là. Il reprend ma main et me guide jusqu'à sa chambre dont il ouvre la porte silencieusement avant de la refermer derrière moi.

La pièce est spacieuse. Malgré la nuit, elle est claire et une grande baie vitrée me laisse deviner la présence d'une terrasse. Les éclairages de la rue illuminent la chambre et je découvre un grand lit aux draps crème ainsi qu'une bibliothèque sur le mur opposé. Ma contemplation cesse dès lors qu'Austin s'approche de moi. Je peux presque sentir son corps tant sa chaleur se colle à ma peau. Il relève mes cheveux, dégageant mon cou, et je sens ses lèvres toucher ma peau. Le contact est chaud, humide et sensuel.

Fidèle à moi-même, les questions se multiplient sous mon crâne. Tout à l'heure, après avoir avoué que j'avais dix-sept ans lorsque j'avais embrassé un garçon pour la première fois, j'ai été rapidement gênée. Je ne suis pas ce genre de femme entièrement à l'aise avec elle-même, avec sa féminité et sa sensualité, alors avec sa sexualité, n'en parlons pas ! Il me faut du temps pour me sentir en confiance, pour accepter la présence de quelqu'un, encore plus du sexe opposé, alors partager mon intimité…

Austin effleure mes épaules, puis mon dos. Mes pensées et mes interrogations s'envolent lorsque je l'entends murmurer :

– Tu es incroyable, Liv.

Je demeure silencieuse, mais pas stoïque. Ses mots s'infiltrent dans ma peau, je les absorbe avec plaisir et je me sens envahie d'une tendre plénitude.

– Je ne pensais pas que ta présence me rendrait accro, dit-il en parsemant mes épaules de baisers alors que l'une de ses mains suit la chute de mes reins. Tu es douce et piquante à la fois, tu es pétillante et, lorsque je te regarde, j'ai envie de partager le moindre de tes sourires.

– Attention, Austin Matthew se dévoile, chuchoté-je pour le taquiner.

– Et si l'on découvrait ce que cette robe cache plutôt… ?

Ses mains glissent le long de mon buste pour atteindre le bas de ma robe qui arrive au milieu de mes cuisses. Ses mains sont chaudes et sûres d'elles. Il n'y a aucune hésitation dans ses gestes. Tout ce que dégage Austin n'est que virilité et confiance en lui, il est ce pilier lumineux dans une soirée d'hiver brumeuse. Je ferme les yeux, me laissant emporter par les sensations alors que ma robe remonte le long de mon corps et passe par-dessus ma tête. Je suis en émoi et j'entends des bruits de vêtements derrière moi. L'imagination mène au paroxysme du plaisir, paraît-il, ou du moins il semblerait qu'elle y participe en tout cas.

Un souffle chaud près de mon visage me fait frissonner et me donne l'envie d'ouvrir les yeux. Derrière mes paupières mi-closes, je distingue Austin, en sous-vêtements, tout comme moi. Il porte un caleçon noir Calvin Klein.

Qu'il est beau...

Par instinct, mes bras se croisent sur mon corps pour en cacher la plus grande partie. Austin arrête mon geste tout en me souriant avec douceur.

– Nous sommes à égalité, tu n'as rien à craindre.

– Tu es magnifique.

Mon aveu me fait rougir et son sourire canaille me fait penser qu'il est à deux doigts de sortir une blague pour me détendre. Je ne me trompe pas.

– Aussi beau que con, plaisante-t-il, faisant référence à l'un de nos premiers échanges un peu houleux où je lui avais balancé cela.

J'ignore comment, j'ignore qui fait le premier pas, mais soudain tout se précipite et me voilà à embrasser Austin éperdument. Nos gestes sont impérieux et précipités. Mes lèvres ne se détachent plus des siennes et mes jambes manquent de défaillir alors que je suis encore en équilibre sur mes talons. Mes pieds se faufilent en dehors de mes chaussures et Austin me regarde soudain de bien plus haut.

– Tout ce qui est petit est mignon, ne puis-je m'empêcher de dire.

Ses mains passent sur mes fesses, frôlent ma culotte en dentelle noire, puis viennent caresser le renflement à la frontière entre mes fesses et mes cuisses avant d'attraper ces dernières et de me porter pour que je sois au plus près de lui. Spontanément, j'enroule mes jambes autour de ses hanches et constate sans surprise que tout son être bout de désir. Mes lèvres s'arriment aux siennes alors que mes mains se nouent derrière sa nuque. Nos langues se lancent dans un tango endiablé et mon pouls s'accélère inlassablement.

Je me plonge à corps perdu dans ce câlin, cet échange, prête à être emmenée au-delà de ce que je connais. Il m'apprivoise de tout son corps et de tout son cœur. Je ne me soucie pas de la suite, je me contente d'absorber chacune des caresses d'Austin, m'engageant sur le terrain de la passion aux airs de grands A…

Chapitre 26

25 décembre, le jour de Noël.

Je suis emmitouflée dans une douce chaleur cotonneuse. Des vapeurs de conscience m'éloignent de mes songes et, peu à peu, je reprends pied. Ma joue est écrasée contre une soyeuse taie d'oreiller et mon corps est affalé dans un lit qui ressemble davantage à un nuage vaporeux. Ne dépasse de la couette que ma tête, qui me tourne légèrement avant même que j'esquisse le moindre mouvement. Du bruit lointain me tire un peu plus de mon sommeil. Des bavardages. Des exclamations. Un chant de Noël. Une odeur de café chaud.

Je marmonne de façon incompréhensible avec un semblant de mouvement, puis m'abandonne une nouvelle fois à la chaleur du lit. Dans mon dos, je sens une présence réconfortante. Austin passe son bras autour de ma taille et colle son torse à mon dos. Ses jambes s'emmêlent aux miennes et un agréable tremblement parcourt mon corps. Sa barbe de quelques jours pique mon épaule nue alors que ses baisers me picorent la peau. La voix enrouée par la fatigue, je n'arrive pas à émettre un mot.

– Bonjour, belle endormie…

De son autre main, il caresse mon buste, également dépourvu de vêtements. Ces derniers doivent être disséminés un peu partout autour du lit.

– Quel dragueur dès le réveil, soufflé-je, amusée.

– Si j'avais été un séducteur, je t'aurais chanté une sérénade, je t'aurais réveillée avec des mots tels que « ô ma plus belle, ô mon éternelle », des fleurs seraient cachées dans tes cheveux et…

– J'ai compris l'essentiel de ton ironie, dis-je tout en me

rapprochant un peu plus de lui et de sa chaleur corporelle.

Austin a lui aussi adopté la tenue d'Adam et cela me fait sourire. Un léger côté tigresse se réveillerait-il en moi ?

– Tu sens si bon dès le matin, commenté-je.

– C'est mon parfum viril, ça !

Je ris. Ce matin est si léger, si simple. Austin et moi avons passé la nuit ensemble et tout semble facile au réveil. Comme si notre rapprochement nocturne était une évidence, la conclusion de ces longues journées et de toute cette histoire qui nous a rapprochés.

J'entends Holly, au loin, souhaiter un joyeux Noël à ses enfants. Alexis a géré la disposition des cadeaux hier soir – enfin, ce matin – avant d'aller se coucher, et il me tarde de découvrir le beau sapin orné de paquets.

– La troupe est levée, il va falloir aller les rejoindre et quitter le lit, déclare Austin.

Je me tourne vers lui, prête à négocier encore quelques minutes. Le découvrir au réveil me coupe le souffle. Il est si beau, si calme. Son sourire de mannequin, sombre et mystérieux, pulvérise le dernier millimètre de mon cœur, ses cheveux bruns ébouriffés accentuent son air canaille et son torse à demi dévoilé par la couette est musclé et parsemé de fins poils bruns. Il y a un côté enivrant dans son regard, une flamme qui fait bouillir mon sang dès qu'il pose ses yeux sur moi ou me sourit. Cette sensation ardente me submerge et, sans plus attendre, je pose brusquement mes lèvres sur les siennes pour un baiser chargé de passion. Nos corps rentrent en collision et je me retrouve presque à califourchon sur lui.

Soudain, quelqu'un frappe à la porte, puis une petite voix annonce :

– Tonton Austin, c'est Noël !

La voix tout excitée de Tom me fait sourire autant qu'elle me touche. On ressent tout l'empressement et la joie dans son ton.

– J'arrive, mon petit Tom ! Ne touche pas aux cadeaux sans moi !

– Promis !

J'entends ses pas s'éloigner de la chambre. Austin agrippe

mes hanches et me fait basculer pour que je me retrouve sous lui, la couette nous recouvrant, mais laissant tout de même passer un filet d'air glacé.

Ce n'est pas comme si j'étais chaudement habillée...

– Bien que j'aimerais passer une nouvelle fois un incroyable moment avec toi, il faut descendre découvrir ce que le père Noël a apporté.

– Incroyable, hein ? le taquiné-je.

– Au-delà de tous les mots.

Il ponctue sa phrase d'un baiser, puis se lève et quitte le lit pour se rendre dans la salle de bains. Je reste quelques minutes sans bouger à écouter l'eau couler. Je me lève à mon tour, récupère les vêtements laissés au sol et me retourne dans ma chambre pour y récupérer mon pyjama ainsi que des sous-vêtements propres. À mon tour, je me glisse dans la pièce adjacente pour y prendre une rapide douche.

Quand je descends, je découvre le sapin illuminé et à ses pieds, des dizaines de cadeaux joliment emballés dans des papiers tous plus différents et originaux les uns que les autres. Les escarpins que j'y ai laissés hier soir – différents de ceux que je portais – sont ensevelis sous une montagne de cadeaux. Je n'aurais jamais cru être autant gâtée par une famille qui n'est pas la mienne et le choc m'arrache un bruit imperceptible.

Holly me sert un café brûlant et bien noir, puis nous nous attablons pour prendre un rapide petit déjeuner, mais les enfants sont moins gourmands que pressés d'ouvrir leurs paquets.

Un petit café et quelques pancakes engloutis et me voilà assise en tailleur face au grand Nobilis entouré de présents. Cela me rappelle tant les Noëls de mon enfance, j'étais aussi impatiente que Tom et Lia qui commencent déjà à tout déballer.

– Le père Noël est passé pour tout le monde, il faut ouvrir les tiens, me dit Holly en me donnant un léger coup de coude pour me sortir de ma rêverie.

Elle n'a pas tort. Comme dans mon enfance, je me mets à compter les paquets qui entourent mes escarpins. Neuf. Il y a neuf cadeaux qui m'attendent et qui suscitent ma curiosité, neuf attentions qui ne viennent pas de mes proches, mais d'une nouvelle famille que j'ai trouvée ici. Je suis un peu gênée, car je ne m'y attendais pas même si j'ai également fait des cadeaux à tout le monde. Je ne pensais pas être si gâtée.

Le rouge aux joues, je m'approche d'un présent soigneusement emballé dans un papier à motif tartan avec un gros nœud en or. La boîte est rectangulaire et plutôt fine. Par réflexe, je la secoue doucement, mais cela ne produit aucun son.

Intriguée par mon affaire, Lia s'arrête de déballer son propre paquet – un ensemble de carnets de coloriages exotiques, sa dernière passion, ainsi qu'une carte cadeau pour une séance shopping entre filles, deux de mes cadeaux – pour m'observer, un grand sourire aux lèvres. Elle se pointe du doigt et je comprends aisément que cette précieuse boîte vient de sa part.

J'y découvre une magnifique écharpe dans tes tons bleu nuit parsemée de façon irrégulière de fines rayures rouges. L'écharpe est toute douce et épaisse, de quoi me tenir bien chaud. Je m'empresse de m'enrouler dedans et de me pavaner pour tirer le plus beau des sourires de l'adolescente. Chacun notre tour, nous ouvrons un paquet, Tom plus que les autres, mais c'est qu'il a de la marge ! Holly découvre un béret de style très français de ma part ainsi qu'un parfum et deux romances de Noël ; Alexis, une bouteille de whisky ainsi qu'un pull en cachemire et un jean ; et Austin, un pull en cachemire également et une belle montre qui m'a tout l'air de coûter plus cher que tout ce que je pourrais gagner en une année de travail.

Quant à moi, après l'écharpe, je reçois une jolie montre Cluse, plus exactement celle avec le bracelet à motif python et le cadran effet marbre, celle demandée au père Noël. Les après-midis à papoter avec Holly ne sont visiblement pas tombés dans l'oreille d'une sourde. Je reçois également un exemplaire de *Gatsby le magnifique* que je n'ai jamais lu.

C'est une nouvelle fois à mon tour et je me décide à ouvrir un sac cadeau d'un noir mat, l'autre paquet ayant une forme étrange et un emballage un peu kitch éveillant moins ma curiosité. Je défais son lien de satin noir et plonge ma main dans le sac. Elle rencontre rapidement une boîte. Elle est dans les mêmes tons que le sac à ceci près qu'une élégante calligraphie révèle la marque Aubade. Mon cœur fait un bond dans ma poitrine.

Mon Dieu, que j'aime ce père Noël !

J'hésite un instant à ouvrir le paquet, savourant au maximum les prémices de son ouverture. Puis, n'y tenant plus, je découvre avec émerveillement et un peu de gêne – c'est de la lingerie sexy quand même et des enfants sont présents – une nuisette noire en soie, dans un style très *babydoll*. Le dos est tout en transparence avec une jolie dentelle fleurie. Mes joues rosissent de plaisir alors que je déplie davantage le vêtement de nuit. Toute à ma surprise, je ne ressens pas l'atmosphère chargée jusqu'à ce qu'Alexis se racle la gorge et que Holly éclate de rire.

En face de moi, Austin est aux premières loges et m'observe avec force, le regard rétréci et brillant. En croisant ses yeux, je peux presque visualiser ses pensées : moi, sensuelle dans ce déshabillé en dentelle, l'attendant sur ses draps clairs. À moins que ce ne soient mes propres pensées ?

Oups…

– On se demande si c'est un cadeau altruiste ou intéressé, ça ! se marre Alexis en parlant clairement de son frère.

Hein ? Attends, mais…

– Ce n'est pas toi ? demandé-je à Holly.

Elle secoue la tête négativement. Je me tourne pour de nouveau à faire face Austin qui, cette fois, me sourit tel un voyou fier de son dernier coup. Je n'en reviens pas ! A-t-il écouté aux portes ? A-t-il eu accès à mes recherches internet ? L'ai-je simplement mentionné devant lui ? Je ne sais plus.

– Faute avouée, faute à moitié pardonnée ? me demande-t-il, enjôleur.

– Ce n'est pas une faute… J'adore cette nuisette.

– Moi, je sais comment je vais l'adorer davantage, me chuchote-t-il à l'oreille.

– Coquin ! Mais comment as-tu su ?

– Je me confierai plus tard.

Prenant cela pour un engagement solennel, je n'insiste pas. Après tout, c'est Noël, les enfants méritent d'ouvrir leurs autres paquets et ils trépignent déjà suffisamment d'impatience comme cela. Adressant un sourire à l'homme avec lequel j'ai partagé ma nuit, je me faufile près de lui, pose ma tête sur son épaule et admire Tom et Lia déballer encore et encore de nouveaux cadeaux. Austin, détendu, m'embrasse délicatement sur les cheveux dans un geste doux et protecteur. Aucun de nous ne parle de ce qui se déroule entre nous, pourtant, je ne suis pas folle, je sais qu'il ressent les choses avec autant d'intensité que moi.

Tom s'extasie devant un château Playmobil, puis devant un ensemble de chevaliers, ces derniers venant de ma part. Lia découvre de nouveaux rollers et des livres, Holly un magnifique bracelet de la part de son mari et celui-ci ouvre le présent de sa femme : un week-end à deux loin de leur routine. Austin se marre et précise que la charge des gosses lui incombera, ce à quoi son frère ajoute qu'ils ne reviendront peut-être pas, ce qui nous fait tous rire.

Pour la dernière fois, je m'avance vers mes escarpins pour me saisir du dernier paquet informe mis de côté depuis le début. Je le tâte : il est à la fois mou et rigide, il semble encore emballé sous le premier papier. Ne lésinant pas sur mon plaisir, je prends mon temps, mais finis par l'ouvrir entièrement.

– Oh, mon Dieu !

– C'est pas Dieu qui apporte les cadeaux, c'est le père Noël, me corrige Tom, sûr de lui et très sérieux.

Tout le monde rit de sa remarque, moi la première, pourtant je suis tant gagnée par l'émotion et la surprise que les larmes me montent aux yeux. Un sac orange avec des anses bleues en satin. Des lettres capitales imprimées sur le sac, les initiales de Louis Vuitton. Je n'arrive pas à y croire. J'ignore encore ce qui se cache à l'intérieur de ce sac et pourtant je ne suis remplie d'émotions, comme une gamine. Et pour cause ! La marque Louis Vuitton se pavane sous mes yeux et avec empressement, je ressors du sac ce qui s'y cache.

Oh, mon Dieu, bis ! Je n'ai pas les mots. Je ne sais pas quoi dire, je suis simplement époustouflée par ce que j'ai entre les mains. Le sac Alma de la marque, celui qui représente à mes yeux le Saint Graal depuis mes dix-sept ans, depuis que j'ai vu cet accessoire élégant dans une publicité. Bavant devant depuis des années, j'étais cependant incapable de sacrifier une si importante somme d'argent pour ce sac à main. C'est mon côté raisonnable, toujours garder une poire pour la soif, au cas où.

Les trémolos dans ma voix ne vont pas m'aider, pourtant je ne peux m'empêcher de me tourner vers cette famille de cœur afin de trouver et remercier mon si généreux père Noël.

– Je…

– Tu le mérites amplement, déclare Holly en souriant, lovée dans les bras d'Alexis.

– Mais vous êtes fous, enfin ! Ça ne fait que quelques semaines à peine qu'on se connaît…

– Seulement quelques semaines et pourtant, tu embellis nos vies, m'explique Austin.

– C'est toi ?

– C'est trop ?

Subitement, il paraît en plein doute. Austin se mord la lèvre inférieure et plisse les yeux afin d'analyser mes expressions. À croire qu'il est prêt à se dire qu'il n'aurait pas dû m'offrir ce sac ou que je ne l'apprécie pas. Je ne veux pas qu'il se méprenne, c'est tout simplement que ça me touche énormément. À ses yeux, ce sac ne vaut peut-être que quelques sous, mais aux miens il vaut bien plus, et en dehors de sa valeur pécuniaire.

– C'est parfait. Mais comment as-tu su ? Je ne comprends pas.

– Ouvre le sac d'abord.

Je m'exécute. À l'intérieur, je distingue un cadre en bois de couleur noire que je sors. Il révèle la splendeur d'un moment, la magie d'émotions partagées, et mon cœur se serre. Une larme solitaire coule le long de ma joue et je l'espère discrète. Sur la photographie, il y a Austin avec moi sur son dos, à Times Square, avec nos bonnets Aigle, victorieux face au monde, joueurs et enfantins, spontanés. Austin est beau comme un dieu et je me découvre souriante et embrasée par la gaieté, non, par le bonheur. L'éclat dans mon regard me marque, c'est de l'amour que j'y lis.

– Il est l'heure de ma confession alors.

– Lance-toi, bredouillé-je.

– Nous avons écrit nos listes au père Noël avec les petits. Le soir même, je n'ai pas résisté à l'idée de savoir ce que tu avais bien pu demander. Au départ, j'avais la ferme intention de te taquiner, tu es cette femme pétillante qui s'est embarquée dans une aventure de Noël à New York, et je ne voyais pas bien ce que tu pouvais souhaiter de plus, je m'attendais à des futilités.

Une grimace déforme mon visage avant de laisser la place à un sourire. Il n'a pas tort en un sens, la beauté de mon Noël réside dans le fait que je suis présente dans cette ville incroyable, dans ce manoir dingue avec ces personnes devenues si importantes à mes yeux. Le reste n'est que futilité, et le cadeau que je préfère de loin est cette photographie de nous deux.

– Puis, tes mots m'ont fait rire, ils m'ont touché aussi, je me suis rendu compte que tu étais une femme bien plus fascinante qu'on ne pourrait le penser et que tu méritais que l'on creuse sous ta carapace, que l'on apprenne à te connaître, que l'on découvre la vraie Liv. Ta façon de t'adresser au père Noël était particulièrement émouvante, et la générosité avec laquelle tu as formulé un vœu pour moi sur ta propre liste m'a fait craquer. Qui fait ça ? Tu m'as surpris, c'est à ce moment que ta magie de Noël a commencé à fonctionner sur moi. Alors, je ne voyais pas de meilleures façons de te remercier que de t'offrir ta liste pour te combler.

– C'est la raison pour laquelle demain matin, c'est massage entre filles ! m'apprend Holly, aux anges.

– Et l'après-midi, un petit shooting photo, termine Austin.

Je n'en crois pas mes oreilles, c'est tout à fait dingue ! Bordel, c'est Noël, et c'est le Noël le plus fou que j'aurais pu vivre. Je n'aurais même pas pu le rêver si je l'avais voulu ! Je suis épatée par tout ce qui m'arrive et par Austin. Austin, cet homme si piquant et prévenant.

Je m'approche de lui, j'ai besoin d'un contact, j'ai besoin

de sentir sa peau et sa chaleur, j'ai envie qu'il m'enveloppe de ses bras et que je ne quitte plus jamais ce repère protecteur. Ses mains caressent mon dos alors que j'inspire à grandes bouffées son odeur. Les autres sont partis soit vers la cuisine pour s'atteler au repas soit vers les chambres pour commencer à profiter de leurs cadeaux. Nous sommes seuls dans ce cadre parfait de Noël. Le souffle d'Austin caresse ma joue. Il semble vouloir prononcer un mot, pourtant il ne brise pas la magie de l'instant.

– Merci.

– De quoi, Liv ?

– Merci pour les cadeaux, pour la nuit merveilleuse dans tes bras, pour ta présence.

Je me livre à lui alors que la neige tombe sur Manhattan. Je m'ouvre à Austin d'une façon nouvelle. Je n'ai jamais eu l'audace ou le courage d'être totalement moi-même avec quelqu'un. Montrer mes faiblesses me tétanise, mais, nichée au creux des bras d'Austin, cela me semble bien plus facile.

Austin est cet homme que l'on rencontre dans les romans ou les films, celui qui est beau et intéressant avec un cœur coulant au chocolat malgré une solide carapace. Austin est l'homme qui fait palpiter le cœur, celui qui est à l'origine de la création des papillons dans le ventre et des mains moites. Dans les livres, ce type de personnages m'a toujours semblé inatteignable, inaccessible, mais j'en tombais souvent amoureuse au fil des pages, au fur et à mesure que je m'évadais dans un monde et une histoire qui ne m'appartenaient pas. Cependant, aujourd'hui, jour de Noël, je ne suis non pas tombée amoureuse d'un héros de papier, mais bel et bien d'un héros de chair et d'os.

Austin est cet homme qui me fait me sentir femme, celui dont je tombe amoureuse à une vitesse hallucinante, un peu plus à chaque moment passé ensemble. La photographie de nous deux à Times Square est la clé qui a finalement ouvert la porte de mon cœur.

Chapitre 27

L'impression de vivre dans une bulle, voilà ce que je ressens tout particulièrement depuis l'ouverture des cadeaux. Je me suis transformée en bonheur, est-ce possible ? Physiquement, non, je le sais, pourtant, mon esprit n'est qu'un doux et joyeux magma.

Le vingt-cinq a été une journée conviviale et familiale, nous avons déjeuné, le repas était délicieux et gourmand. Nous avons improvisé une piste de danse au milieu du salon et Tom, aussi énergique qu'à son habitude, s'est déhanché sur des chants de Noël, puis je l'ai rejoint et nous avons chanté en cœur *Mon beau sapin*.

Les sourires sur les visages de chacun d'entre nous traduisaient sans conteste notre joie d'être réunis tous ensemble. Les festivités ont duré toute la journée, même pendant les repas et les films qu'on a visionnés, puis nous sommes allés nous coucher et j'ai retrouvé les bras chauds et agréables d'Austin. Et il m'a une nouvelle fois fait vibrer.

Dans l'intimité, il est aussi doux et exaltant que dans la vie de tous les jours, mais il y a une fougue en lui qui m'est encore inhabituelle, mais très appréciée. J'ai du mal à croire qu'il a été blessé par une femme au point de s'être replié sur lui-même des années durant tant j'ai l'impression qu'il se laisse aller en ma présence, qu'il donne tout et qu'il s'ouvre entièrement. Je ne suis pas capable d'une telle chose, pas encore.

Mes pensées divagantes convergent toutes vers Austin alors que les mains de la masseuse modèlent mon dos et à le font craquer pour soulager mes tensions internes. Au départ, la sensation n'était pas des plus plaisantes – je suis tout de même nue sous une serviette entre les mains d'une étrangère –, puis en définitive, j'ai commencé à me détendre, encouragée par Holly. Elle semble aimer à merveille ces soins et décompresser au maximum.

– Alors, entre Austin et toi ? minaude-t-elle d'une voix douce, en quête d'informations.

– Alors, rien de particulier.

– Liv… tu me prends vraiment pour une idiote de pomme ! plaisante-t-elle. Enfin, ça crève les yeux qu'entre vous il n'y a pas « rien ».

Je peux percevoir son sourire bien que ma tête soit prise en étau dans le coussin de la table de massage. Ses gloussements me font rougir et je bégaie comme une lycéenne pour lui répondre.

– On passe de bons moments ensemble.

– C'est une façon détournée de me dire qu'il est bon lit ? pouffe-t-elle de plus belle.

– Holly !

– Quoi ? C'est mon beau-frère, mais il a le droit d'avoir une vie sexuelle ! Puis, ça nous rassure, on se disait qu'il allait devenir moine à ce rythme…

Sa réflexion se passe de commentaires, je peux affirmer qu'il est loin de rentrer dans les ordres ! Au contraire, on pourrait quasiment croire que son appétit est insatiable. Austin m'a avoué que je le rendais fou, fou de moi. Cette confession m'a surprise, je ne me sens pas capable de rendre qui que ce soit fou de moi, encore moins un homme comme Austin. L'inverse en revanche…

– Vous ne vous êtes rien dit, je me trompe ?

– Non, nous ne parlons pas de nous. Ou de ce que nous sommes.

– Liv…

– Je crois qu'il me plaît. Enfin, je sais qu'il me plaît, mais ce que je veux dire, c'est que…

C'est si difficile à exprimer. J'ai déjà du mal à formuler mes sentiments en pensées, alors les exprimer à haute voix et les partager avec Holly, c'est plus que compliqué. Un léger silence s'installe, je m'attends à ce qu'elle le rompe d'une minute à l'autre.

– Que tu es amoureuse d'Austin ?

– Dire ça, c'est peut-être s'avancer un peu quand même. Disons que je m'attache beaucoup à lui.

– C'est réciproque, je n'en doute pas.

– Il m'apprécie.

– Liv, retire les œillères – pour rester polie, hein – que tu as sur les yeux, parce qu'Austin est bien plus qu'attaché à toi. La déclaration qu'il t'a faite hier, les cadeaux qu'il t'a offerts, le regard qu'il pose sur toi, les gestes qu'il peut avoir à ton égard, tout ça, c'est autant de signes prouvant que ce qui naît entre vous est bien plus que de l'attachement.

– On ne peut pas encore parler d'amour, Holly.

– En es-tu sûre ?

Sa question laisse planer un doute, je suis incapable de dire le contraire. Est-ce que je ressens de l'amour pour Austin ? Est-ce que je tombe amoureuse de lui ? C'est encore difficile de se l'avouer et davantage de l'exprimer aux autres. Bien sûr que mes sentiments sont forts et que je n'envisage pas un retour à la distance qui existait précédemment entre nous. Mais de là à dire qu'il est lui aussi amoureux de moi, je ne pense pas.

Je ne sais pas quoi répondre à Holly. En réalité, plus qu'une réponse, je ne sais pas quoi penser. Le futur est proche, c'est le cas de le dire, et toutes ces questions que je me pose doivent trouver réponse très bientôt.

– Ton départ est pour demain, Liv. Vous devez parler.

Merci, Holly, de mettre l'ambiance, c'est pas comme si mon esprit était déjà un capharnaüm ambulant.

– Je sais.

– Je ne veux pas te mettre mal à l'aise ou que tu te sentes mal. Mais il faut aussi reconnaître que l'échéance approche.

Surtout, si j'ai besoin de mettre l'ambiance, je dois me souvenir de faire appel à Holly…

Par choix, je ne réponds rien. Dans le fond, Holly a entièrement raison, toutes ces interrogations sans réponse doivent en trouver une. Il est inconcevable que cette situation reste telle quelle, Austin et moi devons trouver des mots à poser sur notre relation. Nous n'avons jamais admis être en couple, nous ne sommes officiellement que deux personnes qui s'apprécient et passent du bon temps ensemble. Il est difficile d'être plus précis puisque nous-mêmes ne l'avons jamais été.

Pourtant, je pars demain, sans aucune envie. Au plus profond de moi, j'ignore même si je veux de rentrer en France, je préférerais rester ici avec les Matthew et profiter des fêtes. Je ne suis plus à quelques jours près après trois semaines de toute façon. Qu'est-ce qu'un peu plus de temps à New York mis à part l'opportunité de laisser éclore davantage mes sentiments et ceux d'Austin ? Il paraît qu'il faut saisir les occasions, j'ai bien l'intention de le faire. J'ai encore le temps de me pencher sur la question du VISA et sur l'ensemble des formalités administratives.

En quittant le salon de massage, vêtue de mon jean noir et de mon large pull blanc brodé de fils d'or ainsi que de ma doudoune grise, je me gonfle de courage et de volonté et me rends directement à l'adresse qu'Austin m'a envoyée avec la ferme intention de lui avouer mon envie de rester plus de temps à New York.

Je dois bien avouer que la petite conversation que j'ai eue avec Holly m'a fait cogiter et mon envie de rester, déjà présente, s'est encore intensifiée. Le manoir n'est pas ma maison, mais c'est le lieu où je me sens bien et penser à mon retour en France me rend désormais bien nostalgique.

Suivant mon GPS, je me dirige vers le Jean-Georges, un restaurant de gastronomie française. Austin a mis les petits plats dans les grands, je ne m'attendais pas à un déjeuner si élégant avant notre après-midi photo. À ce qu'il m'a dit, nous rejoindrons ensuite un ami à lui qui, par passion, est devenu photographe professionnel. Ils se sont rencontrés lors de l'inauguration d'un des hôtels Matthew et depuis, ils sont toujours restés en contact. Le photographe en question se passionne pour les photographies de villes, cependant à titre professionnel, il s'est lancé dans la photographie événementielle.

Le Jean-Georges se trouve dans la tour Trump International, un building gigantesque tout vitré que je discerne de loin en marchant sur le trottoir. Il fait un froid de canard, ce n'est pas le vingt-six décembre pour rien aujourd'hui. Je grelotte et prends de grandes bouffées d'air tout en avançant vers l'entrée de la tour. Mon ventre se met à gargouiller et je m'interroge déjà sur le contenu du menu. Je m'en lèche les babines d'avance, lorsque je retrouve Austin sur le perron du bâtiment.

Ma première pensée quand je le vois est toujours la même. Il est tellement charismatique et élégant dans son manteau, camel cette fois-ci. Son écharpe noire à rayures rouges est méticuleusement entourée autour de son cou, ses mains sont dans ses poches, il a le regard porté au loin et concentré. Cet homme est incontestablement professionnel et sérieux, mais il a un charme magnétique. Le vent n'a pas besoin de me pousser vers lui, j'y fonce tel un aimant. Ses cheveux ne résistent pas aux bourrasques et une mèche bouge en rythme, sa barbe noire marque sa mâchoire carrée et ses lèvres sont pincées. Il baisse les yeux pour fixer son portable avant de taper ce que je suppose être un message. Il semble soucieux, mais pourquoi ?

De façon volontaire ou non, je ralentis.

L'allure de chef d'entreprise d'Austin me frappe, il est sérieux et serein, c'est un homme qui maîtrise chaque situation, il n'y a aucun doute là-dessus. Et pourtant, c'est avec moi qu'il a décidé de s'afficher, de passer du temps, c'est à moi qu'il ouvre son cœur et qu'il fait part de ses nouvelles émotions. Enorgueillie par tout cela, je ne peux pas m'empêcher de sourire. Quand j'étais gamine, je rêvais du prince charmant. Quelle petite fille ne l'a jamais fait ? Aujourd'hui, je me dis que tout est possible. Ici, à New York, j'ai trouvé mon prince version 2.0 : un fort caractère de cochon à certains moments, un cœur tendre à d'autres, un homme cultivé et attentionné. Pour la première fois depuis longtemps, j'ai confiance, en moi essentiellement. OK, je n'ai plus de travail ; OK, ma famille est loin, mais cet homme fait naître le meilleur en moi. Je me sens libre de tout, prête à tout.

D'un pas certain, je poursuis ma marche jusqu'à Austin qui m'attend sur le trottoir d'en face. Son regard se lève et croise le mien, je l'observe me sourire avec ce petit côté provocateur qui me fait tant craquer. La neige se met à tomber plus fort et commence à brouiller ma vue alors que la circulation se densifie et que les klaxons rugissent. Une route nous sépare encore, nous sommes chacun dans l'attente de nous retrouver. Nous attendons que la circulation ralentisse. Il m'attire tel un aimant. Il fait un pas, puis un deuxième, ne me lâchant pas du regard, quand tout à coup des pneus crissent sur la chaussée, un moteur vrombit et mon souffle se coupe. Immobile, j'assiste à un spectacle qui me serre le cœur.

Un taxi est arrivé à toute vitesse, et malgré son réflexe de freiner, il a percuté Austin de plein fouet.

La respiration saccadée, je vois son corps être projeté en avant et heurter l'arrière d'une Mercedes. Il ne bouge pas. Respire-t-il ? Est-il vivant ? Conscient ?

J'accours vers lui alors qu'un amas de passants se forme. Je crie, je hurle à m'en déchirer les cordes vocales, désemparée par ce que je viens de voir.

– Les pompiers ! Appelez les pompiers !

Ma voix est étouffée par le vent froid de l'hiver. Le portier de la tour Trump International se précipite vers moi, vérifie le pouls d'Austin qui est faible, puis le met en position latérale de sécurité. Mon Dieu, que faut-il que je fasse ? Je l'ignore. Je perds tous mes moyens. Un homme en costume m'informe que les pompiers sont en route, mais je l'écoute à peine. Il faut… il faut que je prévienne Holly et… Mes mains tremblent lorsque j'essaie d'extraire mon portable de ma poche. Incapable de me calmer, je regarde Austin, les yeux clos, la respiration à peine visible à l'œil, et j'ai peur. Mon angoisse redouble et s'intensifie.

Les minutes suivantes ne sont qu'un enchaînement de faits confus, troubles. Mon corps est présent et vit tout en direct, mais mon esprit est dans le brouillard, en état de choc, et il y a fort à parier que je ne me souviendrai pas de tout ce qu'il se passe actuellement. Les pompiers arrivent, chargent Austin sur une civière et me proposent de les suivre. Ils m'informent que nous allons être emmenés à l'hôpital le plus proche. Le nom tombe : l'hôpital Bellevue.

La prise en charge est rapide, une infirmière m'indique les sièges dans le couloir. Je dois attendre, encore. Elle me conseille de me détendre. Ah, c'est facile à dire dans ces circonstances ! Je prends mon courage à deux mains et attrape mon téléphone pour appeler la famille d'Austin. Holly décroche dès la troisième sonnerie.

– Liv ?

– On est à l'hôpital, dis-je, la voix craquelée par le chagrin. Austin a eu un accident…

– Quoi ? Où es-tu ? On arrive !

– Bellevue.

– On te rejoint, ne bouge pas.

Mais bordel, vous voulez que j'aille où ?! Je raccroche sans mot dire. De nouveau, j'attends, les yeux fermés. Les secondes tout comme les minutes défilent, je suis dans un état second. Des bras m'enlacent. Je reconnais Tom à sa douce odeur de gaufres chaudes. Sa petite tête se cache dans ma nuque et je laisse mes larmes aller, sans aucun contrôle.

– Tu en sais plus ? m'interroge Alexis, la voix chargée d'inquiétude.

Je secoue négativement la tête.

La malédiction de Noël. Chacun de nous pense la même chose, aucun n'osera pourtant l'admettre. À Noël, des cœurs sont brisés et des vies s'achèvent chez les Matthew. Et si cette année, ça recommençait ? J'espère que non… Je pourrais devenir croyante s'il le fallait tant la terreur me submerge. Je n'ai jamais eu aussi peur pour quelqu'un, et je comprends alors que mes sentiments envers Austin n'ont rien à voir avec ce que j'ai pu éprouver auparavant pour un homme. Holly harcelle l'accueil de l'étage pour avoir des informations, Lia sanglote dans son coin, Alexis tourne en rond comme un fauve en cage.

Jusqu'à ce que nous puissions reprendre notre souffle avec l'arrivée du médecin.

– Comment va-t-il ? s'enquiert Alexis.

– Mieux, je dirais. Votre frère a subi un sévère choc lorsque son crâne a frappé l'arrière de l'automobile. Son cerveau a heurté le crâne.

– Ce qui veut dire ? demande Holly dans un souffle alors que je demeure silencieuse.

– Il a perdu connaissance durant plusieurs minutes, mais fort heureusement il n'a pas de fracture du crâne.

J'échappe un soupir de soulagement partagé par le couple. Le médecin poursuit :

– Cependant, nous supposons un traumatisme crânien. Il risque d'avoir des maux de tête, sans doute des vertiges ou des vomissements. Pour être honnête, lors de son arrivée à l'hôpital, il était dans une phase légère de coma.

– Est-il réveillé ? l'interrogé-je aussi calmement que faire se peut.

– Oui. Vous pouvez aller le voir, mais attention à ne pas le surcharger cognitivement. Il a besoin de repos et de calme. Je vous accorde vingt minutes.

– Merci.

Le médecin nous indique sa chambre et nous longeons le couloir pour retrouver Austin dans une grande chambre blanche immaculée et à l'odeur d'anti-sceptique. Les hôpitaux ne m'ont jamais mise à l'aise et cette fois-ci encore moins que les autres.

Allongé dans le lit, Austin a les traits tirés, la mine pâle et un bandage lui encercle la tête. Des machines sont reliées à son corps et rythment l'air de leurs bips réguliers. Tom se précipite vers lui, ignorant les paroles de sa mère lui disant de faire doucement. L'enfant se calme et prend la main de son oncle dans la sienne.

– Salut, bonhomme !

Alexis s'approche lui aussi de son frère, lui sourit avant de poser une main réconfortante sur son épaule et de lui confier qu'il a eu peur, que nous avons tous eu peur. Austin sourit à Holly qui ne peut s'empêcher de lui embrasser les deux joues alors que sa fille se glisse dans les bras de son oncle et reprend ses sanglots qui arrachent le cœur de chacun d'entre nous. Cette scène de famille est déchirante et en même temps, tout cet amour est une ode à la vie magnifique.

Mon tour venant, je me glisse aux côtés d'Austin tout en rivant mon regard au sien. Il m'observe, les lèvres fermées, et son regard me sonde. Je ne parviens pas à déchiffrer son visage, il ne laisse rien paraître.

– Tu m'as fait si peur… soufflé-je.

– Je suis désolé…

– Ne le sois pas, le coupé-je, tu n'y es pour rien. Mais la prochaine fois qu'on ira déjeuner en amoureux, on respectera les feux de signalisation, fais-je dans un sourire pour me dérider quelque peu.

– Je suis désolé, reprend-il, mais… qui êtes-vous ? Où est Allison ?

Chapitre 28

Mon monde s'effondre. « Qui êtes-vous ? Où est Allison ? ». L'épée n'aurait pas pu s'enfoncer plus franchement dans mon cœur. Austin ne se souvient pas de moi, de notre rencontre, de nos moments passés ensemble, de nos rires comme de nos taquineries et de surcroît, il demande sa pimbêche d'ex.

Mon visage devient livide, Holly et Alexis essaient de rappeler à Austin qui je suis, son envie de redonner un peu de magie de Noël à sa vie, je lui narre l'épisode du café renversé sur son beau manteau, Lia lui rappelle l'écriture de notre lettre au vieux barbu avec sa hotte, mais rien n'y fait. Il ne cesse pas de demander Allison et le regard qu'il pose sur moi me fait me sentir de plus en plus mal. Une inconnue, voilà ce que je suis redevenue.

Quelques heures plus tard, une femme pénètre dans la chambre d'Austin, sous nos yeux. Il s'agit d'une rousse toute en longueur – contrairement à moi –, ses jambes fines apparaissent à travers des collants et se terminent par des escarpins noirs d'une hauteur indécente.

Et elle ne se casse pas la binette, elle ? Où est donc la justice dans ce monde ?

Sous son caban, je ne doute pas qu'elle cache une magnifique robe moulant sa taille de guêpe déjà cintrée par la ceinture de son manteau noir, d'après ce que je peux voir de loin. Des cheveux brillants roux et lui arrivant en dessous des épaules retombent avec élégance, une bouche rouge mat dessine un sourire radieux et son visage est encadré par des boucles d'oreilles pendantes et scintillantes en forme de gouttes d'eau.

La première question qui me vient est : « Mais qui est cette femme ? ». Une légère appréhension me gagne et se propage dans mon esprit. Je n'arrive pas à laisser mon instinct répondre à cette interrogation. Mon regard se porte ensuite sur Austin qui est crispé et ne cesse de jeter des coups d'œil vers nous. Tout son corps paraît détendu alors qu'il observe cette femme s'approcher de lui. Sa mâchoire se dessine davantage que d'ordinaire, ses lèvres ne sont désormais plus qu'une fine ligne de peau avenante. Son regard pétille.

La femme pose sa paume sur son épaule et s'approche vraiment près de lui.

Trop près, me crie mon instinct, méfiant et sur la défensive.

– Allison, souffle-t-il effritant mon cœur au passage.

Je ne peux détourner mon regard de leurs corps à proximité. J'observe attentivement la scène avec une pointe de jalousie se muant en flamme, puis en brasier.

Immobile, quelque peu paralysée d'effroi et de peine, je suis en plein doute. Mon cœur bat frénétiquement et j'entends presque mon sang suivre une course outrageusement rapide dans mes veines. La tête me tourne alors que je les vois se sourire, se toucher. Néanmoins, je vois bien qu'Allison semble marcher sur des œufs. Ses regards furtifs vers les Matthews, ses gestes doux avec Austin, tout prouve qu'elle n'est pas à l'aise. Elle sait qu'elle n'a pas sa place ici. Cependant, l'ai-je plus qu'elle ?

Allison retire son manteau.

Sa robe est ravissante !

Malgré tout ce qui se passe, mon cerveau ne peut pas s'empêcher d'émettre cette réflexion stupide et inappropriée. Non, mais sérieusement, je perds les pédales ! La robe de cette rouquine, d'un vert émeraude, a une coupe empire pour le buste tout en étant moulante sans être vulgaire.

Le vert n'est-il pas la couleur de l'espoir ? Celui d'accaparer Austin ?

Austin se déride petit à petit, il oublie notre présence, ses lèvres s'entrouvrent et entament la conversation. Intérieurement, ma curiosité s'agite dans tous les sens. J'ai envie de connaître les moindres de leurs paroles mais je n'ose pas m'approcher plus, pourtant, une petite voix me souffle également que je n'ai qu'une chose à faire, m'enfuir. Loin. Collée au mur austère de la chambre, l'hôpital me donne le tournis.

Le sourire de la garce rousse – oui, j'ai bien le droit de l'appeler comme j'en ai envie – s'agrandit et illumine son visage d'un éclat malicieux, voire machiavélique lorsque ses yeux se posent sur moi.

Un soubresaut parcourt mon corps.

Je n'en peux plus, je ne peux pas rester ici.

Il fait froid. La neige a recommencé à tomber et malgré mes différentes couches d'épaisseur, lorsque je sors de l'hôpital, je suis saisie par le froid et bientôt, par les regrets. Ceux d'avoir cru à quelque chose.

Pétrifiée à cause d'une attraction malsaine, me voilà avec un tout autre visage, celui de la femme déçue qui pourtant reste et s'entête à admirer le spectacle de sa déception, à observer les protagonistes de la tristesse qui va la ronger. Cette réaction est-elle propre à aux femmes ou est-ce plus généralement un fardeau humain ? Qui n'est jamais resté face à sa douleur en attendant que l'épée de Damoclès s'abatte sur lui une bonne fois pour toutes ?

Austin n'a esquissé aucun mouvement de recul face à Allison, pire encore, je le revois lui sourire et avoir cet éclat dans le regard.

J'ai un haut-le-cœur en y repensant. Ma vision se brouille d'une humidité non contenue et enfin, je me délivre de cette scène en m'enfuyant, manquant plusieurs fois de me retrouver les fesses sur le sol, trébuchant sur la neige, mais poursuivant mon but : m'échapper de cet endroit, de cette ville, de ce pays. Une chose est sûre, je n'ai plus envie de rester à New York. Les manigances, qui profitent à Allison, dignes des séries américaines, très peu pour moi. En France, on a aussi notre lot de retournements de situation ou de cancans en France mais là c'est un peu trop.

J'ai envie de rentrer chez moi.

Je hèle un taxi qui s'arrête immédiatement devant moi, peut-être est-ce mon regard empli de larmes qui le fait cesser, la compassion ou la pitié que je dois lui inspirer à peine Noël passé. Je n'ose pas y songer.

Rapidement, je lui indique l'adresse du manoir en espérant que personne ne sera présent. Holly m'a confié qu'ils avaient prévu un après-midi en famille avec les enfants, rien qu'eux quatre. Pourvu qu'ils aient suivi leur envie ! Et qu'ils ne soient pas encore rentrés !

Le chauffeur ne tente pas de me faire la conversation et je l'en remercie silencieusement, me repassant en boucle les dernières minutes, puis les moments partagés avec Austin depuis mon arrivée aux États-Unis. Il est vrai que nous n'avons pas directement noué des liens de sympathie, mais je n'ai quand même pas rêvé notre rapprochement et notre complicité. Nous avons partagé des moments qui pour moi ont beaucoup compté, Times Square en haut de la liste… Les baisers échangés, la tension entre nous, les regards brûlants et les piques stimulantes, tout cela a marqué mon esprit presque autant que ma peau. Est-ce qu'il pensait à Allison depuis le début ou n'est-ce que le résultat de son accident ? A-t-il été sincère avec moi ? Est-ce que ce qui vient de lui arriver a fait remonter la vérité à la surface ou n'est-ce qu'une perte de mémoire brève ?

Soudain, ça me frappe. Allison. Les multiples coups de téléphone surpris, les paroles des Matthews. Elle lui a brisé le cœur mais peut-être était-il encore épris d'elle ?

Allison

Un prénom qui désormais dévaste mon esprit comme une tornade. Elle est belle, intelligente, a fait de hautes études, elle est issue du même milieu qu'Austin, elle vit ici – pas d'océan pour les séparer – et ils se connaissent parfaitement, pourquoi nier l'évidence ? Il pourrait tout à fait lui pardonner son incartade, aussi importante soit-elle à mes yeux, elle ne l'est peut-être pas aux siens.

Et si je dressais le tableau ? Mes sentiments se déclarent et je ne peux plus me voiler la face. J'ai craqué pour Austin, il est drôle, doux sous ses airs bourrus, intelligent et passionné. Sa perte de mémoire est peut-être un effet secondaire de son accident, ce n'est sans doute pas permanent mais au fond, je n'arrive pas à éloigner l'image d'Allison tout sourire. Elle représente son passé, ils ont un lien, c'est irréfutable.

Bien que ça m'arrache la langue de le penser, elle reste belle et sexy sans compter qu'elle le connaît. Tout chez elle inspire la confiance du peu que j'en ai aperçu, alors même qu'Alexis et Holly semblaient fermés et froids dès qu'elle est entrée dans la pièce.

Qu'est-ce que je pourrais bien lui apporter de plus ?

En comparaison, je ne suis que Liv, la nana sans job, avec des études qui ne me servent pas, des rêves plein la tête évidemment, mais morte de trouille et sans un sou pour les concrétiser. Je vis en France, loin de New York, je suis l'ordinaire fille qui n'a même pas de quoi se loger pour une nuit dans l'un des hôtels de luxe d'Austin Matthew, alors être la nana qu'il aime, ça relèverait un peu trop du téléfilm de Noël et clairement, comme le dit Théa : « La vie, c'est pas un kiwi, Georgette ».

Chapitre 29

Lorsque j'arrive chez Austin, le manoir est vide, à mon grand soulagement. Je fonce donc sans attendre vers ma chambre et fais mes bagages en essayant de ne rien oublier. Avec la distance, ce sera difficile de venir récupérer des affaires.

Je ne pensais pas revenir aussi chargée de mon périple américain, mais entre mes différents petits achats pour les proches et pour moi-même ainsi que mes cadeaux de Noël, mes valises ferment à peine.

Je fais un aller-retour rapide dans la salle de bains que je partage avec Austin pour récupérer ma trousse à maquillage ainsi que ma brosse à dents – le trajet risque d'être long si j'arrive à trouver un vol, il ne faudrait pas que je l'oublie –, puis j'enfile une tenue plus confortable. Jean, Converses, gros pull, bonnet et écharpe, ainsi que mon manteau. Me voilà prête pour le départ. Si j'avais cru une seconde qu'il aurait lieu ainsi, dans de telles conditions… Non, en fait, je n'y aurais jamais cru, je ne sais donc pas comment j'aurais réagi.

C'est vraiment con de se dire que si l'on avait su ce que l'on ignore, on aurait su comment réagir. Qui peut se targuer d'être plus raisonnable dans des circonstances similaires ? Personne, nous ne sommes que des humains.

Face au sac de mes rêves, mon cœur se pince, mais la réalité, c'est que je ne peux pas accepter ce présent. Je ne suis pas ce genre de personne, je ne peux pas garder un cadeau aussi onéreux, alors qu'Austin a vraisemblablement des sentiments pour quelqu'un d'autre. La rousse sera ravie de ce sac, à moins qu'Austin ne le rapporte. Bref, peu m'importe, il en fera ce qu'il désire. En revanche, je me permets de garder notre photo encadrée prise à Times Square, nous avons l'air de deux dingues, mais elle représente beaucoup pour moi. En définitive, c'est sans doute depuis cette soirée que je sais que je suis amoureuse de cet homme surprenant et généreux. Derrière sa facette de connard égocentrique, il est tellement plus. Il est celui qui a fait battre mon cœur de bien des façons du début à la fin de cette aventure.

Je dépose l'Alma sur mon lit, range le cadre et garde la montre à mon poignet ainsi que mes autres petits cadeaux. Quand je descends au rez-de-chaussée, la chaleur du manoir fait remonter toute la nostalgie que je vais ressentir, alors même que je n'ai pas encore quitté ces murs.

Dans la cuisine, je laisse un mot, succinct, mais chargé d'émotions.

« Je ne sais pas réellement comment commencer. Merci. Merci pour tous les moments passés avec vous, votre petite famille chargée en rire, en humour et en amour. Vous m'avez rappelé à quel point la famille est importante et à quel point je ne dois pas délaisser la mienne.

Pourtant, il est temps pour moi de partir. Je n'aime pas les adieux, il fallait que je disparaisse sans y laisser trop de morceaux de mon cœur.

Lia, n'oublie jamais que tu es cette jeune fille incroyable et douce, Tom, mon petit casse-pied préféré, continue de mettre le sourire sur chacun des visages que tu croises. Holly, merci pour tout, Alexis également, vous êtes tous les deux des personnes que je n'oublierai pas.

Austin, merci pour cette aventure, je te souhaite d'être heureux avec la personne qui est dans ton cœur. »

Le mien, de cœur, se serre à en crever. À deux doigts de craquer et de déchirer mon mot, je file vers la sortie pour quitter les lieux avec mes valises, mes larmes et mon cœur en miettes.

Dans le taxi qui me conduit à l'aéroport, mon esprit cogite trop pour mon bien-être mental. Je pense sans cesse à ceux que je laisse derrière moi.

J'étais venue à New York du bout des pieds, presque à reculons, et me voilà en train d'en partir rapidement, le cœur lourd d'émotions et de souvenirs aussi beaux que douloureux, fuyant l'amour à sens unique. La *Big Apple* m'a changée, je me sens différente et plus forte, même si aujourd'hui, je suis si fragile.

N'y tenant plus, je me saisis de mon portable et compose le numéro de Théa via WhatsApp. Les tonalités s'enchaînent et me font penser que je n'ai même pas fait attention au décalage horaire avant de l'appeler, je me maudis en silence tout en patientant. Ici, il est bientôt seize heures, soit presque vingt-deux heures en France.

– Salut, ma New-Yorkaise !

Le ton jovial de Théa à l'autre bout du fil me réchauffe le cœur et je sens instantanément son sourire bien que je ne puisse pas le voir. De mon côté, je tente également de feindre la joie .

– Hé ! Je ne te dérange pas ? Désolée, il est tard.

– Je n'arrive pas à dormir, insomnie de femme enceinte, il paraît.

– Mince.

– C'est rien, ça passera, créer la vie doit bien avoir son lot d'inconvénients ! Alors, c'est officiel ? Tu prolonges ton séjour américain ?

– Justement, finalement je rentre plus tôt que prévu.

– Tu veux dire plus tôt que dans deux jours ?

– J'arrive à l'aéroport.

Le silence dont nous faisons preuve me perturbe. J'ignore si Théa est déçue, triste ou même angoissée. La seule preuve qu'elle est toujours accrochée à son portable est le son régulier et doux de sa respiration que je peux entendre.

– Toujours là ? demandé-je, incertaine concernant la suite de la conversation.

– Toujours. Alors, on opère comment ? Tu attends que je te tire les vers du nez ou tu me déballes tout ?

– La version longue ?

– Toujours.

Me pliant à sa demande, je lui raconte mes derniers jours en détail. Je commence tout d'abord par le moment partagé avec Holly, puis notre conversation à cœur ouvert sur mes sentiments. Ensuite, je lui avoue que je m'étais réellement décidée à rester, au moins jusqu'à la nouvelle année. Théa laisse échapper un soupir qui me fait monter les trémolos. Je lui narre l'accident, je m'attarde sur la peur que j'ai ressentie. La perte de mémoire d'Austin, sa façon de me regarder comme si j'étais une inconnue. Puis, je lui parle de la scène à laquelle j'ai assisté, d'Austin acceptant sans rechigner la proximité de cette femme, de ma certitude que c'est Allison, de ma peine de le voir accepter sa présence, ses gestes, ses sourires, alors que nous devions nous retrouver en amoureux, à deux... Je n'ai aucune certitude qu'il retrouve la mémoire, qu'il sache qui je suis, que notre histoire lui revienne. Comment pourrais-je rester ? Et à faire quoi, attendre ? Et si son cœur manifeste l'envie de rester auprès d'Allison et de l'aimer comme par le passé ? Je préfère m'épargner une humiliation, mon cœur n'est pas là pour être piétiné !

Mes questions s'enchaînent, posées à haute voix comme si Théa pouvait me donner leurs réponses. Pourtant, je sais bien que ce n'est pas le cas.

– Liv, je pense que tu penses trop.

Sa remarque m'arrache malgré tout un sourire.

Le chauffeur se gare sur le dépose-minute de l'aéroport, je le paie et il m'aide gentiment à récupérer mes bagages. L'aéroport JFK me donne cette même impression d'immensité que la première fois. Je me réfugie en son sein.

– Je suis à l'aéroport, je prends le premier vol retour. Je te tiendrai informée de mon retour.

– Liv ?

– Oui ?

– Comment te sens-tu ?

La question que je redoutais tant est arrivée. Les émotions et moi, ce n'est déjà pas une grande histoire, mais alors en parler et communiquer à ce sujet… Cependant, je sens que j'en ai besoin, j'ai besoin de me délivrer de ce fardeau que deviennent mes sentiments à chaque pas en avant que je fais. Il faut que j'en parle, et qui mieux que Théa pourrait m'écouter et me conseiller sans jugement, dans mon intérêt et par inquiétude ?

– Je me sens vide. Ça a été difficile de m'avouer que j'en suis tombée amoureuse et de lui faire comprendre mes sentiments alors que je doutais des siens… Mais je me suis ouverte, à l'amour, à lui, aux autres. Pour une fois, j'ai essayé de me dévoiler, d'effacer ma méfiance, d'avoir confiance et de pouvoir effleurer le véritable amour ou tout du moins le bonheur, ce petit truc qui me manquait pour être pleinement épanouie. Résultat des courses ? Austin préfère renouer avec son passé au lieu de donner une chance au futur. Quoique, je suis un peu mauvaise… Austin n'a aucune emprise sur ce qu'il vit. Son esprit lui joue des tours, mais je ne suis pas prête pour attendre le prochain.

– Liv, tu sais, s'ouvrir est une bonne chose même si tu y laisses quelques larmes.

– Tu es sûre de ça ?

– Bien évidemment ! Tu ne peux pas passer ton temps à fuir les gens par peur d'être déçue ou blessée, la vie est ainsi faite. Parfois, ceux que tu rencontreras te blesseront, d'autres te rendront heureuse et enrichiront ta vie de façon brève ou longue.

– Ces paroles venant de toi sont étonnantes. Comme tu le dis si bien d'habitude, « La vie, c'est pas un kiwi, Georgette ».

– Liv, tu n'écoutes bien que ce que tu veux quand on te parle. C'est vrai, je dis ça. Mais je dis aussi que puisque la vie n'est pas un kiwi, il faut se battre, Georgette, se battre pour ce que l'on veut, pour ce dont on rêve et ce qui nous apporte du bonheur.

– Mais je ne peux pas me battre contre miss Perfection. En plus, ce ne serait pas fair-play, il faut savoir reconnaître lorsqu'on a perdu.

– Alors, rentre à la maison, Liv. Nous serons là et tu fêteras le 31 avec nous, comme prévu.

Je remercie Théa, l'embrasse et raccroche sans plus attendre avant de me diriger vers les guichets pour prendre le premier billet pour Paris.

L'hôtesse, une grande blonde aux formes voluptueuses, m'annonce que le prochain vol à destination de Paris décolle à dix-huit heures quarante et me fera arriver à huit heures en

France, sans escale. Parfait !

Le prix du billet pique un peu – clairement, j'y laisse un rein –, mais tant pis, je veux rentrer.

Le moment venu, les étapes pour monter à bord de l'avion s'enchaînent : enregistrement des valises en soute, passage des portiques de sécurité, attente devant la porte d'embarquement. Depuis quelques minutes, je sens mon portable vibrer et les appels d'Holly et d'Austin se suivent. Ne parvenant plus à gérer le stress provoqué par chaque appel, je choisis volontairement de mettre mon portable en mode avion. De toute façon, dans les airs, je ne capterai pas et ne recevrai par conséquent aucun appel ou message. Un petit temps de repos dans les cieux qui sera bienvenu.

Assise confortablement à ma place, j'observe New York sous mes pieds. La ville est lumineuse et scintillante en cette nuit d'hiver. La neige, pour l'instant, a cessé de tomber.

Après le repas offert par la compagnie, je m'efforce de me reposer. Je ferme les yeux, écouteurs en place, pour me détendre du mieux possible. Pourtant, rien n'y fait. Est-ce cela que l'on ressent lorsque l'on est amoureux ? Cette douleur intense que les livres comparent à un coup de poignard dans la poitrine, à une blessure qui ne se referme pas. Ce manque irremplaçable de la personne. L'amour va et vient au gré de notre évolution. Le temps guérit tout, mais peut-il guérir le grand amour ? Peut-il effacer le chagrin ?

Chaque phase de notre existence est en définitive vouée à l'amour. Lorsqu'on est enfant, on recherche l'amour des parents, ce besoin d'un câlin réconfortant de maman, d'une caresse pleine de soutien de papa. À l'adolescence, on vit nos premiers émois, ceux qui nous donnent l'impression de compter pour quelqu'un d'autre que notre famille, d'être importants et vivants jusqu'au jour où tout s'arrête. On se sent alors déchiré, on promet que plus jamais on n'aimera quelqu'un, mais ce n'est pas vrai, bien sûr que l'amour se repointera, de façon plus ou moins forte à chaque nouvelle expérience, à chaque rencontre, à chacun de nos choix. L'amour, c'est ça, il est vu et vécu à travers le prisme de notre évolution pour nous rendre heureux ou nous apprendre ce que l'on veut, nous forger, nous faire grandir davantage. L'amour est ce petit truc en plus sans lequel se lever le matin n'aurait pas de sens, tout simplement parce qu'il est l'espoir qui habite chacun de nous. L'amour est une source de bonheur lorsqu'il est véritable. Mes parents m'ont appris cela, s'aimer avec un grand A, c'est éternel, c'est puissant et indélébile.

S'aimer ainsi, ça fait putain de mal quand ça s'arrête !

Avant Austin, je n'ai jamais éprouvé cela pour qui que ce soit. Le véritable amour, bien qu'ayant l'exemple de mes parents sous les yeux depuis l'enfance, était plus un rêve incertain qu'une certitude que j'allais le rencontrer dans ma vie. La preuve en est avec mes anciennes relations. J'étais fermée, sur la réserve, méfiante, pas expansive pour un sou.

Ces trois semaines à New York m'ont changée et fait évoluer – même si l'idée d'une fin de séjour avec le cœur brisé n'est pas la meilleure issue que j'avais envisagée –, je me sens différente. Vivre une aventure, j'en rêvais et j'ai pris conscience que ma petite routine parisienne n'est plus du tout à mon goût, ce n'est plus ce que je veux dans ma vie, j'ai envie d'oser et de découvrir ce pour quoi je suis faite. J'ai envie de repousser les barrières derrière lesquelles je me suis moi-même enfermée, par trouille ou par manque de confiance en moi. Cette escapade outre-Atlantique m'a rappelé que ressentir de véritables émotions est libérateur, que rencontrer de nouvelles personnes est enrichissant, que l'inconnu fait peur, mais réserve toujours de belles choses.

Aujourd'hui, mon cœur est fendu, mais mon âme est libre et prête à conquérir ma propre vie. Le temps fera le reste si j'en crois la pensée commune.

Je suis sortie de mes réflexions par l'arrêt de ma playlist et les ronflements de mon voisin d'en face qui viennent remplacer ma musique. Dans l'habitacle, tout est plus ou moins calme. À quelques sièges de moi, j'entends une maman lire une histoire à sa petite fille, celle de Cendrillon, cette jolie demoiselle enfermée dans un rôle ingrat jusqu'au jour où elle rencontre l'amour lors du bal du prince, avec l'aide de sa marraine. Cet amour lui permettant de se révéler.

Un conte de fées que toutes les petites filles connaissent, pourtant, avant ce soir, je n'avais jamais réalisé à quel point ce conte peut être important. Tant de choses y sont subtilement dévoilées. La morale de Cendrillon me parle bien plus maintenant que je suis adulte qu'à l'époque où j'étais une enfant.

De l'autre côté de ma rangée de sièges, je distingue des passagers dormant à poings fermés, ne m'épargnant pas de voir leur léger filet de bave aux coins de leurs lèvres…

Dans quelques heures, je serai de retour sur ma terre natale, en France. Retour à la vie de Parisienne bien que je sois loin des clichés même si j'aime les escargots !

Bêtement, je souris de ma propre pointe d'humour. Si Théa était avec moi, elle se moquerait de ma capacité à tout tourner en dérision. Elle n'aurait pas tort cela dit…

Selon les moments, c'est plutôt un avantage de pouvoir paraître indifférente aux douleurs du monde, pourtant, quel mensonge ! Et Dieu sait que je suis bonne menteuse même si je n'ai pas y avoir recours… Cependant, ce soir, seule dans mon avion, dans les airs, je m'interroge sur le bien-fondé de tout ceci. *I will return* de Skylar Grey résonne dans mes écouteurs dès que je relance ma playlist et ma tête suit un mouvement de balancier instinctif.

Tout en fredonnant les paroles de la chanson, mon cœur cogite autant mon cerveau.

« Just like a party breaks at dawn,
It never stops for long.
I will return don't you ever hang your head
I will return in every song and each sunset,
Our memory is always within reach,
I will return, I will return don't you ever hang your head »

Rien ne s'arrête jamais pour bien longtemps, alors pourquoi baisser la tête ? Autant revenir au meilleur de sa forme et aller de l'avant. Quand j'étais petite, mon père me disait « pleure en silence » lorsque j'étais triste ou que je m'étais fait mal, non par manque d'amour, mais pour forger mon caractère, pour m'apprendre à encaisser et à toujours me relever quoi que la vie mette sur mon chemin, peu importe les difficultés à affronter. C'est à double tranchant. En plus de m'avoir appris l'endurcissement, cela m'a également appris la froideur et le détachement. Comme je suis de nature solitaire, ce n'est pas forcément un problème, mais lorsque je me mêle à la société, ça l'est nettement plus. Je peux presque entendre Théa siffler le mot « ermite » au-dessus de mon épaule, ce qui me fait glousser comme une bécasse.

À travers le hublot, je vois la nuit qui nous enveloppe dans son sombre écrin alors que nous traversons le monde. Chaque passager est en quête de quelque chose, d'une fuite, comme moi, de retrouvailles, comme la réplique de Cendrillon qui écoute sagement l'histoire racontée par sa maman, d'une autre vie, d'un voyage de décembre, d'une nouvelle année plus belle et plus douce… Qu'en sais-je ? Ce qui est intouchable, c'est notre foi en l'avenir, ce saut en avant que nous faisons tous, tout simplement pour y trouver quelque chose ou quelqu'un pour avancer et évoluer, aussi infime soit cet élément.

Moi, j'attends de la tranquillité et de la solitude pour reprendre pied et retrouver ma réalité. Une réalité que j'ai quittée il y a de cela trois semaines. Sinon, je peux aussi me contenter d'un pot de glace double cookie et de sushis, ça fera tout aussi bien l'affaire.

Chapitre 30

Le voyage a été interminable, je n'ai réussi à dormir que deux petites heures, mon cerveau toujours assailli par mes interrogations, par mes émotions et par mon envie irrépressible de changer les choses. Comme si c'était possible !

Puis la libération est arrivée !

En quittant l'aéroport Charles de Gaulle, un pincement au cœur me saisit. J'ignore quand je repartirai visiter le monde, mais plus jamais je ne vivrai une telle aventure, de cela, j'en suis sûre.

Le gentil chauffeur de taxi – cette fin d'année aura fait exploser mon PEL – m'accompagne jusqu'à mon appartement et dépose même mes valises devant l'escalier – eh oui, les vieux immeubles parisiens n'ont pas tous l'ascenseur intégré. Mais en même temps, avec ses piaillements incessants durant le trajet, il me devait bien ça ! J'ai même cru que j'allais chercher un autre taxi tant c'était insupportable. À moins que ce ne soit moi qui ne supporte plus beaucoup de choses.

Mes trois étages me semblent encore plus hauts et longs que d'ordinaire.

Avais-je vraiment autant galéré lorsque j'avais descendu mes bagages ?

Alors que j'arrive sur le palier du deuxième étage, une porte s'ouvre et une tête passe dans l'entrebâillement. Une tête pas désagréable d'ailleurs. Celle d'un homme d'une trentaine d'années, blond avec des mèches éclaircies par le soleil. Alors qu'il sort de l'appartement, je découvre le corps qui va avec ce visage doux. Grand et large, il a les bras costauds du mec qui passe un bon nombre d'heures à la salle de sport à soulever de la fonte, à moins que ce ne soit un grand sportif type nageur. Dans tous les cas, son sourire discret au regard rieur me tape légèrement sur le système. Je sens qu'il se moque de moi – et pas qu'un peu –, de mes joues rougies par l'effort et de mes cheveux ébouriffés et attachés à la va-vite.

– Je peux vous aider, mademoiselle ?

– La rescousse masculine ?

– Mais c'est que ma nouvelle voisine sort les crocs !

– Je ne suis pas nouvelle dans cet immeuble.

– Mais moi, oui ! Sympa, la rencontre avec le voisinage ! se moque-t-il.

C'est pas le moment !

Je m'apprête à lui répondre de façon tranchante, mais le jeune inconnu se saisit de mes valises, une dans chaque main – alors que je peinais comme un escargot – et commence à monter au troisième.

J'étouffe un soupir de soulagement, je n'ai pas non plus envie de lui donner cette satisfaction, faut pas déconner. Sur mon palier, je sors mes clés et les glisse dans la serrure. En entrouvrant ma porte, je me tourne vers mon voisin. Il me scrute comme s'il essayait de deviner quelque chose à mon sujet.

– Merci pour le coup de main. C'était sympa !

– Je me fais un devoir d'être sympa avec mes voisines !

Je garde les lèvres pincées, je ne veux pas créer d'ambiguïtés.

– Je ne sais pas à quoi vous pensez, mais ça n'arrivera pas.

– Quoi donc ? Les bonnes relations de paliers ?

– Non, la drague. Ça ne marche pas, je ne suis pas… comme ça.

– Libre ?

– Si l'on peut dire.

– Tant mieux, moi non plus. Rupture difficile, avoue-t-il à demi-mot.

Ma curiosité me gratouille. J'ai des facettes de vraie fouine, faut bien l'avouer, et mon nouveau voisin m'intrigue. Puis c'est aussi une question de sécurité, je dois me renseigner sur mon entourage, on n'est jamais trop prudent !

Alors que je pouffe de rire de ma propre bêtise, mon voisin m'inspecte d'autant plus.

Penaude, je baisse la tête, un peu gênée. Après tout, sa vie sentimentale ne me regarde pas, on ne se connaît pas.

– Si je peux me permettre, commence-t-il, le cœur est celui qui nous retient à l'autre, mais parfois, il a raison de le faire, c'est simplement nous qui fuyons la réalité.

Je suis abasourdie par son aisance à parler d'une situation dont il ignore tout et mes yeux s'écarquillent. Ce qui est certain, c'est que mon voisin ne manque pas d'audace ! Malgré tout, je ne rebondis pas sur ses paroles. Il poursuit donc :

– Si jamais tu veux discuter, je suis le voisin du dessous ! Bon retour.

– Merci pour l'aide. Ravie d'être ta voisine du dessus.

Après un sourire et un hochement de tête, il redescend en direction de chez lui. Il a cet air curieux, mais gentil, je comprends qu'il n'a prononcé ces paroles que par bienveillance et que je suis la seule à me sentir mal à l'aise du fait qu'il est intervenu pour m'aider.

Ce n'est pas un mauvais bougre, à mon avis. Peut-être qu'il a juste besoin d'un peu de soutien face à la période que lui-même affronte.

En rentrant dans mon appartement, je retrouve mon petit – tout petit – nid douillet. Rien n'a bougé, mes quelques plantes pas encore défuntes ont été soigneusement arrosées par Théa. La lumière envahit le salon d'un halo doré. Ma montre m'apprend qu'il est dix heures. J'ai passé un temps fou entre les contrôles de sécurités et les embouteillages parisiens. Retour à la vie quotidienne ! Je suis épuisée et décide de filer sous la douche pour me relaxer avant d'enfiler un pyjama.

Nous sommes le vingt-sept décembre et je suis de retour à Paris. C'est ce que je réalise en m'étendant sur mon lit dont le confort est moindre que celui qui m'a accompagnée ces trois dernières semaines.

Un soupir. Puis deux. Je me décide enfin à éteindre le mode avion de mon téléphone.

Ni une ni deux, à peine le réseau de retour, cet outil technologique de communication se met à vibrer comme un possédé. Les messages et appels manqués ainsi que les notifications des applications semblent s'enchaîner. Mon cœur bat à tout rompre, en rythme avec l'engin.

Je prends le parti de répondre à Théa et à mes parents avant toute chose. J'annonce à la première que je suis à peine arrivée chez moi et que je vais aller dormir un peu car je suis cassée du décalage horaire. Sa réponse ne tarde pas, puisque bien vite elle me propose que l'on dîne ensemble ce soir. Ça ne me fera pas de mal, alors j'accepte. Mes parents sont également au courant de mon arrivée, mais je les prie, dans le message que je leur laisse, de ne pas rentrer plus tôt qu'ils ne l'avaient prévu. J'ai l'espoir qu'ils fassent ce que je leur demande pour une fois, mais on n'est jamais sûr de rien avec les parents. Néanmoins, mauvaise langue que je suis, ils acceptent de me laisser seule. J'ai bien fait de ne pas entrer dans les détails de mon retour !

Puis il y a les autres messages… Ceux m'annonçant les promos en cours dans les boutiques dans lesquelles je fais habituellement mon shopping sont les plus faciles à ouvrir.

Trêve de plaisanterie, Liv ! Tu vas t'armer de courage pour lire ces textos et écouter ces messages vocaux.

Les premiers sont inquiets, déboussolés, ils marquent l'incompréhension totale d'Austin surtout, mais aussi de Holly et de Lia. Ensuite, Austin cherche des réponses. Les premiers sont demeurés sans réponse dû à mon absence et pour cause, j'étais dans les airs. Les derniers, qui avec le décalage horaire ont été envoyés il y a des heures – il est quand même plus de quatre heures du matin à New York – sont davantage chargés d'émotions.

« Liv, pourquoi es-tu partie ? Je ne comprends pas, nous devions déjeuner ensemble. Et puis ce mot dans ma cuisine, qu'est-ce que ça veut dire ?

Où es-tu ? Laisse-moi te parler, laisse-moi comprendre.

Tu sais, Liv, que je tiens à toi. Je pensais que tu voudrais rester avec nous un peu plus longtemps, Holly m'a confié que c'est ce que tu allais me demander.

Tu avais envie de passer le Nouvel An avec nous, alors pourquoi être partie ?

Tu as laissé certains de tes cadeaux. Tu as oublié tes insupportables chaussons à tête de renne dans ma chambre. Tu as oublié quelqu'un, moi. Réponds-moi, allons boire un café. Peut-être que tu doutes, mais dans ce cas, laisse-moi t'éclairer.

Je pense à toi, Liv. Il faut que l'on parle. »

Ces mots me vrillent l'estomac et mes larmes longtemps refoulées surgissent en flots incontrôlables. Austin me touche, mais une pointe de colère s'insinue en moi. Il ne semble vraiment pas comprendre ce qui a causé cette réaction. Il se moque de moi ? Il m'oublie et ensuite il reprend conscience de ma présence ? C'est quoi ce délire ? À moins que ce soit Holly et sa famille qui ont parlé de moi, ça expliquerait plusieurs choses… Je n'arrive pas à croire qu'un vol retour ait suffi pour effacer les séquelles de l'accident. ! Ce n'est pas possible…

Inspirant profondément et tremblante, je commence à taper du bout des doigts le message de réponse.

« Nous ne pourrons pas aller boire un café, j'ai quitté New York.

Tout ce qui est écrit sur le petit mot laissé dans la cuisine est vrai. Je vous souhaite le meilleur, tu sais comme j'ai adoré me lier avec ta famille, du moins je l'espère, à laquelle tu manques.

Mais je ne peux pas rester, ton cœur est ailleurs, avec cette jolie rousse qui est arrivée à l'hôpital suite à tes demandes. Vous venez du même monde et vous êtes très bien assortis. Tu la connais depuis longtemps. Vous êtes liés.

Je comprends, Austin, le cœur ne choisit pas ses inclinations et elles ne sont pas toujours réciproques.

De toute évidence, entre nous, cela n'aurait jamais été beaucoup plus loin, je vis à Paris, toi à New York, un océan nous sépare et il aurait eu raison de nous un jour ou l'autre.

Je te souhaite le bonheur et l'amour, embrasse les autres Matthew pour moi.

Adieu. »

Suffocant presque, je relis ce que je viens d'écrire et mon cœur se brise à chaque mot avant le coup final et fatal.

Cet adieu est celui en lequel mon cerveau croit pour avoir la capacité d'oublier cette escapade de sentiments éphémères. Mon cœur n'en est pas encore à ce stade, je suis obligée de le reconnaître. Quelques minutes d'hésitation se font tout de même ressentir avant que je me contraigne à l'envoi de ce message. Ce n'est pas facile, mais il le faut. Il le faut !

Les secondes passent. Mon SMS est envoyé, mais je ne sens pas cette vague de soulagement qui aurait dû m'envahir après avoir mis un terme à… tout cela. À la place, je me sens juste désespérément seule et triste. Baissant les volets et tirant les rideaux opaques bleus de ma chambre, je m'enfonce dans l'obscurité, me réfugie sous ma couette et ferme les yeux en espérant qu'à mon réveil tout ira déjà un peu mieux.

Que nenni !

C'est absurde de croire que le sommeil règle les problèmes. C'est à peu de choses près aussi stupide que croire qu'en quittant une ville on peut échapper à ses problèmes, alors que ces derniers nous poursuivent où qu'on aille.

Ah, mais oui ! Je suis dans ces deux cas de figure !

Après ma sieste bienvenue, je peux constater que la réalité n'a pas bougé d'un iota. Lorsque je saisis mon portable avec angoisse, je remarque que je n'ai reçu aucun message des Matthew et qu'Austin ne m'a pas répondu. Je ressens une légère déception, puis Théa appelle pour programmer davantage le dîner de ce soir. Un petit moment décontracté entre filles, comme elle dit. À l'entendre, un moment entre nous débriefing et potins sur ma situation sont de rigueur.

Résultat, mon corps alangui se déplace jusque sous ma ridicule douche sans l'effet pluie new-yorkais.

Bien qu'à Paris l'hiver ne soit pas le même que dans la ville qui ne dort jamais, il pèle ! J'enfile un jean et des cuissardes avec un gros pull blanc sous mon manteau et mon écharpe.

Théa a incontestablement voulu réchauffer mon cœur, ou à défaut mon estomac, en réservant chez le groupe Big Mama, l'une de mes adresses phares dans la capitale pour manger italien. Puis la déco, on en parle ? Tout est étudié et stylé, une pépite !

Je retrouve mon amie devant la façade du restaurant. Je

remarque que son manteau a du mal à fermer à cause de son ventre qui prend désormais une bien bonne place. Nous nous embrassons et entrons nous réchauffer dans cet antre de la gourmandise.

L'endroit est toujours aussi chaleureux, il y fait bon vivre et les couples ou amis discutent joyeusement et dévorent à pleines dents leurs repas. Nous commandons un spritz et un cocktail sans alcool pour trinquer à Noël et de façon plus générale à nous. La commande est passée, deux pizzas Margherita.

Je connais très bien Théa, mon silence la contrarie et comme elle ne peut pas résister à en savoir plus, elle va bientôt me poser des questions pour obtenir directement les réponses.

– Alors, qu'est-ce que ça fait de retrouver Paris ?

– C'est étrange d'entendre tout le monde parler français, de voir des publicités et des écriteaux dans ma langue, de redécouvrir ces élégants bâtiments haussmanniens. Tout compte fait, trois semaines, c'est largement suffisant pour se sentir dépaysé dans son propre pays !

– Tu m'étonnes ! Le gigantisme américain ne doit rien avoir à voir avec la France !

– Ce petit air rêveur que je vois sur ton visage sera conquis par les souvenirs que j'ai rapportés alors.

– J'ai hâte de voir ça !

Tout en discutant, je sors de mon sac le petit sachet contenant les souvenirs pour mon amie : un magnet du Top of the Rock, une décoration pour son sapin et quelques autres bricoles. Des paillettes dans les yeux, elle sourit de façon radieuse lorsque le serveur nous apporte nos pizzas.

– Merci beaucoup, c'est super mignon !

– De rien. C'est notre routine de voyage : nous envoyer une carte bien que j'ai échoué sur ce point, et nous rapporter un petit quelque chose.

– En tout cas, tu as visé juste !

– Il ne faut pas grand-chose pour que ça te plaise, déclaré-je gentiment. Alors, ta grossesse, comment ça se passe ?

– Bien, je n'ai plus de nausées pour me plaindre. En revanche, coucou l'essoufflement, je sens bien que j'ai un poids en plus qui s'accroche à mon corps. Monter les escaliers, je te laisse imaginer la galère ! Et quand je les descends, je ne vois même plus mes pieds !

Je ris avec tendresse de son attitude. Théa rêve de fonder une jolie famille depuis que l'on est gamines. Rien de plus naturel pour elle. Pouponner, c'est un rôle qui lui va à merveille et la voir se plaindre de petits tracas m'amuse puisque je sais qu'au fond c'est un bien petit mal pour autant de bonheur dans leurs vies, à Laurent et elle.

– En ce moment, je suis dans la réflexion coquillages d'allaitement ou coques d'allaitement à usage unique, vois-tu.

– Prends les coquillages, ça te donnera un petit côté Ariel.

– C'est pas bête ça pour retrouver mon sex-appeal ! rit-elle.

Le badinage reprend son cours alors que nous achevons notre plat principal et commandons deux tiramisus servis à la louche.

– Bon.

Ah, je sens que c'est le moment de *la* conversation… En même temps, fallait pas espérer passer entre les mailles du filet. Je suis un poisson pris au piège, et pour qu'on me relâche, il me faut capituler.

– Tu t'es démenée pour parler de tout et de rien, de ma grossesse, de Laurent, et cætera. Maintenant, tu vas me dire comment tu te sens. Qu'est-ce qui s'est passé depuis que tu m'as appelée alors que tu roulais vers JFK ? Je m'inquiète.

– Il n'y a pas lieu de t'inquiéter, ce n'était qu'une aventure.

– Ne me prends pas pour plus bête que je ne le suis. Je te connais comme si je t'avais faite.

– Tu me piques ma phrase.

– Ne détourne pas le sujet. Passe aux aveux, ce sera moins douloureux si tu cèdes.

– Je t'ai déjà raconté ce qui s'est passé pour que je prenne la fuite. J'ai laissé un mot sur le plan de travail de la cuisine. Il disait que je souhaitais le meilleur à tout le monde, que je les embrassais et que je désirais qu'Austin soit heureux, peu importe avec qui.

– Et… ?

– Et j'ai foutu le camp. À l'aéroport, mon portable a commencé à vibrer quand j'allais passer les portiques. Il a fini en mode avion. Ensuite, il y a eu les heures de vol, puis en arrivant chez moi, j'ai remis mon portable en réseau, et je t'ai envoyé des messages pour te prévenir de mon arrivée et qu'on discute de ce soir.

– Et Austin ? Et les Matthew ?

– Lia m'a demandé si j'allais bien. Et Holly m'a envoyé un message m'expliquant que son beau-frère n'avait pas agi en abruti intentionnellement. Elle m'apprend aussi que sa mémoire lui revient au fur et à mesure sur plusieurs petites choses.

Je souris face à cette bonne nouvelle. Pourtant, mon cœur se serre. La déception et la tristesse m'envahissent. Austin retrouve la mémoire, mais si je ne faisais jamais partie de ses souvenirs ? Sa belle-sœur précise bien qu'il commence petit à petit à se rappeler mais il se pourrait que son cerveau mette de côté certains faits. Et si j'en faisais partie ? Par ailleurs, quand bien même il se souviendrait de moi, l'accident pourrait avoir servi de révélation. Austin pourrait se rendre compte que celle à qui il tient, c'est Allison et non moi, la fille qu'il vient à peine de rencontrer.

– Et Austin ? Je vois bien que tu joues l'anguille qui se sort toujours du nœud.

– Austin m'a envoyé plusieurs messages, il y fait part de différentes émotions au fur et à mesure que le temps passait.

– Franchement, ça te surprend ? Un putain d'océan sépare vos vies et tu l'as traversé en un coup de baguette magique dès qu'il y a eu de l'eau dans le gaz !

– De l'eau dans le gaz ? Vraiment, Théa ? Il a oublié ma présence, notre rencontre, tout ce que l'on a partagé, notre premier baiser, nos regards et la seule femme qui l'obsédait c'était son ex. Comment peux-tu être aussi froide avec moi ?

– Parce que je veux te voir sortir de ta carapace et poser des mots sur ce que tu ressens réellement. Alors, vas-y.

– Quand je l'ai vu avec elle, Allison, si belle, élégante, de la même souche que lui, c'est comme si nos différences étaient devenues l'évidence que nous ne sommes pas faits pour être ensemble.

– C'est ridicule. Liv, tu es une nana qui en a dans ciboulot et tu es marrante. D'accord, c'est vrai que tu es aussi méfiante et que tu t'ouvres difficilement, mais une fois que tu le fais, on découvre un trésor. Vous vous êtes rapprochés, votre proximité lui a forcément montré ça, Liv.

– Je ne sais pas. Je suis restée plusieurs minutes à les observer, comme une idiote, attendant un geste qui me rassurerait, mais rien n'est venu. Austin ne l'a jamais repoussée. Elle lui souriait, affichant sa victoire alors que j'étais presque prostrée contre la porte de la chambre. Alors, oui, je suis partie.

– Sur un coup de tête.

Mes sourcils se froncent et sa remarque me chagrine moins par vexation que par raison. Théa n'a pas tort, j'ai fui à la première occasion.

– Tu es ma meilleure amie et même si nous ne sommes pas toujours d'accord, je ne te juge pas.

– Je sais bien.

– Je dis simplement que tu as toujours eu du mal à t'engager sur le plan sentimental. J'ai l'impression que cette fois-ci, tu as conscience de tes sentiments et ils te foutent la trouille. Alors, tu as pris la fuite plutôt que de prendre le temps de discuter avec Austin pour éclaircir la situation. Parler de tes émotions est l'une des choses les plus compliquées pour toi. Mais ce n'est pas parce que tu penses à toi, à ce que tu ressens, que tu vas blesser les autres ou les vexer. Il te faut juste communiquer.

– On dirait bien que c'est ce que je fais ce soir avec toi.

– En effet. Et du coup, les messages d'Austin ont eu quel effet ?

– Le dernier m'a chamboulée. Je pouvais presque sentir son espoir et son inquiétude.

– Que t'a-t-il dit ?

Je sors mon portable de mon sac à main et le lui tends pour lui faire lire le contenu de ce fameux message. Je suis fébrile, mon estomac se noue au fur et à mesure que son regard se porte sur les lignes du texte.

Soudain, Théa relève les yeux et me fixe d'un air indéchiffrable.

– Liv.

– Oui ? réponds-je d'une petite voix.

– Tu as bien lu les mêmes mots que moi ? Austin n'a pas du tout l'air du mec qui s'apprête à se tirer avec son ex.

Baissant la tête, j'hésite à répondre.

– Il est clairement en demande d'explications et ton message de réponse paraît si… impersonnel. À croire que lui écrire ne t'a fait ni chaud ni froid. Comme je te connais, je sais pertinemment que c'est faux, mais…

– Tu ne te trompes pas… J'ai eu du mal à l'écrire, mais il fallait bien que je dise quelque chose, puis, en soi…

– En soi quoi ? Tu crois vraiment à ton excuse de la distance ?

– Ce n'est pas une excuse, répliqué-je.

Le serveur nous coupe à cet instant en nous apportant notre savoureux dessert, avant de repartir.

– Tu plaisantes ? Depuis quand tu ne crois plus à l'amour avec un grand A, comme celui de tes parents ? Enfin, essaie d'être raisonnable. Je sais que tu as peur, mais tes parents sont la preuve que l'amour, bien qu'éloigné, est possible.

Un point pour le camp adverse !

Je suis bien obligée de reconnaître que Théa a raison et que mes parents s'aiment toujours follement comme au début de leur relation.

– OK, je veux bien admettre ça. Ça n'empêche pas que l'Atlantique qui nous sépare est loin d'être pratique pour se voir.

– Tête de mule.

Je ne peux pas m'empêcher de lui répondre comme une gamine en lui tirant la langue. Nous rions de bon cœur.

– Dis-moi, Liv, tu l'aimes ?

– Ça passera.

– Ce n'est pas ma question.

– Je pense que oui, je l'aime. Mais j'ai beau tourner le sujet dans tous les sens, y penser et y repenser, je me dis aussi que la situation aurait été plus compliquée qu'autre chose. Il n'y a pas que la distance qui me fait dire ça, mais également nos vies, elles n'ont rien de similaire. Il est dirigeant d'une chaîne d'hôtels, je me suis fait virer et j'ignore dans quel domaine réellement m'orienter. Il fait partie de la bonne société et moi, je serai en panique face à autant de fourchettes lors d'un gala !

Mon humour fait rire Théa, mais je vois cette étincelle combattante dans son regard et je sais d'avance que je ne suis pas en train de gagner cette partie. À ce rythme-là, je vais devenir boudeuse. Ou juste vaincue.

– Les fourchettes, ça s'apprend ! Après, on dit aussi que les opposés s'attirent.

– C'est justement bien ce qu'il s'est passé…

– Peut-être que tu devrais lui renvoyer un message ou au moins lui dire que tu es rentrée chez toi.

– À quoi bon ? Il n'a même pas répondu au dernier que je lui ai écrit.

– Et si tu loupais l'histoire de ta vie ?

Je suis saisie par un moment de réflexion. Théa n'a pas tort dans le fond, et si je loupais la plus grande histoire de ma vie ? Depuis que l'avion a décollé de New York, cette question me taraude sans cesse. Ce soir, c'est la première fois qu'on me la pose directement et cela fait ressortir tous mes doutes enfouis. J'ai la trouille, désespérément la trouille de faire le mauvais choix, de rayer quelque chose qui pourrait être si important dans ma vie sans même prendre le temps d'en discuter avec le concerné. L'amour est rare et précieux, c'est ce que me répétait ma mère lorsque j'étais enfant. Pourtant, je ne peux pas effacer ce que j'ai vu, ce que j'ai ressenti. Cette déception et ce mal-être de ne pas me sentir assez bien pour Austin, pas assez intéressante, pas assez élégante, pas assez tout. Je ne désire pas vivre avec ce sentiment, je ne veux pas me sentir si mal et je préfère me dire que l'histoire de ma vie est devant moi et non derrière.

– Alors, tant pis, il y en aura une autre.

– Tu préfères passer tes soirées à picoler du chardonnay et grignoter des cigarettes russes alors ?

– Dans les prochains jours, ce sera mon combo, effectivement ! Si je m'en lasse, je changerai de sucreries.

– Et tu resteras sur l’alcool ?

– C’est un antiseptique naturel, ça pourrait tuer les microbes du chagrin d’amour, ricané-je.

Chapitre 31

Assise sur mon canapé, je réfléchis. En ce moment, ça devient une habitude de réfléchir – pas que j'étais totalement stupide auparavant, hein. Mais l'année est passée, bien vite ou lentement, cela dépend des périodes et des mois, mais elle s'achève et comme tous les ans avant le 31 décembre, je dresse ma petite liste de vœux pour l'année suivante.

Pour cette année, j'avais demandé de garder mon boulot – on en conviendra, c'est un échec –, de passer du temps avec mes parents et, même si ce n'est pas flagrant en cette fin de mois, j'y suis parvenue, j'avais aussi espéré mettre de l'argent de côté pour acheter mon futur et inconnu petit chez-moi, mais mes finances allant mal, ça n'a pas été possible. Enfin, j'avais souhaité faire un beau voyage. Celui-ci, de vœu, s'est réalisé au-delà de mes espérances les plus folles…

Quand j'y songe, ces derniers mois ont été bien plus exaltants que l'ensemble des mois précédents, j'ai vécu à cent à l'heure comme si chaque souffle m'était compté, mais Dieu que c'était bon ! J'ai pu découvrir une ville et un pays totalement différents du mien, m'immerger dans une culture et une vie qui n'ont rien avoir avec ce que je connais, et la rencontre de gens formidables m'y a clairement aidé.

Si je devais résumer 2021 en quelques mots, je dirais qu'elle a été une source intarissable de surprises.

Mais voilà, nous sommes le 31, dernier jour de l'année, et je ne suis pas franchement prête à en entamer une nouvelle. Un soupçon – pas si petit que cela – de nostalgie s'empare de moi et je regrette que le temps file ainsi. Serait-il possible de le ralentir un peu ? De revenir en arrière ? Au fond, en ai-je la force de revenir en arrière ?

Le plus souvent, quand l'on commence une nouvelle année, c'est avec l'âme emplie d'espoirs, de résolutions et de détermination. Mais soyons honnêtes, ça dure à peine un mois, ensuite on reprend notre routine « métro-boulot-dodo et advienne que pourra » sans s'arracher les cheveux et perdurer dans nos envies de nouveaux chapitres et de nouveaux départs post Jour de l'An. Je ne vois pas pourquoi cette année serait différente.

Puis... je suis bien obligée d'avouer que je n'avais pas prévu de passer mon 31 de cette façon. Je pensais si fort être encore ensevelie sous la neige new-yorkaise, assister au décompte géant et à la descente de la boule sur Times Square comme dans les comédies romantiques américaines. À la place – c'est une demie plainte –, je sais bien que nombreux sont ceux qui ne font même pas cela le 31. Je serai entre amis, enfin avec Théa, Laurent et des amis à eux, attendant l'heure magistrale pour nous rendre sur les Champs-Élysées et admirer le feu d'artifice de la nouvelle année, en trinquant au champagne. Il y a bien pire, mais ce n'est pas ce que voudrait mon cœur.

Mais comme dirait Queen, *show must go on* !

Je suis donc emmitouflée dans un plaid, avec mon thé fumant sur la table basse, à lister mes vœux pour mon année à venir en espérant que tout se réalise.

Voyager de nouveau. Trouver un job qui me plaît vraiment. Essayer de me mettre au sport, ça ne fait jamais de mal. Profiter de chaque instant. Ne pas attendre que la vie fasse tout à ma place.

Fière de ma liste, je me redresse et souris. L'air doux de *No One Cares* de Michele Morrone s'échappe soudain de mon téléphone. Cette voix si grave que j'aime tant pourrait presque me faire refuser l'appel de Théa.

Bon sang, mais je n'avais pas vu l'heure, il est déjà presque midi !

– Allô ? Je suis à la bourre, mais promis, je me magne !

– Encore en pyjama ? devine-t-elle, amusée.

C'est fou ça, rien ne lui échappe. À croire qu'elle a posé des caméras chez moi.

– Je plaide coupable.

– En fait, je t'appelais justement pour ça, il y a un petit changement de programme.

– Le jour même du 31 ?

– M'en parle pas, ça me fait sortir de mes gonds, tu sais comme je suis une maniaque de l'organisation.

– Alors, que se passe-t-il ?

– On devait aller chez Franck, le collègue de Laurent, mais pas de bol, un tuyau de sa cuisine à pété, résultat son appartement s'est retrouvé inondé parce que, évidemment, ça arrive dans la nuit ce genre de trucs bien chiant. L'appart est bien sûr dans un état pitoyable et aucun plombier n'est dispo aujourd'hui, tu t'en doutes, donc la soirée ne peut pas avoir lieu chez Franck.

– Mince, le pauvre. Il finit l'année en beauté, lui ! Du coup, on annule tout ?

– Non !

– Euh… OK. Plan B ?

– Laura, tu te souviens d'elle ? Elle connaît aussi Mathieu qui est invité et tous les deux, ils ont eu une super idée ! Il se trouve que l'ancien pote de promo de Mathieu est l'un des ex de Laura, pour le coup ça n'aide pas trop, mais il bosse dans le monde de l'événementiel. Et tu sais comme Mathieu est habile pour obtenir ce qu'il veut. Il lui a donc promis un dîner de reconquête avec Laura en échange d'un lieu de ouf pour notre soirée ! C'est qu'on est plus d'une vingtaine quand même !

– Euh… je ne te suis plus trop. Du coup, c'est où ?

– C'est avenue d'Iéna, dans le 16e, près du Trocadéro.

– Pardon ? Attends, mais tu es au courant que le quartier est dingue niveau emplacement et vue sur Paris ? Sans parler de la Dame de fer !

– Je sais ! trépigne-t-elle d'excitation. C'est pas génial comme lieu, ça ? Vive Laura, Mathieu et leurs ex et potes !

Je suis scotchée, je ne sais pas quoi dire de plus. D'ailleurs, pour être franche, je ne pensais pas que l'on avait un carnet d'adresses aussi avantageux. Ce plan est totalement cool, de quoi rendre ce Nouvel An mémorable, bien qu'inhabituel. Cependant, la raison me rattrape.

– Mais ça va nous coûter combien ?

– Rien !

– Comment est-ce possible ?

– Il s'agit d'un duplex.

– Tu me dis ça comme si ça expliquait tout.

– Attends, j'y viens. Il s'agit donc d'un duplex de cinq cents mètres carrés dans un immeuble parisien de standing, au septième étage avec ascenseur bien sûr. L'appartement est proposé à la location, mais en cette fin d'année, le propriétaire n'a pas réussi à le louer et il a vécu une rupture difficile, un truc qui l'a vraiment remué apparemment, donc il désire s'en débarrasser pour passer à autre chose et oublier son idylle parisienne. Le plan, c'est d'y faire la fête et de faire un max de photos – il y aura un professionnel, tu sais, Cléa, c'est son métier –, pour le rendre le plus vendeur possible. On partagera tout ça sur les réseaux sociaux. Le deal, c'est publicité à fond en échange du lieu pour notre soirée.

– C'est louche.

– Oh, Liv, tu ne peux pas juste saisir la belle occasion qui se présente à nous et profiter ?

Tiens, ça me rappelle ma liste de vœux pour l'année.

Théa n'a pas tort sur toute la ligne, une nouvelle fois, autant savourer ; l'occasion est folle, alors pourquoi refuser ? Puis on sera tous ensemble...

– Comment on s'organise ?

Un petit cri de joie résonne à l'autre bout de la ligne alors qu'elle m'explique en détail le programme : un après-midi entre filles, avec Laura, à se faire dorloter au salon de coiffure, puis d'esthétique.

L'après-midi passe avec langueur et relaxation. Se retrouver entre filles, il y a quand même peu de choses mieux en ce monde. La nouvelle année me donne envie de changement et je me décide à franchir le pas avec une nouvelle couleur de cheveux, un ton « moka » si j'en crois les conseils de la coiffeuse, et un léger dégradé pour moderniser un peu ma coupe longue. Le petit massage crânien est la cerise sur le gâteau !

Les filles se sont contentées d'un soin et d'un brushing,

préférant tout donner sur la coiffure. Pour Laura, une jolie tresse en épi de blé partant du haut de sa tête, et pour Théa, un *wavy* lui donnant un air malicieux.

Ensuite, les ongles, « passage obligatoire pour les finitions du look du Nouvel An » comme le clame haut et fort Laura. Moi, je reste sur un basique, il ne faut pas tenter trop de nouvelles choses en même temps, ça finit systématiquement par foirer ! Un beau rouge bordeaux quand les filles partent dans l'excentricité d'un doré. La séance se poursuit avec du shopping, il faut trouver la plus jolie tenue ; un pantalon tailleur pour l'une et une robe pour l'autre, choix que je fais également. La robe que j'ai dénichée est basique avec un joli décolleté rond, elle est noire et descend jusqu'à la cheville en restant droite. De chaque côté des jambes se trouve une fente commençant au milieu de la cuisse. Un bustier en dentelle et un long jupon sobre habillent le tout. Un joli rouge à lèvres pour accompagner le tout et le tour sera joué en un clin d'œil !

– Ce soir, n'oublie pas de mettre quelques paillettes sur ton fard à paupières, c'est tout de même le trente et un, faut faire un effort, me taquine mon amie.

– J'ai changé de tête, l'effort n'est-il pas déjà fait ? ris-je.

– Tu vas lui faire tourner la tête.

– Puis, regarde, j'ai choisi une robe sympa, non ? Alors que j'aurais tout aussi bien pu mettre un pull noir !

– Tu restes dans les mêmes tons que ton pull du coup ! me dit-elle en me tirant la langue comme une gamine.

Nous restons à discuter et à nous taquiner un long moment tout en nous baladant avant de rentrer chez nous afin de nous préparer. Laurent a gentiment proposé de venir me chercher pour que nous y allions tous les trois. Je soupçonne que ce soit une ruse de Théa. Elle veut être sûre que je viendrai et pour cela, elle est prête à m'y traîner de force. Mais elle n'a pas besoin de faire ça, je me plie sans rechigner à son désir, j'ai conscience que fêter cette nuit avec des amis est une bonne chose, puis je suis pleine d'entrain et de bonne volonté, alors je ne veux pas commencer cette nouvelle année affalée dans mon canapé en pyjama à me nourrir de malbouffe pendant deux jours.

Chapitre 32

– Une coupe ?

En me tournant, je découvre mon voisin, deux coupes de champagne à la main.

Mais qu'est-ce qu'il fout là, lui ?

Prête à poser ma question, je prends tout de même la coupe de champagne qu'il me tend. Il se tient face à moi, tout sourire, dans son élégant costume anthracite. Je vois que je ne suis pas la seule à avoir fait un effort et à m'être mise sur mon trente et un, sans mauvais jeu de mots.

– Lequel connais-tu ? lui demandé-je histoire de lancer une conversation.

– Je connais Mathieu, celui qui a trouvé le lieu de la soirée, et j'ai déjà croisé Laurent. Et toi, il m'a dit que tu étais la meilleure amie de Théa ?

– On ne peut rien te cacher.

– Tu as bien failli avec cette couleur de cheveux. Ça te va très bien, s'empresse-t-il d'ajouter devant mon air pincé.

– Merci pour le compliment ainsi que pour la coupe de champagne.

– Je t'ai vue seule sur la terrasse, dans ton coin. Un soir de Nouvel An, je ne pouvais pas laisser ça passer.

Je lui souris poliment. Je ne l'ai pas recroisé depuis qu'il m'a aidée à monter mes valises. Il alimente la discussion jusqu'à être appelé ailleurs. En me souriant de toutes ses dents, il ajoute, légèrement malicieux :

– Tu sembles ailleurs, tu ne passes pas une bonne soirée ?

– Si… enfin, je ne sais pas vraiment. Mon Jour de l'An s'est décidé à la dernière minute.

– Parfois, lorsqu'on aspire à aller ailleurs, il faut tout simplement céder à la tentation.

Tiens donc, voilà qu'il philosophe maintenant ! Comme si c'était si facile…

– C'est compliqué. Mais la vue ici n'est quand même pas si mal !

Sans doute compréhensif, mon nouveau voisin prend le parti de hocher la tête sans ajouter un mot à ce sujet.

– Au fait, ça ne doit pas t'intéresser, mais moi c'est Quentin.

Oh merde ! Bon sang, mais je suis capable de toutes les bourdes moi, même de discuter avec mon voisin sans connaître son nom.

– Liv.

– Je sais.

Rougissant bêtement, car gênée de ma bêtise, je détourne le regard alors que Quentin prend la tangente. Je suis une vraie bécasse, mon voisin aurait toutes les raisons de me prendre pour une personne malpolie.

Je porte la coupe à mes lèvres et la gorgée de champagne m'irrite doucement la gorge avec cette allégresse que cet or pétillant fait naître en moi.

Le lieu est dingue, Théa avait bien raison. Je ne m'attendais pas à autant de luxe et de goût ! Ce duplex a une terrasse en *rooftop* avec vue à trois cent soixante degrés donnant notamment sur la majestueuse tour Eiffel. Des rambardes en fer forgé noir encerclent la terrasse, lui conférant une touche d'antan, alors que le duplex est à la dernière pointe de la modernité. Le salon, entièrement ouvert par de grandes baies vitrées, est d'un blanc immaculé. Au plafond, des spots lumineux diffusent une lumière d'ambiance sur des canapés et fauteuils aux tons chaleureux, jaune et orange. La cuisine en deux mots : mon rêve. Un îlot central, un grand plan de travail, un aménagement brillant dans des tons sobres, noir et bois. Je pourrais passer des heures à cuisiner de petits plats dans cet endroit, il me faudrait juste une équipe de foot pour tout manger !

Je me demande bien à quoi ressemble le propriétaire, il doit être riche comme Crésus pour avoir le luxe de résider ici de façon secondaire. Je lui imagine une vie hors du commun, une vie faite de voyage, de luxe, de restaurants gastronomiques, de soirées mondaines… Pourtant, Théa m'a librement confié qu'il était également question d'une rupture difficile. Comme quoi, une vie de paillettes n'empêche pas les ennuis, ça ne freine pas les déceptions, l'argent n'achète pas tout.

Le vent frais me fait frissonner. J'ignore quelle heure il est, mais la nuit est tombée depuis longtemps et l'ivresse du champagne se lit dans les mouvements et la manière d'être des gens présents ce soir. Mon regard se perd parmi les étoiles et la Dame de fer scintillante. À New York, c'est sans doute le milieu d'après-midi, il doit faire un froid de canard, et peut-être même que la neige tombe sur la ville. La population doit se préparer à fêter le Nouvel An et à décompter les dernières secondes de l'année.

Et qu'en est-il de lui… ?

Austin. Ce prénom qui revient sans cesse hanter mes pensées. Devant les autres, je me la joue forte, mais au fond, je vacille, je tremble et je doute. Austin… Ce mec obsède mes pensées !

Puis, je me souviens qu'il n'a jamais répondu à mon dernier message. C'est bien la preuve qu'il n'était pas si intéressé que ça, non ? En remarque, moi j'ai également mis du temps à lui répondre, mais mon excuse est entièrement valable puisque j'étais dans les airs sans le moindre réseau dans l'avion.

Je souffle. Pourquoi est-ce que nous, les femmes, détenons la clé de cette capacité à nous embrouiller les méninges à grandes doses de questions ? Cela m'étonnerait que les hommes s'en posent autant, pourtant, ils devraient. Néanmoins, alors que j'ai promis – à moi-même et aux autres – de passer à autre chose, je reste sur cette terrasse, une coupe de champagne quasiment vide entre les mains, à m'interroger inlassablement sur ce qui se passe de l'autre côté de l'Atlantique. J'en suis dépendante et je me leurre sur la distance que je veux mettre. À ce jour, j'en suis incapable. C'est ça, la réalité, je suis incapable de réellement passer à une autre étape de ma vie, je pense à lui et à eux de façon générale, car il n'y a pas qu'Austin qui me manque, mais aussi Holly, Lia, Tom et Alexis. Mais je suis ici, à Paris, devant cette merveilleuse tour Eiffel qui ne fait que me renvoyer à son homologue, la statue de la Liberté.

Un long soupir s'arrache de mon être alors que j'entends résonner *Black Magic* de Skylar Grey et Eminem. J'aime beaucoup ces deux chanteurs et le savant mélange de cette voix douce et féminine comme une caresse et du côté plus brut du masculin ambiance tout le monde sur la terrasse. La chanson m'entraîne et mon corps se laisse aller au rythme de la chanson, suivant le mouvement sonore en remuant les hanches et la tête. La terrasse étant chauffée avec de hauts lampadaires chauffants, j'ai soudain chaud avec mon manteau, alors je le retire et le dépose sur une chaise d'extérieur à proximité. Je ferme les yeux, les sensations inondent chaque parcelle de mon corps.

Tragic Endings, des mêmes chanteurs, commence alors et je suis toujours aussi possédée par la musique.

Je ressens tout avec une clarté incroyable. Le vent de fin décembre s'insinue entre mes mèches de cheveux, le froid saisit ma peau comme une délicate morsure. Bien que nous soyons un jour de fête, il y a du monde dehors et sur la route, des vrombissements de moteurs me parviennent jusqu'au septième étage, tout comme les exclamations des fêtards environnants qui ont dû faire comme nous et ouvrir les fenêtres ou sortir sur leurs terrasses. La rambarde métallique est glaciale, ferme et indestructible sous mes paumes. Le temps s'arrête, plus rien ne compte, mis à part mes sensations et moi. Ma respiration se calme, ralentit, et paradoxalement, je me réchauffe et m'apaise. Depuis des jours entiers, je me sens lourde, comme si j'avais un boulet à la cheville qui me freinait dans mes mouvements et mes gestes. Ce soir cependant, je me sens légère, plus rien ne me tire vers le bas.

– Ta couleur te va à merveille.

Mon souffle se coupe. Soudain, mon cœur bat la chamade et mon sang pulse dans chacune de mes veines. Moi qui, l'instant précédent, avais l'impression de voler, voilà que désormais je fais un atterrissage brutal sur les fesses – façon de parler, bien sûr. Mes mains tremblent en lâchant la rambarde de la terrasse. Mon attention se focalise sur la tour Eiffel, un phare dans une nuit sombre de tempête maritime.

Je tente de contenir ma respiration qui se déchaîne tout en me tournant vers *lui*. Je n'y crois pas. Ce n'est pas possible. Que fait-il ici ? À Paris ? Sur cette foutue terrasse ?

Bordel, il est vraiment là ! Devant moi.

Sa mine austère ne gâche en rien son élégance et sa beauté. Austin porte avec beaucoup de classe un costume sans cravate composé d'une chemise blanche et d'une veste ainsi que d'un pantalon bleu nuit. Ses cheveux sont ébouriffés et sa mine est fatiguée et tirée. Son regard est légèrement cerné et ses lèvres ne dessinent pas le moindre sourire. Au contraire, il apparaît plus tendu que jamais.

Tendu comme un string ! me souffle mon esprit.

Je ne sais pas d'où sort cette réflexion, mon cerveau déconne vraiment en période de stress.

Tout aussi crispée qu'Austin, je lui réponds de façon banale, mal à l'aise, en passant mon poids d'un pied à l'autre.

– C'est moka. J'ai eu envie de changer.

– C'est très joli.

– Tu l'as déjà dit.

Mon angoisse se cache derrière une apparente fermeté. Je suis brutale et je le désarçonne, comme en témoignent ses poings qui se ferment. Rocky décoche un uppercut à son adversaire et se maudit, quel comble !

Aucun de nous ne parle, nous préférons nous regarder en chiens de faïence.

– Que fais-tu là ?

Je n'en peux plus de cette attente insupportable. Il vaut mieux arracher la bande de cire d'un coup sec, paraît-il. Je sens qu'elle va vite me dépoiler celle-ci.

– Il fallait qu'on se voie. Tu es partie si soudainement, je n'en connais pas réellement la raison, j'ai essayé de te contacter, Liv, mais… Je voulais te voir.

– Je t'arrête tout de suite. Tu voulais me voir ? Te serais-tu déjà lassé de la rousse ? Allison, c'est ça ? Par ailleurs, je ne t'ai pas répondu tout de suite, je le reconnais, mais le dernier à être resté muet, ce n'est pas moi.

Autour de nous, la fête bat son plein, personne ne semble nous voir ou s'intéresser à nous. Tous continuent à fêter leur dernière nuit de l'année comme si de rien n'était.

Je suis en colère, contre Austin et contre moi-même, mes nerfs sont mis à rude épreuve et le voir devant moi ne fait qu'ajouter à la peine causée par cette histoire en laquelle j'ai cru et qui s'est finie aussi vite qu'elle a commencé.

D'un pas, il s'avance vers moi et malgré la blessure que je ressens, mon instinct ne me pousse pas à reculer.

– Je suis venu pour te retrouver, Liv. Tu fais erreur, il n'y a rien entre Allison et moi. Ce n'est pas ce que tu crois.

– Cette phrase, c'est ce que tous les hommes apprennent à répondre à la naissance ? Vous pourriez innover, quand bien même vous dites la vérité…

– Allison m'a contacté et est venue me retrouver à l'hôpital, à ma demande. Après l'accident, j'étais perdu, je n'avais plus de repères, j'ai oublié. Je t'ai oublié toi, oui, c'est vrai. Allison est une partie de mon passé, mon esprit a fait un rappel à l'ordre, ma formulation est maladroite mais je ne sais pas comment expliquer ce phénomène. Je suis toujours en contact avec elle car je collabore avec son père sur un projet. Voilà en quoi consistaient les nombreux appels que j'ai reçus de sa part, avant que tu ne me poses la question. Après ton départ, j'ai demandé à ma famille de nous laisser, nous avons beaucoup parlé, j'ai cru me trouver dans le passé, c'est si étrange ce bond dans le temps que mon cerveau a créé. Quand elle s'est approchée pour me serrer dans ses bras, son parfum a été le premier déclencheur de ma mémoire. Je voulais sentir une odeur bien différente, la tienne. Mon esprit a peut-être eu besoin d'un choc pour comprendre qu'il n'y a que toi qui gouverne mes pensées parce qu'il était difficile de me l'avouer. Par la suite, elle en a profité pour m'annoncer qu'elle va se marier. Elle a profité de sa venue pour me remercier et tirer un trait sur toutes les histoires du passé.

– Alors, elle ne ressent plus rien pour toi ?

– Je ne dirais pas ça, nous nous apprécierons toujours mais il n'y a plus d'amour, elle ne compte pas entraver ma vie sentimentale. Elle va elle-même de l'avant, notre histoire appartient désormais au passé.

Mon cœur frémit à ces mots. Un espoir naît, infime, mais tout de même. Il naît et il a pour seule volonté de grandir et de prendre le plus d'espace possible jusqu'à devenir la réalité.

– Liv… par où commencer ?

– Par le début, fais-je sur le ton de la dérision.

Ses lèvres esquissent un petit sourire en coin qui fait davantage accélérer mon rythme cardiaque. Mon humour minable a au moins ce mérite, il lui rend un peu de cette lumière dans le regard qui me ranime.

– Je suis sincèrement désolé que tu aies vu Allison et j'imagine sans mal tout ce qui a pu se passer dans ton esprit à ce moment-là. C'était involontaire de ma part, je n'ai jamais voulu te blesser. Ça n'excuse rien, mais depuis ton départ et mon retour au manoir, les flashs de nos moments ensemble se sont succédé. Times Square reste de loin mon plus beau souvenir avec toi, Liv... Tu connais mon histoire avec Allison, elle ne représente plus rien pour moi depuis sa trahison.

– Tu n'avais pas besoin de faire tant de kilomètres pour me dire ça, Austin, un message aurait suffi.

– Liv !

Sa voix est rauque, teintée de regrets, il gronde ses émotions refoulées. Je m'immobilise, surprise. Austin avance une nouvelle fois à ma rencontre, sa main prend la mienne et la réchauffe. Son contact est doux et délicat. Son pouce caresse le dessus de ma main avec légèreté. Un frisson de plaisir parcourt mon corps.

– Tu t'es envolée, me reproche-t-il. Au premier petit souci, tu as pris la fuite. Théa et Holly m'ont dit que tu avais du mal à t'ouvrir aux autres, à faire confiance, mais bon sang, ce n'est que moi. Je suis un homme grincheux et parfois piquant mais en trois semaines, j'ai l'impression que tu m'as perçu bien au-delà de mon sale caractère.

– Théa ?

– Comment crois-tu que je me suis retrouvé là, ce soir ? J'avais besoin d'un espion dans cette histoire et Holly a contacté ta meilleure amie dans mon dos, vive les réseaux sociaux. Il paraît que tu n'étais pas au meilleur de ta forme, moi je me morfondais, elles ont ainsi décrété que nous n'étions que deux idiots à qui il fallait un coup de pouce.

– Elles sont faites pour s'entendre toutes les deux, ris-je.

Austin hoche la tête et poursuit son discours.

– Lorsque Théa m'a expliqué que tu avais envoyé ce dernier message simplement pour éviter que je culpabilise, je me suis rendu compte que rester au manoir – par fierté, par peur de me faire rejeter, ou sans doute les deux – à ressasser était une belle connerie ! Ne pas aller te retrouver, c'était comme ne pas vivre.

– Alors, tu as traversé l'Atlantique.

– Alors, j'ai franchi un océan pour te retrouver. Liv, tu es la femme qui m'a ramené vers mes proches, qui a apporté la lumière qui avait déserté ma vie. Tu m'as rappelé à quel point c'est libérateur d'aimer.

– Les mots me manquent…

– Alors, laisse-moi finir. Tu es une incorrigible poissarde, mais sans ça, je ne t'aurais jamais rencontrée. Ta malchance t'a fait échouer dans mon hôtel, j'ai menti sur qui j'étais pour que tu me sauves la mise sur l'esprit de Noël, mais finalement c'est allé bien au-delà. Te demander d'être ma fausse petite amie de Noël a été la meilleure idée de ma vie, Liv. Et désormais, veux-tu bien être ma vraie petite amie ?

– Austin… Nos vies sont bien trop compliquées, ça ne fonctionnerait pas entre nous, tu vis à New York enfin !

– Ce ne sont que des idées reçues. Je suis prêt à faire des allers-retours à Paris tous les mois s'il le faut, j'ai un complexe hôtelier à étendre ici, ce ne serait pas une perte de temps. Je serai prêt à quitter la *Big Apple* rien que pour toi, Liv. À moins que tu choisisses de me rejoindre, pour travailler ou étudier à New York, peu m'importe si le choix que tu fais est de venir auprès de moi. J'étais qu'un sale con lorsque l'on s'est croisés la toute première fois. Je n'aurais pas pensé une minute qu'un café renversé pourrait changer ma vie, comme quoi tout ne tient qu'à un fil.

– J'ai envie de croire à tous ces plans, à ces paillettes qui miroitent dans tes yeux, mais il y aura toujours un « mais ».

La mine d'Austin s'obscurcit au fur et à mesure que je parle. En mon for intérieur, tout ce qu'il me dit me fait vibrer de joie, je me sens rassurée, il s'intéresse à moi et non à une autre, mais je sais aussi comment les histoires d'amour finissent le plus souvent. M'engager a toujours été compliqué pour moi, alors que paradoxalement j'ai besoin d'une bulle, d'un cocon à part dans ma vie avec une personne que j'aime.

– Je ne veux pas que tu doutes de moi malgré ce qui a pu se passer. Il y a un jour durant ces trois semaines que tu as passées avec nous, où nous avons regardé *Le Pôle Express*, le dessin animé de Noël que tu préfères.

– Je m'en souviens.

– Ce jour-là, tu m'as confié que tu entendrais toujours les grelots. Ces grelots du père Noël sont bien plus que ça pour toi, ils sont les grelots de l'espoir, les grelots du bonheur. Liv, tu n'es pas cette femme enfant que j'imaginais au départ, tu n'es pas cette femme joviale incapable de grandir. Non. Tu es, bien au contraire, une adulte qui sait garder une part de bonheur propre à l'enfance. Cette part d'enchantement qui fait vibrer tout le monde seulement pendant les fêtes, toi, tu la possèdes toute l'année. Tu es l'étoile en haut du sapin, les paillettes que l'on met sur la nappe le soir du vingt-quatre, la neige qui tombe le jour de Noël et qui enchante les enfants, l'odeur de cookie qui affole les petits, celle du lait de poule dont rêvent les adultes. Tu es l'un des grelots, je dirais même que tu es l'un des lutins du père Noël. Liviana, tu es mon esprit de Noël. Tu as su rallumer les étoiles de mon ciel obscurci par l'infidélité d'une femme que je croyais aimer ainsi que par le décès de mes parents, disparus si subitement. Tu m'as redonné vie, par de petites choses qui pourtant sont essentielles dans chacune de nos vies et que l'on juge bien trop facilement banales.

Austin reprend sa respiration, mais j'ai bien l'impression que sa tirade n'est pas terminée. S'il savait pourtant tout ce qu'elle a déjà remué en moi avec cette simple référence à mon film d'animation favoris. Je ne sais pas quoi dire tellement je suis saisie par l'émotion. C'est plus fort que moi, je sens les larmes me monter. La douceur dont Austin fait preuve ce soir me coupe toute envie de fuir, de le repousser, d'être pessimiste. Mon cœur a été bouleversé par ses paroles, mon esprit est chamboulé par mes sentiments. Ou est-ce l'inverse ? Je ne sais plus, je sais à peine qui je suis !

Un raclement de gorge et le voilà qui fouille dans sa poche.

Oh, mon Dieu ! Pas ça !

Mon rythme cardiaque s'accélère. Je sais ce que je ressens pour lui, mais clairement, une demande en mariage, non merci ! Désolée, le côté meuf cucul la praline, c'est pas pour moi et m'engager en même pas un mois sur ce genre de pente, ça ne me ressemble pas. Je soupire d'aise lorsqu'il sort un collier.

– J'aimerais que tu acceptes ce cadeau. Il représente beaucoup pour moi. Tout d'abord, à mes yeux, il te représente, toi. Il représente la force que tu incarnes, le bonheur que tu as créé dans mon univers, l'amour que j'ai pour toi. Car oui, je t'aime, Liv. Pas en version comédie romantique, pas de façon conventionnelle, moi je t'aime comme on ne peut pas l'expliquer. Je ne peux pas définir davantage, tu es cette boule de neige aromatisée au café qui m'a frappé de plein fouet. Ne quitte plus ma vie, prends la place qui est tienne dans mon cœur.

Il tend sa main vers moi et j'y découvre un fin collier en or avec un petit pendentif à son bout. C'est au-dessus de toutes les émotions que j'ai ressenties jusqu'à présent. Une larme, finalement pas si solitaire, dévale ma joue. Un grelot en or. Le dernier cadeau d'Austin est un pendentif en forme de grelot ressemblant comme deux gouttes d'eau à celui du film. Une touche de couleur est apportée au bijou par le petit nœud en tartan rouge qui y est accroché.

Ma voix tressaille, puis se brise tant les émotions me submergent.

Comment lui dire ? Comment lui faire comprendre ? Que faire ? Que dire ? Comment agir ? J'ai si peur de ne pas y arriver, si peur que tout cesse ou se casse.

Dis-lui simplement ce que te dicte ton cœur, me souffle ma conscience.

– Je…

– Je suis amoureux de toi, Liv. C'est insensé, ça ne fait que quelques semaines que l'on se connaît. On est loin, totalement séparés, sur deux continents différents, nos vies sont clairement calées sur des horaires différents, pourtant, je t'aime. Avant toi, je crois même n'avoir jamais su réellement ce que c'était que d'aimer.

Je ne suis que larmes et sanglots. Avec précipitation, je me réfugie dans ses bras et hume son odeur si entêtante. Sa chaleur m'enveloppe dans un espace réconfortant et chaleureux et je sens son menton sur le haut de ma tête. Il inspire profondément. Il attend mes mots, il attend de savoir de quelle façon cette soirée et nos vies vont basculer.

– Austin, je t'aime, bon sang ! J'ai fui pour cette raison ! Je suis tombée amoureuse de toi en un tel claquement de doigts que ça m'a terrorisée, puis tu as semblé ressentir quelque chose et j'ai décidé d'oser. Je t'aime, je t'aime, je t'aime !

Avec une douceur inouïe, il pose sa main sur ma joue, puis remonte mon visage jusqu'à ce que nos regards s'accrochent sans plus se lâcher. Ce qui se passe entre nous est indescriptible. Je ne sais pas comment le décrire, mais j'ai la sensation de plonger dans son âme. Quelque chose nous lie depuis le premier jour, depuis qu'un café a rencontré un manteau et que des noms d'oiseaux ont suivi.

Austin caresse mon visage alors que le sien s'approche lentement du mien. Mes lèvres touchent les siennes et sa barbe rugueuse de quelques jours me râpe la peau, néanmoins, cette sensation est plus que plaisante. Tout mon être semble retrouver ses marques. Ce baiser est plus intense que jamais, c'est celui d'une promesse, d'un renouveau, d'une échappée d'amour, de la formation d'un nous.

Lorsque nous nous détachons, nous peinons à reprendre notre souffle, bouleversés par tant d'ardeur et d'intensité.

– Alors, le duplex te plaît ? me souffle-t-il.

– Oui, pourquoi ?

Un petit sourire malicieux étire le coin des lèvres et un éclat canaille pétille dans son regard. Ça fait tilt dans mon esprit.

– C'est toi ? Tu es le mystérieux propriétaire ?

– Il me fallait bien une excuse pour réussir à te revoir. Et je ne suis pas le propriétaire, la personne en question me devait un service.

– Tu es dingue !

– De toi ! Pour ce Noël et pour tous les autres à venir !

Cette histoire est folle, c'est pourtant bien la mienne. Ce soir commence une nouvelle année, une nouvelle vie, une nouvelle relation. Ma vie est dingue, mais bordel, c'était Noël !

Remerciements

Après ces pages, je clôture mon troisième roman. Une aventure enneigée pour poursuivre ma passion de l'écriture, alors sans aucun doute, mes premiers remerciements vous sont adressés, à vous, ma communauté de lecteurs et de lectrices. Sans vous, rien ne serait possible et j'en ai bien conscience ! Écrire sur des tas de feuilles volantes depuis le collège est une chose mais écrire et partager nos idées, nos histoires avec vous, ça n'a pas de prix. Mille mercis.

J'adore interagir avec vous, via Instagram ou encore Facebook, lire vos commentaires sur mes romans et j'espère que ce troisième vous plaira autant voire plus que les autres.

Un peu de magie de Noël pour vous puisque vous êtes la mienne durant toute l'année !

En 2022, je souhaite qu'entre nous ça dure encore longtemps, et promis j'ai encore plein d'idées en stock pour régaler vos moments de lecture !

Merci, merci, merci, à mes amies. Marie et Isabelle, qui me lisent, me suivent, me guident, me soutiennent et croient en chacune de mes idées parfois même les plus folles ! Vous êtes mes confidentes, mes premières lectrices mais aussi des sources d'inspiration. Je vous dois tant. D'ailleurs mon Isa, comment tu te sens après cette lecture ? Je t'imagine rouspéter et avoir les larmes aux yeux, découvrant cette dernière version de *Bordel, c'est Noël* à laquelle tu n'avais pas eu le droit !

Merci à mon amoureux, car oui, pour aimer l'amour et aimer écrire l'amour, il me faut t'aimer chaque jour. Tu me fais rire comme rêver.

Merci à mon éditrice, Apolline, qui a su s'armer de patience parce que *Bordel, c'est Noël* c'est aussi des déboires ! Tu as su m'aiguiller et aussi m'encourager. J'ai aimé te faire rire et peut-être aussi te donner l'envie de t'arracher les cheveux, mais promis, tu auras ton t-shirt « La vie, c'est pas un kiwi » ! Alors merci beaucoup pour ton travail et ton investissement, j'aime toujours autant collaborer avec toi et avec Cherry Publishing, la maison d'édition qui m'a permis d'entamer ce rêve et qui aujourd'hui, me permet de dire que oui, je suis écrivaine.

On se retrouve bientôt, pour une nouvelle romance, enfin j'espère !

Responsable éditoriale : Amandine Schmit
Composition et mise en page : Cherry Publishing
Conception graphique de la couverture : Keti Spirkoska
Illustration de couverture : © Shutterstock

Dépôt légal : novembre 2022

Printed in France by Amazon
Brétigny-sur-Orge, FR

15024755R00161